传信人

CHUAN XIN
REN

杨翠

YANG
CUI

著

北京联合出版公司
Beijing United Publishing Co.,Ltd.

图书在版编目（CIP）数据

传信人 / 杨翠著，--北京：北京联合出版公司，2017.6（2024.3重印）
ISBN 978-7-5596-0301-2

I. ①传… Ⅱ. ①杨… Ⅲ. ①科学幻想小说—中国—当代Ⅳ. ①I247.5

中国版本图书馆CIP数据核字（2017）第088043号

传信人

作　　者：杨　翠
出 品 人：赵红仕
责任编辑：李　红　夏应鹏
特约编辑：汪　婷
特约监制：朱文平
封面设计：A BOOK STUDIO 梦八 Design 1092801781

北京联合出版公司出版
(北京市西城区德外大街83号楼9层　100088
三河市天润建兴印务有限公司印刷　新华书店经销
字数185千字　880毫米×1230毫米　1/32　9印张
2017年6月第1版　2024年3月第2次印刷
ISBN 978-7-5596-0301-2
定价：48.00元

目录

目录

第一章

不速之客

“你好，奶茶来啦。你说什么，要在奶茶里加几条鱼？什么口味？腥味很重的？不愧是猫……还要再来一瓶啤酒？不好意思，没有酒，我和我妈都不喝酒，家里倒是有一只空酒瓶，要不我把奶茶装在瓶子里？你善意地欺骗自己一下，它就是酒了。你看起来有些面熟，不会和加菲猫是亲戚吧？”

时雨对面前的灰猫如是说，猫在心里回答她，她也能听到。此时灰猫趴在书桌上摊开的漫画杂志上，懒洋洋地看着书中的内容。它可能认识字，很多猫都有这种本领，只是不屑于向人类展示，众所周知，猫儿们高傲又冷漠。

罗斯贝坦打着哈欠缓缓走过来，平均五秒钟前进一小步，姿势和眼神都像国王。它是一只黑猫，很以自己的外表为荣，也不看灰猫一眼，敏捷地跳上窗台，开始另一场无休止的睡眠。

“你叫什么名字？”时雨又问灰猫。

“多多梅。”

“那么，多多梅先生，你找我有什么事？”

“多多梅先生，我喜欢这个称呼，嘻嘻。其实没什么大事，我一直想喝奶茶，也想和能理解我想法的人类交流。”多多梅几乎把头塞进奶茶杯子里，“可惜奶茶的味道不怎么样，是不是买了最便宜的？下次请买最好的奶茶招待我。”

“还有下次？”

“当然，今后我会经常来找你聊天，这是你的荣幸。”

“那我得一直伺候着你？”时雨抱怨起来。

多多梅得意地点点头，时雨只得无奈地叹了一口气。大概二十分钟前，这只自称多多梅的灰猫垂头丧气地走进来，像摊煎饼一样把自己摊在漫画书上，说道：“传信人小女孩，可不可以帮我买一杯奶茶？”虽然万般不情愿，但因为工作需要，时雨只好放下作业买回奶茶，可多多梅甚至都没对她说声“谢谢”。一般来说，主动找时雨的猫，都有大大小小的烦心事，不可能光是聊天喝奶茶，于是时雨问多多梅：“你真的不需要我帮忙吗？我是传信人，能把你的想法传达给你的主人。”

多多梅想了想，回答道：“告诉你一点点也没关系，首先我得问问，我需要付给你多少钱？”

“一杯奶茶算不了什么，我不缺零花钱。而我作为传信人这份工作，有不错的工资，不需要你给钱。”

“那怎么行，我不喜欢欠人情，会想办法付给你报酬，十条鱼怎么样？我简单地介绍一下自己的情况吧。虽然外表气宇轩昂，但猫爷我已经活了十四年，在猫界算是德高望重的前辈啦。我主人一直对我非常好，但是，最近主人买回一只叫阿芒的小猫，是只黄色斑点猫，长得还算可爱，那个小不点儿，完全夺走了属于我的宠爱，想想就气！主人觉得我太老啦，说不定会孤单，所以替我找了个玩伴，还有啊，他也担心我很快就会死掉，阿芒其实是我的替代品，时刻盯着我，我一死，它就会夺走属于我的一切。瞧，我已经属于待处理的物品范围内啦，我能不苦恼吗？唉，以前啊，我还一直以为，在那个家里，我也是不可替代的呢。”

多多梅叹了口气，又舔了舔奶茶。

“你想太多了，应该真的只是玩伴呀，谁不想有朋友做伴呢？你主人多替你着想。”

“打住，不要再说了！”多多梅叫嚷道，“虽然你能明白我的想法，但你毕竟是人类，无法明白我的感受，多说也无益。但很高兴你能听我抱怨，下次再见。”多多梅跳下窗户，几根猫毛飘过来，落在漫画杂志上。

无法理解猫的感觉，哈，时雨也不是第一次听猫这样说。但是，谁说一定要理解猫呀，都是因为三年前那场车祸，九岁的时雨昏迷了几个月，做了一场长长的梦，醒来之后，就有了这样的能力。全世界的猫都闭着嘴巴，突然你都能了解到它们的心声，这明明是电视剧里才有的奇怪情节呀。时雨花了不少时间才适应这种状况，又因为天生很喜欢猫，慢慢地也觉得有这种能力也不错，不知不觉就成了猫界名人。大概半年前，时雨正忙着准备小学毕业考试，罗斯贝坦找上门来，对时雨说："我被主人赶出来了。"

"简单，我和你的主人谈谈，让你回家去。"时雨说。

"不用。他想让你成为我的新主人，成为传信人。"

罗斯贝坦的前主人就是时雨的老板，他只出现在罗斯贝坦的话里，非常神秘。这位素未谋面的神秘老板让罗斯贝坦到时雨身边帮忙，希望她能作为沟通猫与人类关系的桥梁，每个月还会付给她一笔可观的工资。有零花钱可以赚，再好不过了，时雨欣然接受了这份工作。从那以后，时雨每天都得接待几只心情糟糕的猫，听它们诉苦，想办法帮它们。

大多数猫都像被宠坏的公主王子，任性妄为，常常向时雨提出无理的要求。有时候，时雨正在上课，某只猫会跳上窗台对她说："传信人小姐，我现在很烦恼，请你出来一下，我想和你谈谈，不要耽搁，马上、立刻。"如果她拒绝，它们要么在窗台上喵喵大叫，要么就直接跳到她的桌子上打滚。

这些猫也非常喜欢时雨，喜欢黏着她。初一开学第一天最夸张，那些猫可能感觉到时雨有些紧张，一定要陪在她身边，导致她的座位旁边围绕着十几只猫，怎么也赶不走。于是，一向低调的时雨当天就成了学校里的名人，被封为"猫女王"。

不过，时雨觉得自己是猫女仆，整天对猫低声下气，谁让她是一位非常可靠又没脾气的"知心大姐"呢？

多多梅离开后不久，时雨正在厨房里做饭，又有一只宠物猫上门。那是一只黄色小猫，圆滚滚的，非常可爱。时雨给它倒了一碟牛奶，小猫咪非常礼貌地说了声“谢谢”，小心翼翼地舔了舔牛奶，开始向时雨倾诉它的烦恼。

这只小猫名叫阿芒，它不知道怎样才能得到前辈的喜爱。

“我问过好多朋友，它们也想不到好办法，不过它们说你很聪明，什么都办得到，所以我就来了，请你一定要帮帮忙！”

阿芒的眼睛闪闪发亮，时雨高兴得有些轻飘飘的，说道：“你的前辈为什么不喜欢你？你得罪了它还是怎样？先把详细情况告诉我。”

阿芒顺势趴在窗台上，说道：“我也不清楚它为什么讨厌我。我来到新家已经半年了，很喜欢那儿，喜欢我的主人，也喜欢我的前辈，它看起来是一只很酷很优雅的猫。它活了很久很久，经历了很多事。我也反省过，是不是自己有什么做得不好的地方，才招来它的讨厌，但我实在想不到。”

“你的前辈是不是叫多多梅？”时雨问。

阿芒点点头，一脸疑惑地望着时雨，说道：“你怎么知道？”

“它找我喝过奶茶，还向我抱怨过自己的后辈，也就是你，它前脚才离开，你就来了，还真是巧。你放心，我会想办法帮你的。”时雨从沙发上拎起正在睡觉的罗斯贝坦，对阿芒说，“这只猫是猫际交往方面的专家，能解决你的烦恼。罗斯，快起床，开工了。”

罗斯贝坦醒来后，时雨便把阿芒的烦恼告诉它，两只猫便趴在沙发上畅谈起来。最了解猫的当然是猫，罗斯贝坦又很有一套，时雨也不担心。她回到厨房里继续做饭，炒了一道非常难吃的菜。这是时雨发明的新菜式，和往常的尝试一样，以失败告终。以前妈妈都会很赏脸地帮她消灭掉失败的作品，不过今天妈妈要加班，时雨只好皱着眉头把所有食物咽下去。

晚餐之后回到房间里，罗斯贝坦又趴在时雨的床上睡着了。她来到书桌前坐下，不着急开灯，这样就能看到窗外的景色。春天了，天气日渐暖和，空气质量越来越糟糕。时雨家楼下就是江面，到了这个时候，一般江上都会起雾，隔着雾看对岸的灯火，有一种朦胧的美感。

今天雾很薄，能清楚地看到对岸低矮小巧的房屋，那似乎是石屋，墙壁有蓝色、橙色、绿色、棕色，显得五彩斑斓，连瓦片也五光十色。从窗户里透出来的光一律呈现为橘黄色，温暖得像刚出炉的包子。半眯着眼睛时，还能看到窗户里那些来来往往的小小人影。

不过她只是偶尔能看到这样的景象，一般是天气晴朗的夜晚。其余时候，她只能看到江对岸那如同盒子一般黑压压的高楼，还有那些像补丁似的灯光，这才是真实的对岸。罗斯贝坦说过，那些颜色丰富的建筑，应该是类似海市蜃楼的景象。时雨曾试着拿手机拍下对岸的五彩景象，可照片里出现的，还是对岸那些高楼本来的模样。

若这一切只是海市蜃楼，那真正的房屋又在哪儿呢？时雨常常这样想。她从来不相信罗斯贝坦的鬼话，因为江对岸的景象，只有她能看到。

“江对岸的那些奇怪房子又出现啦，我总感觉不像是幻象。”

罗斯贝坦没有回答，时雨听到它的肚子里发出健康猫咪的咕噜咕噜声。这声音让她觉得安稳。

“其实你知道对岸是怎么回事，对吧？”

时雨依然打量着江对岸的建筑，她从没近距离接触过那些屋子，却感到莫名的亲切。过了一会儿，身后传来一声闷响，像有人从床上掉下来，接着是呻吟声。时雨转过头，几乎从椅子上跳起来：一个穿着灰扑扑的格子长裙的女孩趴在地板上，脚上是一双脏兮兮的靴子。

这个女孩是从哪儿来的？从天而降吗？天花板明明还完整无缺呀。

女孩爬起来，扭过头看着时雨。她脸上画着花哨的油彩，像从戏台上走下来的演员，着实把时雨吓了一跳。很快女孩伸手摸了摸脸，奇怪，她脸上的油彩浮了起来，变成了一张面具，像是猫的脸。接着，她摘下面具塞进怀里，露出一张苍白清秀的脸。女孩看起来和时雨年纪相仿，个子更高挑。她打量着房间四周，对时雨说：“这是你的房间吧，不好意思，打扰了。”

“你是谁呀？从哪儿来？瞬间移动吗？”时雨好奇地打量着她。

“我想，可能是瞬间移动吧。”女孩朝时雨眨眨眼，笑眯眯地说道。

罗斯贝坦也醒了过来，跳到女孩面前，竖起尾巴龇牙咧嘴。女孩也看着罗斯贝坦，说道：“真漂亮的猫。”她伸手想摸罗斯贝坦，它尖叫着跳开了，对时雨说：“入侵者进门啦，你还不采取些措施赶走她吗？不然就害怕得大声尖叫，或者找警察求救啊！”

老实说，长成这种模样的入侵者，一点儿都不恐怖，怎么可能害怕。时雨问道：“快说说，你到底是谁？”女孩的目光转向时雨，却又不像正看着时雨的样子，两只眼睛似乎闪着光，叫道：“夜空，真正的夜空，有星星吗？”她冲到窗户旁，双手撑着窗台，整个人几乎快要从窗户里翻出去了。看到时雨惊讶的表情，她笑着说：“不好意思，我对真正的夜空有一种执念。”罗斯贝坦来到时雨的脚边，说道：“是时候了。”

“什么‘时候’？”时雨问。

“一时解释不清楚。”罗斯贝坦的语气有些高深莫测。

女孩收起笑容，似乎并不满意自己看到的景象，抱怨道：“真糟糕，一颗星星也没有，连月亮也是朦朦胧胧的，你们这儿也有黑雾笼罩吗？真糟糕。好多灯光啊，好亮，好刺眼，很多人住在这儿吗？”

她转过脸来看着时雨。

“最近空气质量不太好，再加上城市里本来人口密集，空气污染很严重。要是在乡下，比如我外婆家，晚上可以看到很多星星，还能看清楚月亮上的小斑点。”

时雨想到了月光下静谧的小院，轻盈的微风吹着小树，远处一片蛙声，那是夜晚最迷人的时候。

“那些跑来跑去的盒子是什么？”女孩伸手指着离时雨家不远的桥面问。

“汽车。”

“它们长得可真奇怪，为什么没有翅膀？”

“有翅膀就不叫汽车了。话说，你连汽车都不知道，你到底是从哪儿来的？”时雨突然想到了什么，“你不会是从对岸来的吧？不是对岸的方盒子建筑，而是从那些彩色的房子里来的，对不对？”

“那是鱼浮镇，房子五颜六色的，非常漂亮，是我的目的地，但我走着走着，就来到了你的房间里。奇怪，城外明明是树林，这儿又是哪儿呢？我到底怎么会来到这儿的呀？”女孩求救的目光转向时雨，“到底怎么回事？”

“这是我想问你的啊。”

女孩摸着下巴，嘴里喃喃念叨着些什么，皱着眉头像在思考着什么，没过一会儿，她就甩甩头说：“想不明白，不管啦，逃也逃不掉。好困，你不介意我在你的床上睡一觉吧？”

“当然介意！还有，你在逃什么？”

“那我就不客气啦。”女孩扑向时雨的床，拉长声音叫道，“好久没睡过这么舒服的床了，太幸福啦。”

她的样子很像考拉，真是的，完全没听明白别人的话嘛。对于这个不知从哪儿来的女孩，时雨手足无措，只好任由她这样躺着。没过一会儿，那个女孩睁开眼，从床上翻身爬起来，从裙子的口袋里掏出一个细长的东西递给时雨，说道：“初次见面，谢谢收留，这是见面礼。”

那是一支钢笔，有着粗重的橙黄色笔杆，笔帽上有着刮痕，是时雨刚上小学时爸爸送给她的礼物，几个月前被她弄丢了。时雨问：“你怎么会有这支笔？”

“去鱼浮镇的路上捡到的。”

“太没诚意了，还不如不送呢！”罗斯贝坦叫嚷道。可惜女孩听不懂，也听不见，她陷入了沉沉的睡梦里。

时雨对罗斯贝坦说：“对岸的世界真的存在，你肯定知道些什么吧？”

“知道，猫本来就比人类看得更细更远。”罗斯贝坦朝着房门走去，“我要出门一趟。”

“去哪儿？”

“我是一只独来独往的流浪猫，过往之人，请不要询问我的来历与归处，因为我是无根的野草。”罗斯贝坦的语气突然改变，投给时雨意味深长的一瞥，“等我回来，就把一切告诉你。”

时雨一个人趴在窗前，雾越变越浓，河对岸的五彩世界慢慢在视野中消失。她想到那女孩刚刚说过的话，她是冲着河对岸有着五颜六色房子的“鱼浮镇”去的，这么说来，那些果然不是幻觉。自己丢失的钢笔掉到了另一个世界里，陌生的神秘女孩则来到了这个世界，想想真是不可思议。时雨盯着女孩出现的地方，眼睛眨也不眨，心想，那个世界此时在何处，以怎样的方式运行？自己会不会在梦中飘去那个世界呢？

三年前那长达几个月的梦境，那梦里见到的陌生的世界，会不会就是床上这个女孩的来处呢？

时雨把房间让给女孩，去客房睡觉。迷迷糊糊中，她好像做了一个梦。梦里的她乘着一条小船，摇着桨顺着曲曲折折的河道前行，穿过狭窄的石洞，又穿过一片迷雾，展现在眼前的并不是《桃花源记》中的村落，而是重重叠叠的树，无论是树干还是树叶，都是耀眼的火红色。一条小径曲曲折折地延伸着，一个身材高挑的男人正朝她走来。他穿着银灰色的长袍，在一片火红色中很夺目，几只猫跟在男人脚边。男人来到她面前，时雨看不清楚他的脸，却能感觉到他正对自己微笑。

“时雨，是你吗？”他说，“我能感觉到是你。”

她的心里顿时涌起说不清道不明的滋味，有什么感情郁积在胸口，忍不住开口叫道：“爸爸。”

真的是爸爸吗？他走进了故事里的世界？

像是一脚踏进了深渊里，时雨惊醒过来。梦境还很清晰，已经不是第一次做这样的梦了，仿佛是许多年前那场梦的后续。

四年前，爸爸陆方就因病过世了，但与爸爸在一起的点点滴滴，仍然停留在时雨的脑海深处，每每想起，心里总会涌起一股暖意。

那时爸爸已经病得很重，有一天，他突然向时雨讲起《桃花源记》。时雨还在上小学，没有学过这篇课文，爸爸几乎把全文背了下来，遇到不好理解的句子就细细解释给时雨听。最后他说：“我以前一直非常向往那个地方，平常出门旅行，老是想找到类似的地点。所以啊，时雨，说不定爸爸不会死哦，只是找到了桃花源，然后在那儿继续生活。总有一天，我们会再次相见。”

时雨眼睛里好像有什么东西要涌出来，她翻了个身，泪珠滚落出来，沾湿了枕头。父亲曾说不要常常掉眼泪，却没来得及教时雨，怎样才能变得坚强。她想到江对岸的世界时，不禁想到了爸爸——此时此刻，爸爸是不是也在属于他的桃花源里快乐地生活着呢？

第二章

初见十八面

第二天早晨，那女孩还在呼呼大睡，依然戴着面具，突然打了个哆嗦，发出奇怪的声音，像在哭泣。时雨准备摇醒她，女孩又翻了个身继续睡，似乎又摆脱了噩梦，于是时雨只得抛下她去了学校。下午回家后，她受惊不小。

家里准是遭了贼：门口有一只沙发垫子，另一只垫子在窗台上，电视机上放着两个苹果，茶几上则堆满葡萄皮、橘子皮、瓜子壳和零食包装袋。冰箱门半敞开着，里面同样一片狼藉，所有食物都被谁动过，地板上还有很多饮料瓶。她顺着饮料瓶来到自己的房间，看到抱着一瓶果汁躺在床上的那个女孩，她穿着时雨的背心和短裤，面具盖在她的脸上。

“你喝了这么多果汁吗？会喝坏肚子的！”

女孩翻了个身，说道："没办法啊，我第一次喝到这么好喝的东西呢。我在楼下买的，用你抽屉里花花绿绿的纸片，应该是你们这儿的钱币吧？钱好像不够，不过我跑得很快，老板没能赶上我。"

女孩坐起来拿掉面具，时雨大吃一惊：她看到的人竟然是自己。那女孩不仅穿着她的衣服，还留着她的发型，左脸颊相同的位置，长着和她脸上相同的痣。

"你好像被我吓着了？"她把玩着面具，狡黠一笑，"不对，你是被自己吓着了，你对自己的外貌太没信心啦。"

"你到底是谁？"

"我就是你啊。"

"少装蒜。"

"你怎么能确定我不是你呢？"

"我在这儿！"

"说不定你只是我创造出来的一个幻影。"

"就算我们俩有一个是幻影，那也一定是你！"

"好啦，好啦。"

女孩笑起来，她的面庞慢慢改变着，没过一会儿就恢复成昨天的模样。时雨说："这就对了，当你自己就好。"

"你怎么知道这就是我呢？"

她的脸蛋持续改变着，男人、女人、老人、孩子，竟然还出现了时雨爸爸和妈妈的脸庞，不过妈妈的脸看起来比较年轻。时雨也苦恼了，问道："哪一个才是真正的你呢？"

“我也忘了。”

“骗人！”时雨不由得靠近她，“你是怎么做到的？”

“生下来就会，天赋吧。”

“我问你，对岸的世界是怎样的？桃花源吗？”

“桃花源？什么地方？种了很多桃花？桃花呀，粉粉的一片，有什么好看的。今天我想起来了，旅行途中，确实听人说起过什么另一个世界，想来就是这儿吧。我不太喜欢这儿，因为我好像一直在呼吸着毒气，不知道会不会因此而早死。至于我们那个世界，也就平平常常吧，要说是怎样的，有花有草，有树有河，有田园有房屋，没有叫‘汽车’的盒子。”

“放心，不会中毒的，习惯了就好，像我一样。”时雨说，“下一个问题，你是怎么来的？”

“昨天傍晚，我想去鱼浮镇，因为某种原因摔了一跤，哈，等我爬起来时，就看到了你。你昨天说到瞬间移动，我喜欢这个词。对了，还没问你的名字。”

“陆时雨，你呢？”

“因为我不记得自己本来的长相，也就忘了属于那张脸的名字。我的绰号是十八面，自己起的，瞧，我可以变成任何人的样子，不过不太擅长变成动物。有时候脸部比较僵硬，我就靠改变样子活动脸庞。”

女孩又开始变换模样了，时雨好奇地盯着她，兴奋地说：“没想到，我竟然正和异世界来客面对面交流，她还有超能力！啊，我也好想去你们的世界。在我的房间里摔一跤，不知道行不行。”

“异世界？对我来说这里才是货真价实的异世界，我来的地方，大家都喜欢称它为‘梦幻大陆’。”女孩叹了口气，“我想我被困在这个世界了，我今天试过好多次，膝盖都肿了。恐怕我得暂时待在你家，同时寻找回去的路。”

时雨刚想向十八面打听更多关于梦幻大陆的事情，这时，衣柜里突然传来尖利的响声，像老鼠正在磨牙。十八面腾地从床上站起来，嚷嚷着“差点忘记了”，打开衣柜门。一只灰猫从里面跳出来，朝着十八面龇牙咧嘴，那是多多梅。

“不好意思，小家伙，我想睡觉又怕你跑了，所以才会把你关起来。”

“说得轻松，我把你关在衣柜里半个小时试试？我有幽闭恐惧症，若我有什么三长两短，我的主人是不会放过你的！小雨——”它的目光突然转向时雨，“帮我买一杯奶茶，我要压压惊。”

“不好意思，多多梅先生，现在我没空。”

“我是一只养尊处优的猫。”

“还真是大言不惭。”

“你在和这只猫交流吗？”十八面问。见时雨点头，她又道：“真好啊，能听懂猫的语言。”

“能改变模样才让人羡慕。”

“真想和你交换能力。”

十八面蹲下来，伸手想要抚摸多多梅的脑袋，被多多梅抬起爪子很不客气地挠了一下。她却没有恼，笑着缩回了手，轻声说道：“除了毛色不同，无论是脾气还是外表，都和阿当很像。”

“阿当是你养的猫吗？”

“不，它是我认识的一位……朋友养的猫。可惜我不像你能够听懂猫说话，不知道它都对我说过些什么。你叫多多梅吧？”十八面温柔地望着那只猫，“你的毛发比阿当顺得多也亮得多，身上也很干净，你的主人一定很喜欢你吧。”

“那倒是。”多多梅得意极了，接着又咬牙切齿，“不过我马上就要被舍弃啦。有一只新猫到来，那个家伙笨头笨脑，今天还把它餐盘里的鱼让给我。哈，现在就已经想夺走我在那个家的主导权，想把我当成客猫，然后再彻底排除出局。气死我了！”

这样看来，阿芒那讨好前辈的计划还没有什么进展。

“你真的不准备帮我买奶茶吗？”多多梅又问。时雨摇摇头。

“我看错你了。”多多梅狠狠瞪了时雨一眼，晃着尾巴从窗户离开了。

这时，房门打开一道缝，罗斯贝坦懒洋洋地走进来，说道：“时雨，赶快把客厅收拾一下，等会儿有客人来。那个家伙看到凌乱的房间会抓狂，到时候说不定会误伤到你。”

“什么客人？”

没想到十八面哇哇叫起来，说道：“这只猫竟然会说话！”

“对我来说，所有猫都会说话——”说着，时雨突然愣住了：刚刚，罗斯贝坦并不是把心声传达给她，而是确实开口对她说话了，怪不得有些奇怪。不对，不对，怎么可能有会说话的猫？等罗斯贝坦来到时雨面前，她问道：“你真的会说话？”

“没错。”罗斯贝坦的嘴巴一张一合。

时雨一把将这只肥猫抱起来，说道：“再说两句给我听听。”

“真是少见多怪，猫会说话有什么了不起？这和天会刮风下雨不是一样常见吗？”

“你从来都没开口说过！”

“没必要，担心万一把你吓死。况且我不开口你也能理解我的意思，何必自找麻烦？”

“你果然和普通的猫不一样，到底是怎么回事？”时雨把罗斯贝坦放在地板上。

“真麻烦，等那个派我过来的人来了，他会向你解释的。”

“那是谁？”十八面凑过头来问。

罗斯贝坦看了看时雨，又道：“今天晚上，大概八点钟他会来，快去收拾客厅吧。”

时雨看了看手表，现在正好六点钟，还有两个小时，真是漫长。她问道：“怎么突然就决定见我了呢？以前说什么也不来的。”

罗斯贝坦看着十八面，说道：“还不是因为她。”

“我怎么了？”十八面问。

“你突然从那个世界跑过来，还偏偏出现在时雨的房间里，让人难以应付啊，所以我只好把这个情况报告给那个人。另外，时雨对河对岸的屋子越来越感兴趣，用海市蜃楼难以搪塞过去。等他来了，会把那个世界，还有时雨你想知道的一切，原原本本告诉你。”

“那个叫梦幻大陆的世界真实存在着吗？”

“可能是吧，也有不少人把它称为想象的世界，有时候这个世界的人做梦，偶尔会跑进那个世界里。当然，那个世界也以这样的方式看待这个世界。”

“你的前主人叫什么名字？”

“我没告诉过你吗？他叫白芜。”

“他是个怎样的人呢？”

“等会儿你就知道了，但知道也没用，谁都没办法正确定义他，他特别善变，相当不可靠。啊，出了趟远门好累，我休息一下。”

罗斯贝坦趴在床上睡觉，时雨只好离开房间收拾起那凌乱的客厅。十八面也来帮忙，天色完全暗下来之后，她跑到窗边看了看，说道：“希望今天晚上能够看见星星和月亮。”

“你好像很喜欢星星、月亮嘛。”时雨说。

“因为我生活的地方，夜晚长年被黑雾笼罩，什么也看不到啊。为了能够看到正常的星空，我悄悄离开了那儿。星空很美，月光洒在身上时，感觉很轻柔很舒服。能够生活在皎洁月光下的人真幸福。”

“你不怕你父母担心你吗？”

她叹了口气，目光黯淡下来。

“他们过世了，我也没有其他亲人，就算走得再远，也不会有人牵挂我，不会有人找我。因为从来没被人挂念过，倒也不觉得有多难过。别看我这个样子，我很放不下家乡的人，他们也都没见过美丽的星空，我有责任让他们明白真正的夜晚是什么样子。所以啊，希望你的那位朋友，能够告诉我怎样回去。”

“你好像遇到麻烦了？”罗斯贝坦突然说。

十八面低头不语。

“我知道回到梦幻大陆的路，明天我带你去吧。”罗斯贝坦说。

“那实在太好啰。”

“还有一个问题，你到底在逃什么？”时雨又问。

十八面似乎并不准备回答，只是打哈哈说，逃什么不重要，反正这是另外一个世界，应该没人能够轻易找到她。她还说，那些人见她突然消失，还以为她学会了魔法瞬间转移到其他地方，又开始满世界寻找她了呢。

手机铃声响了，来电的人是妈妈。她今天晚上又要加班，语气里满是抱歉，还保证会给时雨带消夜回家。自从母女俩相依为命后，无论是时雨还是妈妈，都非常珍惜眼下的日子。挂了电话后，时雨松了一口气：神秘老板到来时妈妈不在，这样她也不必花工夫解释。时雨继续打扫卫生，十八面则戴着猫脸面具，一边嗑瓜子一边看电视，不时发出咯咯的夸张笑声，一点儿也没有要继续帮忙的意思，事实上，她压根儿用不惯吸尘器，倒让时雨手忙脚乱地跟在她后面收拾了半天。

打扫完毕，时雨进了厨房拿出点心，然后烧开水准备泡茶。十八面突然来到厨房门口，揉着肚子问道：“我们什么时候吃饭呀，肚子好饿。”

“等一下我叫外卖吧，你吃比萨吗？”

时雨回过头去，冷不丁又看到了戴面具的十八面。时雨觉得这面具很漂亮，甚至有一种致命的吸引力，这就是她会害怕这面具的原因。十八面又哈哈大笑起来，说道：“你还真是胆小，时雨。”她便摘下面具，此时的十八面又变成了时雨的样子，让时雨万分不自在，拜托她换一副样子。十八面爽快地答应了，变成了时雨母亲的外表。看着自己的母亲穿着自己的背心、短裤，真是滑稽，时雨也忍不住“扑哧”笑了出来。

电水壶里的水开了，时雨正准备泡茶，敲门声响起。十八面嚷嚷着要去开门，一阵风一样飘出厨房，没过几秒又飘了回来，一副害怕的表情，不断地改变着自己的样子。时雨问：“怎么了？”

“他们来了。时雨，你家有后门吗？好像没有，看来我只好跳窗户了。”

十八面慌忙跑进时雨的房间里，这让时雨也跟着紧张起来，此时敲门声还响个不停。她从猫眼望出去，看到三个穿着黑色长袍的古怪男人，都板着脸，同样的长发同样一丝不苟地绑在脑后，同样的凶神恶煞。罗斯贝坦也被吵醒了，询问时雨发生了什么事情。时雨把它抱到猫眼前，罗斯贝坦往外望了一眼，说道：“不是什么好人，如果他们要找十八面，我们最好把她交出去。”

“我们不能落井下石，背叛朋友！”

“不过是偶然掉进房间的陌生人，什么朋友不朋友的！不要惹麻烦上身！我早就感觉到十八面绝对是个大麻烦！”

时雨懒得和一向冷漠的罗斯贝坦争论，白了它一眼，跑进自己的房间里，看到了蹲在窗台上瑟瑟发抖的十八面，一把将她拉下来，责备道："你真的疯了，这儿可是十八楼，你想粉身碎骨吗？"

"下面是江，我想可能有一线生机，总之就算死掉也比被他们抓住好。"十八面长叹了一口气，"好吧，我承认，我不敢。"她又拉下面具戴上，目光在时雨的房间里四下搜索，找到了羽毛球拍，取下它准备当武器。房门外传来轰响声，看样子大门被踹开了。时雨脑子也蒙了，长这么大，她还没遇到这样的情况，好不容易才想到应该报警，可手机又留在了客厅里，没办法，她也抱起桌上的汉语词典，举过肩膀。罗斯贝坦无奈地说："陆时雨，你的性格还是这么差，脑子还是这么笨呀，为什么老是把麻烦事揽到自己身上？"

脚步声来到了房间外，十八面突然又放下羽毛球拍，嘱咐了时雨两句，然后钻进衣柜里。黑衣人进来了，一点儿也不把这儿当成别人的家，四下打量。时雨既心慌又害怕，但还是故意装作生气的样子说："你们到底想怎样？我已经报警了，等会儿警察就会来抓你们。"黑衣人并没有回答她，时雨又故意转过头去打量着窗外，这才引起了黑衣人的注意。他们来到窗前，看着滔滔江水。

"她跳下去了吗？"一个黑衣人问。

"没有。"时雨故意慌张地说。几个黑衣人互相看了看，其中一人说："应该是跳下去了。"

时雨松了一口气，看来他们上当了。不过这时，又有一个黑衣人转过头来看着她，然后，他的目光在屋子的各个角落移动，继续移动，最后定格在衣柜上，然后猛地吸了吸鼻子。

他闻到了吗?

黑衣人果然走向衣柜，一把打开柜门。只见十八面从里面猛地伸出手，推开黑衣人就往门口跑去，却被黑衣人一把拉住了。现在，十八面又变成了时雨的样子，突然，她笑嘻嘻地指着时雨，对黑衣人说："你们都被骗了，我是这个家里的孩子，她才是你们要找的人，她变成了我的样子。"

时雨登时火冒三丈，叫道："是她才对，她变成了我的模样，还想栽赃陷害。我的猫可以作证！"

"没错，没错，"罗斯贝坦望着十八面，"快把这个丫头抓走吧，我们和她无关。"

"很麻烦，气味混在一起分不清了。"一个留着小胡子的黑衣人说，"把她们俩一起抓回去吧。"

那三个人朝时雨和十八面扑过来。时雨叫道："你们工作能不能负责认真点儿？这种态度太敷衍了吧？"

他们三人没听时雨的话，场面变得混乱。时雨唯一注意到的，竟然是他们那随着走路的动作而飞起来的长袍的下摆。她根本没有反抗的机会，便被其中一个人狠狠抓住胳膊。他的手像铁钳子，一把将她拎起来。另外两个人抓住了十八面，她也在苦苦挣扎。罗斯贝坦显得比任何时候都要敏捷，正努力用爪子和尖牙还有虚张声势的叫声，攻击着抓住时雨的黑衣人。

这时，时雨听到有什么东西落地的声音，瞟了一眼，花花绿绿的，可能是面具，但也没机会看清。时雨伸出另一只手想要掰开那个人的铁爪子，只是白费功夫。罗斯贝坦跳开后退，突然又从房间的角落里冲过来，狠狠地咬住了黑衣人的手。他大叫一声松开时雨，一挥胳膊，罗斯贝坦被甩向墙壁，时雨则踉跄了两步，一屁股坐在地板上，手掌硌到了一个硬硬的东西，好疼。

不仅手疼，屁股也疼，头更是晕晕的，眼前的一切都在扭曲变形，白色的灯光发散成五颜六色，黑衣人长袍的下摆像长蛇一样弯曲。很快，时雨的眼前一黑，等再次看清周围的一切时，房间、灯光和黑衣人都消失了，眼前是橘红色阳光下的草坪，点缀着斑斓的小小野花，一路向前延伸，和朦胧的远山融为一体。

一辆马车从不远处的开阔大道驶来，嗒嗒嗒——嗒嗒嗒。马车近了，时雨看到赶车的人是一个面目和善的中年大叔。大叔也看到了时雨，他拉住缰绳，“吁”了一声，马儿停下来，鼻子里发出不耐烦的哼哼声。

时雨起身朝他走去，她很想知道自己身在何处。突然，脚下似乎踢到了什么东西，时雨定睛一看，原来是十八面的那副花花绿绿的面具。唉，她倒希望跟过来的是会说话的罗斯贝坦。失望归失望，时雨还是俯下身捡起面具，然后走到赶车大叔的面前。大叔有些惊讶地打量着她，皱着眉头问：“你从哪儿来？”

时雨这才发现，自己穿着背心和短裤，回到家里她总喜欢这样穿。另外，她的围裙都还没来得及解下来。时雨苦笑道：“我从家里来。”

“小丫头，脑子不清醒吗？”赶车大叔笑了起来，“你住在哪儿？”

“我家离这儿很远。”

“逃难吗？”赶车大叔叹了口气，“天晚了，最近盗贼猖獗，你一个小女孩很不安全，我送你到镇上去吧。”

时雨顺着赶车大叔的目光望过去，看到不远处那片五颜六色的房屋，不由得眼前一亮，那就是她这些年经常在窗前看到的河对岸的建筑！这么说来，她像十八面那样，不小心从自己的房间里，来到了另外一个世界——梦幻大陆！一种难以言喻的兴奋之情登时占据了时雨的心，她什么也来不及多想，只迫切地想去看看这儿到底有什么。这里是她憧憬已久的地方！

时雨坐上马车，朝着那个地方前进。兴奋劲过去之后，才感觉天气有些凉，她抱着胳膊缩成一团。大叔细心地察觉到了这一点，从身后的油纸下掏出一个包裹，让时雨打开。

包裹里装着一件淡紫色的斗篷，赶车大叔说：“这是我为侄女买的，你先披在身上吧。”

“谢谢。”

时雨披上斗篷，那个赶车大叔又问起她的来历。她决定暂时不把自己来自另一个世界的事情讲出来，便顺着刚刚赶车大叔的猜测说，自己确实是逃难到了这儿。

“从停云城逃出来的吧？”赶车人瞟了她一眼，道。

“没错。”时雨支支吾吾地回答。

赶车大叔叹了口气，压低声音说道：“那个女魔头实在是可恶，你能逃出来，真了不起。”时雨也叹了口气，装作很悲痛的样子低声附和。

“那你肯定没有可以落脚的地方吧？不如先待在我家里。你和我侄女年纪相仿，可以互相做个伴。”

“非常感谢。”时雨说，“大叔，我该怎么称呼您呢？”

“我姓丰，你叫我丰三叔就成。”

这时，天边掠过一抹黑影，一只浑身漆黑、乌鸦模样的小鸟从时雨头顶上方的天空飞过。当马车融进镇上那温暖的光芒中时，乌鸦飞进群山树林之中。它的速度很快，一路不停，夜深时，来到山中的一间小木屋。它停在窗前，伸出尖细的鸟喙有规律地敲击窗棂。很快，一只指关节突出、瘦得触目惊心的手伸过来，乌鸦停在那惨白的掌心上。那只手收回去，可以看见一张老太婆的脸，堆叠着的皱纹就像沟壑，眼珠子里沉睡着可怕的黑暗。乌鸦诡异地摆着脑袋，老婆婆做出侧耳倾听的模样，不时点点头，最后她喃喃道：“怪不得，一直可以嗅到她的气息，却找不到她，原来跑去了另一个世界。”她拍了拍手掌，又有两只乌鸦从枝梢飞过来，扑闪着翅膀停在房顶上。

“我们去找她。”

小屋外又传来奇怪的响声，咕噜噜，咕噜噜，似乎有什么东西正在靠近。

“马上就能摆脱现在的一切了。”她突然皱起眉头捏住鼻子，冲“咕噜噜”声音传来的方向嚷嚷道，“你们离我远一点儿，至少二十米之外，听到没？实在是臭死啦！”

屋外的泥土地上，有两团烂泥在缓缓滚动着。

咕噜噜声远去了，她再次笑了，嘱咐两团烂泥留守在城中，然后收拾行李披上斗篷，离开木屋，身影很快消融在无边的夜色中。

第三章

面具争端

丰三叔和他的妻子香菇婶婶，在鱼浮镇经营一家杂货店，昨天碰到时雨的时候，丰三叔正好去邻镇进了货回家。杂货店位于镇中心的十字路口，站在二楼的窗户前，就能看到杂耍艺人的表演，还有街道两旁琳琅满目的货摊，闻到对面酒楼里飘来的酒香菜香。时雨饱饱地睡了一觉，醒来后站在窗前张望了一会儿，看到熙熙攘攘的热闹景象，不由得想到了家，想到了罗斯贝坦，还有那几个神秘的黑衣人和突然从天而降的十八面，以及没能见上面的白芜。他们此刻正在做什么呢？

说起来十八面昨天真过分，但时雨还是希望她没被抓住。生活中的变化，总是突然到来，时雨还需要一些时间适应。

丰三叔的侄女丰淘，把自己的衣服拿给时雨穿上。时雨和这一家三口坐在一起，享用了一顿简单又愉快的早餐，便被丰淘拉出门逛街。丰淘听说时雨从停云来，非常同情她，一路上不停诅咒着那可怕的冰雪女王。

“叔叔年轻时本来准备到停云做生意，那儿种了很多上好的密连。不过他出发前，那个女魔头谋杀了国王，篡夺了王位，让黑影笼罩了那儿，叔叔只得取消了计划。”

“那黑影到底是什么？”

“不知道，那个女魔头是巫师，谁知道她用什么魔法召来了它？据说每天晚上，黑影就会笼罩全城，把人拖进可怕的梦里。那个地方现在几乎寸草不生，据说还栖居着很多可怕的黑暗生物。”

停云，说不定就是十八面的家乡吧，黑衣人也来自那儿吗？一想到十八面有着这样艰辛的过往，时雨心里对她的埋怨之情，一下子转为了同情。

从丰淘的口中，时雨渐渐知道了关于梦幻大陆的一些基本情况。梦幻大陆的东边和北边地势平坦，分布着许多大大小小的王国，南边多沼泽，西边多海洋，因此，人口大多集中于东边和北边。在这些王国中，规模较大的要属东边的观风和北边的停云。

观风四季如春，景色宜人。统治者西舍女王体恤百姓，因此深受臣民的爱戴。据说，西舍女王是一位美貌绝伦、魔法高强的女巫，因擅长风系魔法，因此被称为“风之女巫”。不过，她的臣民和爱戴她的人更喜欢称呼她为“西舍女王”。

停云地势陡峭、气候寒冷，盛产一种梦幻大陆最受欢迎的香草——密连，因此，停云的都城停云城也被称为“密连之都”。如今停云国的统治者是冰雪女王，她也是一位了不得的女巫。

说到风之女巫、冰雪女巫，就不得不提沼泽女巫。沼泽女巫常年待在梦幻大陆最南边的沼泽中，据说她魔法了得，却视财如命。

时雨和丰淘边闲聊边在鱼浮镇的街道上走着。鱼浮镇的房屋色彩斑斓，街道上铺设的石板也是五颜六色的，人们都穿着花花绿绿的衣服，戴着色彩鲜艳的假发。走在路上，只觉得满眼都是缤纷的颜色，让人应接不暇。听丰淘说，镇上的人最无法忍受的就是单调的色彩。丰淘在一家时装店里帮时雨买了一条裙子。其实时雨不喜欢太过花哨的衣服，那条紫色的裙子可能是店里最朴素的商品，不过裙子的下摆还是有好多鹅黄色的花纹。时雨很喜欢这条裙子，催促着丰淘回去，她想换上新衣服。

“接下来你准备怎么办呢？”回店的途中，丰淘问。

时雨摇摇头说：“我还没想好，或许应该回去。”现在，她的注意力完全放在新衣服上。

“不能回去！”丰淘焦急地跺着脚，死死抓着时雨的胳膊，“你会死的！如果你没有地方可去，就待在我们店里吧，叔叔和婶婶都很喜欢你，我也想有个人做伴。”

“谢谢。”时雨心里涌起一股暖意，“不过我还是得离开这儿，来都来了，我也想去其他地方看看。”

她突然想到了那个梦，于是问道：“你知道一个生长着红色大树的地方吗？那儿还有很多猫。”

丰淘摇摇头，问道：“那儿有你认识的人吗？”

时雨点点头，喃喃道：“我父亲可能在那儿。”

两个女孩边走边聊，不一会儿就走到杂货店门口。这时，一个高个子的灰衣男人径直走过来，时雨侧身准备让他时，那人直直撞过来，时雨重心不稳快要跌倒时，被灰衣男人一把拧住了胳膊。她叫了一声，因为骨头都快被拧断了，但男人并不松开手。时雨挣扎了几下，可男人的力气太大，时雨动弹不得，叫嚷道：“你怎么回事？我招惹你了吗？”

“没错，光天化日之下，你要干什么啊，快放开！”

丰淘也试着想搭救时雨，但没什么作用，她急忙冲进杂货店里叫来丰三叔和香菇婶婶帮忙。这时，又有一瘦一胖两个灰衣男人气势汹汹地走过来，挡在丰三叔一干人的面前。

抓住时雨的男人叫和光，三十七岁，人生中有三十年都在一个名叫叶添的男人家当差，最擅长的事情是捉拿逃跑的仆人，拷问行窃的侍女，拆散别人的家庭，践踏他人的尊严。人生的另外七年，也是最早的七年，生活在一个破碎的家庭里，被酗酒的父亲和苦大仇深的母亲轮番毒打。半个多月以前，叶添府上接待了一个叫十八面的女孩，本来宾主一团和气，但十八面突然逃跑了，似乎还带走了主人叶添的某件心爱之物。和光奉叶添之命捉拿十八面，一路追赶来到了鱼浮镇附近，却失去了线索。不过，和光见识过十八面的换脸术，坚信她只是改变了样子蛰伏在这个镇上，这几天他一直耐心地等待着。功夫不负有心人，昨天下午，和光总算看到丰三叔驾着马车和一个陌生的女孩有说有笑地回来。直觉告诉他，那个不知道从哪里冒出来的女孩很可疑。于是，他一路跟着马车来到鱼浮镇，后来他看到女孩从怀里掏出来一个样子很特别的面具，没错，就是她！他本来准备昨晚动手抓走她，但他的同伴阿星宿醉未醒，阿金又不知跑去哪家赌场消磨时间了，所以他只好等到现在才开始行动。

“你们是什么人？想对她做什么？”丰三叔叫道，又恍然大悟，“你们是女魔头派来的爪牙吧？我和你们拼了！”

丰三叔举起拳头冲过来，被最强壮的阿星一掌掀翻在地。香菇婶婶慌忙扶起他，开始冲着阿星三人破口大骂。不过，这三个人显然都不擅长与人辩论，全都缄默不言，只是抓着时雨往外走。香菇婶婶有些手足无措，只得吩咐丰淘：“淘淘，快去找治安官，把这几个坏蛋绳之以法！”

和光冷笑一声，突然想到这家人似乎还不知道这女孩的真实身份。其实和光也不清楚十八面是谁，但既然是铁公鸡叶添想要捉拿的对象，那她绝对偷了叶府里非常贵重的东西。和光残酷地笑了笑，觉得自己有责任让大家对人性失望，他回头对丰家人说：“你们确实应该找治安官，说不定还能查到这丫头的犯案记录呢。你们店里也有值钱的东西和钱吧，赶快检查一下比较好。她偷了我家主人很值钱的东西，我们不过是想把她带回去，让她对自己的行为负责。”

丰三叔和香菇婶婶面面相觑，看看和光，又看看时雨，一时竟不知该相信谁。

时雨赶忙解释道：“不是这样的，别听他们胡说！”丰淘也叫道：“没错，我才不信你们的鬼话！”然后，她撒腿朝着治安官办公室的方向跑远了。

和光要带着她离开，时雨只得说："我的面具还在楼上，那面具也是证明我身份的东西，我得把它拿下来。"

"面具在哪儿？"和光问。

"就在床头的枕头边。"

和光让阿金进店拿面具，丰三叔不满他私闯民宅，但也没力量阻止。时雨对香菇婶婶说："戴着这个面具的女孩可能真的偷了他们的东西，但那个人不是我，请您相信我。"

香菇婶婶的眼神有些迟疑，却没有说话。时雨有些失望，转念又想，不过相识一天，哪能轻易就被信任呢？

"总之，谢谢您和丰三叔昨天晚上的招待。"时雨对香菇婶婶说完，又把目光转向和光，"那面具不是我的，你们真的弄错了。"

"真的吗？那实在不好意思。"和光冷笑了一声，目光审视着时雨，"你以为我会这样说吗？你以为我是傻瓜吗？你说的每一句话我都不信。"

穿着宝蓝色制服的治安官出现在街口，朝着他们走来。见状，和光和阿星赶紧拽着时雨离开，很快就甩掉了治安官，顺利出了鱼浮镇。没过多久，拿着面具的阿金也赶了上来与他们会合。和光拿出链子，分别拴在自己和时雨的手腕上，四人朝着草地那边的林子前进。

所有的麻烦都是十八面带来的。时雨有些后悔捡起了面具。一路上，和光旁敲侧击，问时雨拿走了叶家的什么东西。时雨耐着性子解释道："我没拿，这面具的主人也不是我，我不会改变自己的外表。"

“还嘴硬吗？到了叶府，有很多有趣的刑罚等着你，到时候你会很快承认的。”和光咧嘴冷笑。时雨别过头，不再看他。

晚上，四人借宿在农户家里。和光给了男主人一个金币，他的两只眼睛便放光了，又得知时雨是小偷，一直不停向她翻白眼。和光得到男主人的房间，绑住时雨的链子还拴在他手腕上，那铁链还算长，时雨便睡在房门口，可恶的房主人甚至都不愿意给她一床被子。

时雨的身体蜷缩在一起，一遍遍诅咒着这几个可恶的男人，但一下午都在匆匆赶路，实在太疲劳，她很快就困了。不过地板又冷又硬，怎么睡也不舒服。她时睡时醒，迷迷糊糊中，看到那个叫阿金的人蹑手蹑脚地走过来，时雨睁开眼时，他已经来到她面前，伸出背在身后的一只手，手里是一块黑乎乎的馒头。他把馒头递给时雨，小声说道：“慢慢吃，不要让人发现了。”

阿金的目光很真诚，看起来像个好人，不对，是不那么坏的坏蛋。时雨本来打算好好奚落他一番，可开口说出来的竟然是“谢谢”。阿金有些笨拙地笑了，然后又悄悄离开。

黑面馒头硬邦邦的，又没水，难以下咽。时雨把它放下，捏了捏，感觉像一块石头。这时，一只花猫从餐厅的窗户跳进来，敏捷轻盈地落在地板上，瞪眼望着时雨。时雨听到那只花猫在心里笑得快喘不过气来了，说道：“好像小狗哦。”

“我都听到了，猫咪，你说我像小狗。”时雨说。反正睡不着，能和猫聊聊天也不错。

那只花猫果然很感兴趣，来到时雨面前问：“你能听到我的心声？”

时雨点点头。

“了不起！我以前听朋友说起过，它的外婆似乎也遇到过这样的人，我还以为它在开玩笑。你怎么了？犯了什么罪吗？还是说，你是奴隶？”

“那三个笨蛋把我错认成其他人，还冤枉我偷了某样值钱的东西，要把我抓回去。”时雨摸到了那块黑米面馒头，递给那只花猫，“你要吃东西吗？”

花猫非常嫌弃地摇摇头，说道：“这种东西拿来打狗还差不多，像我这样一只擅长偷美食的野猫，怎么可能吃它！”时雨顺势把馒头扔出去，打在花猫身上，笑着说：“打猫也很方便。”

身后的门打开了，时雨一仰头就能看到和光那皮笑肉不笑的脸，那只猫像见了鬼似的跑开了。

“不许说话，我要睡觉！”

时雨白了他一眼，却也不敢反驳，等和光关上门之后，她喃喃道：“语气还真像我们的班长。啊，现在竟然有些想念班长大人了。”

时雨还想到了妈妈，现在她怎么样了呢？自从爸爸过世之后，时雨尽量不让妈妈为她操心。她仿佛看到了妈妈为她急得满头白发，哭得眼眶通红。

那只花猫又回来了，嘴里衔着油纸包裹的食物，扔进时雨怀里，那是一块烤肉。

“这是送给你的。你放心，我会想办法救你，你能听懂我的话，非常特别。”

“你准备怎么救我？”时雨压低了声音。

“等到明天吧。”

因为前一天晚上阿金的善意，第二天赶路时，只要和光不注意，时雨就时常和阿金搭话，向他打听十八面到底偷了什么东西。

“你忘记自己做过的事情了吗？”阿金小声说。

“真的不是我，我不过是阴差阳错拿到这面具而已，而且我真的不会改变自己的模样。”时雨再一次强调道。

阿金笑了起来，说道：“你真会演戏，差点儿把我骗过去了。”

“那我到底做过什么？”

“我怎么知道？我只是个小小的下人。”

下午，他们来到一片茂密的树林前，眼前都是丛生的杂草，只有一条小径，迤逦延伸进森林里。四人并没有沿着这条小径前行，而是在靠近溪边的杂草丛中穿行。时雨胳膊上被锋利的草叶划出好几道口子，她忍不住小声问阿金：“我们为什么不走小路？”

“这林子里有许多喜欢恶作剧的小精灵，它们会让人迷路，沿着溪流走才不会迷失方向。”

溪水清澈见底，两岸葱茏的树木倒映在水中，令人仿佛置身仙境一般。时雨又想到《桃花源记》，说不定一直沿着这条小溪就能到达那个地方，不过她可不想自己是被绑过去的。

“不行，我得想办法逃走。”

应该怎么做呢？这三个人远远比她强壮有力，要说服阿金帮自己吗？不可能，他不过是不想她受到虐待，但他也坚信时雨是小偷，而且他也不敢违抗和光的命令。

天色渐渐暗下来，林子也更深更密，偶尔能听见凄厉的鸟叫声。小溪两岸的密林黑漆漆的，像怪物们张开的大嘴巴。树梢上传来窸窸窣窣的响声，时雨循着声音，看到一双绿色的眼睛，那是一只长着黑白斑点的动物，像是昨天晚上偶遇的花猫。

“你马上就能自由啦，要跑得快一点儿才行。不要看我，免得笨蛋们怀疑。现在，你就对那几个家伙说你想小便，或者其他什么理由，总之要和他们拉开距离，去他们看不到你的地方。”

时雨对花猫眨了眨眼睛，然后装作内急的样子对和光说：“我要小便。”

和光示意了一下身边的那棵大树，又停下来，时雨便跑到那棵树后面。那只野猫不在，慢慢地，眼前冒出一只淡绿色半透明的小精灵，头顶着一缕五彩斑斓的头发。精灵伸出小手，上面放着一小瓶淡绿色液体。它打开瓶塞，滴了一滴药水在时雨手上的铁链的连接处，铁链子上冒出白色气泡，还发出轻微的气泡声。时雨生怕被那三个人听见，赶紧大声叫道：“和光先生，你就真的百分之百确定，我是你要找的那个人？你的那位主人，到底准备怎么处置我？”小便的时候和男人说话，真是不害臊，但此刻也顾不得那么多了。

和光并没有回答。没关系，时雨活动了一下手腕，铁链终于断开了，她便把石块压在铁链上。精灵轻声说：“你快跑，我们会帮你迷惑那几个人。”时雨点点头，拔腿就跑，很快便听到身后传来和光和阿星的吼叫声，还有沉重的脚步声。时雨想象追赶着自己的是可怕的狼狗，跑，努力跑，拼命跑，才能活下来。

“你给我站住！”

“臭丫头，等我抓住你，看我怎么收拾你！”

“老大，怎么突然起雾了？”

“前面那棵树动了。”

“怎么突然面前就多出好几条路？”

“糟啦，有一个可怕的僵尸正朝我们靠近，快跑！”

时雨转过头，看到那三个人正在原地打转。阿星双手胡乱挥舞着，似乎在驱赶着什么东西。同时，时雨还看到离他们不远的地方，有几个半透明的小精灵正飞来飞去，看来它们使用幻术迷惑了这几个人。时雨松了一口气，还是不敢放慢脚步，那只花猫很快也出现了，带着时雨前进。

不知过了多久，一人一猫来到湖边。湖心的树枝稀疏，可以看见空中那半圆的月亮。湖边长满柔软的青草，时雨躺在草坪上望着月亮，让自己平静下来。过了一会儿，她又爬起来，捧着清凉的湖水喝了几口，登时觉得通体舒畅。时雨对花猫说：“谢谢你救了我，不过我想，我们最好还是赶快离开这儿。”

“等精灵们过来才行，你还没付报酬。”

“什么报酬？”

“当然是救你的报酬啊。”

精灵的声音传来，这次不像刚刚那样动听，很快它那半透明的身体就出现在野猫身边，说道：“我们从来不会免费提供帮助，即使你是我们朋友的朋友。”

“即使是我想让他们帮忙，他们也让我付钱，他们很小气。”花猫说。

“这也是应该的，但我身无分文哪。”

“你不是有一副面具吗？”花猫说，“昨天晚上我看到了，你很宝贝那面具，它应该不普通吧。时雨，仔细想想吧，自由比面具更重要。”

“可惜我不是这面具的主人，不能随意把它送人。”时雨说。

精灵那可爱的眼神变得可怕起来，幽幽道：“那你想耍赖？”

“耍赖！”

“耍赖！”

“耍赖！”

“耍赖！”

“耍赖的人会下地狱哟。”

四周传来更多的说话声，一大群同样长相的精灵出现，用同样的眼神打量着时雨。一股寒意从后背涌起，精灵们比和光更加可怕。花猫在一旁劝说道：“你还是把面具拿出来吧。”

“这只是普通的面具。”时雨把怀里的面具掏出一角，很快又塞回去，“但它是我朋友的，我必须还给她，不能给你们，不好意思。”

“这才不是普通的面具。”一个精灵说，“我曾经见过它。”

“快点儿交出来吧。”另一个精灵上前一步，伸出小小的手。

时雨赶紧护着面具，说道：“对不起，真的不行。先欠着行不行？我爸爸住的地方离这儿不远，我可以找他！如果你们不相信我，那就写一张欠条，怎么样？”

“不行。”一个精灵摇着头，其他精灵也同时甩起脑袋来。

“人类的话不可信。”

“那各位，对不起啦。”

时雨猛地转身逃跑，精灵们并没有追来，但精灵的声音就在耳边：“你跑不出去的，这片森林是我们的地盘。”接着便是精灵们那瘆人的笑声。时雨喃喃道：“不对，不对，童话里的精灵可不会做出这样的事情来。”

时雨跌跌撞撞往前跑，直到累得喘不过气，才停下来。四周一片黑暗，隐隐地，能够听到身边有窸窸窣窣的响声，像从四面八方涌来似的。时雨只得继续跑，前方的那些树似乎也都活了过来，树枝在空中张牙舞爪，在她前方织成一堵墙。她转过身去，身后的树枝也化成一只只可怕的爪子想要抓住她。

时雨只好从旁边跑过去，没过一会儿，她就看到前方似乎有火光，心里不禁燃起了希望，突然，火光消失了，前方传来可怕的低吼声，空气也跟着震动起来，似乎有一只异常高大的黑色怪物正向自己靠近。恐惧、彷徨、无计可施，时雨两腿一软，瘫坐在地上。

时雨明白，现在她看到的、听到的，都只是精灵们的恶作剧，幻觉而已，不过还是忍不住害怕。脑海中一片轰鸣，她不由得蜷缩起身子，就连身后传来沙沙的脚步声都没有听到。

一只手轻轻搭在她的肩膀上，她的身体僵直，恐惧得忘记了反抗，接着她感觉有人搂住了自己的肩膀。身后，一个温和沙哑的男人的声音响起："没事，不要害怕。"那声音里似乎有抚慰人心的力量，时雨慢慢地不那么恐惧了，她转过头，看到一个模糊的人影。那人举着一盏昏黄的油灯，时雨看到了他那张有些沧桑却异常温柔的脸，像天使一样。

第四章

闪电和云朵

“那些小精灵，平常只会恶作剧地迷惑人的视线，让人迷路，很少会这样大费周章地吓唬人，你一定是得罪它们了吧？”离开精灵森林之后，司徒诚温和地对时雨说。时雨把傍晚时分发生的事告诉了司徒诚。听完后，他笑着说：“它们诸般都好，就是贪图钱财，你肯定不知道吧。”

“我也不是故意要赖，我会想办法付报酬，只是这面具不能给。等我有钱了，我就会拿着报酬回去，而且我还没向那只花猫道谢。这个世界上，我最不想怠慢的就是猫。”

“这样想就行啦。”

时雨转过头看着司徒诚的眼睛，他目光深邃，像是装着整个世界的秘密，可惜，这双迷人的眼睛，什么也看不到。他手中一直提着灯，不过是希望别人不要撞到他。司徒诚是救下时雨的男人，大概四十岁，任何时候嘴角都带着一缕若有若无的笑。他和时雨的父亲陆方，在外貌上没有任何相似之处，可不知为什么，看到他还是会让时雨想到父亲，所以，刚刚和他一起离开树林时，就算树枝变得再狰狞，时雨也不觉得害怕了。灯光静静地洒在眼前的地面上，司徒诚又道：“我们快到三只烟斗客栈了吧？前方有灯火吗？”

“你等一下。”

时雨跑过道路的转弯处，看到对面那座山的半山腰处点着灯，那儿就是客栈。她和司徒诚很快来到小客栈前，门口悬挂的灯笼上，画着三只烟斗。时雨敲敲那摇摇欲坠的大门，不一会儿，一个十七八岁的青年打开门，此时已是夜半时分，他睡眼惺忪，不过看到时雨和司徒诚，他依然像见到多年旧友那样，笑着把两个人迎进去。

时雨在客栈的浴室里舒舒服服地洗了个澡，之后便觉得浑身轻松。她来到大厅里，司徒诚和他面前的一大桌热气腾腾的食物，正静静等待着她。这儿的老板很和善，虽然过了半夜，依然为他们准备了晚餐。时雨几乎一整天都没有像样地吃过东西，她坐下来开始狼吞虎咽。司徒诚吃得很少，又吃得慢，他空洞的目光望向时雨，令时雨觉得司徒诚似乎能看见她。

“你准备去什么地方呢？”时雨问。

“回家，我的家在东北方。你有什么打算？”

时雨也觉得自己最好赶快回家，这个陌生的世界让她有些招架不住，还是找罗斯贝坦商量打听比较好。况且，出门前也没有告知妈妈一声，她肯定非常担心。不过时雨心里还有一个疑问，犹豫了一下，她开口问道："其实我对一个地方很好奇，它好几次出现在我的梦里，那儿有很多猫和红色的大树，周围被水环绕。你听说过那样的地方吗？"

司徒诚认真地想了想，回答道："我听朋友说过，这片大陆最西边的海面上，有一个叫赤月岛的地方，岛上尽是火红的大树，不过不知道有没有猫，因为一般人找不到那儿。"

"原来如此。"罗斯贝坦还有它的主人白芜，肯定知道那个地方的存在吧？时雨更加想回家去了。可是该怎么回去呢？时雨觉得司徒诚非常可靠，又知道得非常多，便又向他打听起另一个世界的事情。令她惊喜的是，司徒诚也知道那个世界，但他说，它只存在于老一辈人的传说里。

"我就是从另一个世界过来的。"时雨道。

"那你回家的路够遥远的。"

时雨没有回答，不过心里多少踏实了一些，心想，自己接下来应该找人打听回家的路。虽然路途漫漫，但希望总归是有的。

晚餐后，由于肚子实在太饱，时雨怎么也睡不着，便来到了客栈楼顶的小花园里，吹吹风、消食。司徒诚陪她一起到了小花园，静静地坐在藤椅上。这儿没有灯，只能看清那些矮小植物的轮廓，还能闻到一阵阵淡淡的花香。

"司徒叔叔，您对这儿好像非常了解，您经常来这儿吗？"

"在我的眼睛能看见时，经常四处旅行。"

月色皎洁，时不时有一两片云，如面纱似的遮住月亮的一角。天空没有半颗星星，一道道闪电在高空中出现又消失。司徒诚从口袋里掏出一个玻璃瓶，取下盖子，便有一团棉花一样、略微透明的东西，缓缓飘到瓶口。时雨凑近了打量着瓶口，感觉云里似乎有一对眼睛正好奇地望着她，这让她大吃一惊，问道："这是什么东西呀？"

"一只云精灵，也是我的朋友。它是个小话痨，不过现在受了伤，说不出话了。云精灵生活在天空中，和闪电精灵一样。"司徒诚笑了笑，"它好像很开心见到你。"

"闪电精灵？"

"没错。"司徒诚抬起头来，空洞的眼神中倒映着漫天星光，"仔细看看天，是不是会有小小的火花闪过？那就是闪电精灵，它们飘浮在半空中，有时候也会降落到地面，把东西烧焦。"

时雨瞪大了眼睛，不一会儿果然瞧见了闪电，又道："出现在闪电旁边的灯火是什么？不像是星星，也不可能是飞机吧。"

"应该是飞鱼船，它们飞行在天空中，有专门载客的船，但数量很少，空中气流不稳定，一般人不敢乘坐飞鱼船出远门。大部分是为了捕捉云精灵和闪电精灵的船，它们价格昂贵，但精灵很难捕捉。"

"精灵被当成宠物卖吗？真可怜。"

"没错，被束缚住的精灵就不再是精灵了。不过，乘上飞鱼船的有不少是探险家，他们主要倒不是捕捉精灵，而是为了体验天空的刺激。我年轻的时候也是飞鱼船上的一员呢。"

时雨转头看着司徒诚，她感觉得到，司徒诚说不定想向自己倾诉往事，于是她问道：“能告诉我飞鱼船上发生的一切吗？”

司徒诚笑了笑，一瞬间脸上闪过年轻人才有的神采，缓缓说道：

“没什么好说的，我那时年轻又贫穷，想要的东西很多，名声、地位、金钱，还有众人的羡慕与巴结，于是决定去天空中碰碰运气，成为一名空中捕手。本来以为成功轻而易举，谁知天空中比大海里还要残酷，我们必须时时小心警惕，不然那些闪电精灵就会烧毁我们的飞鱼船。天空并不安宁，风总是很大，从四面八方袭来，猛烈地摇晃撕扯着小船。初次乘坐飞鱼船时，我晕船晕得厉害，足足在船上躺了一个星期，什么也吃不下，整个人瘦了一大圈。因为我是菜鸟，处在飞鱼船的最底层，所有的脏活累活全都由我干，还经常被上头的人打骂。那时候我性子烈，有一次喝了点儿酒，实在没忍住，把自己的上司揍了一顿，要不是船长及时阻止，恐怕我已经被大家扔下飞鱼船了。我想过离开飞鱼船，但船没到目的地，我就像被关进笼子里的囚犯，没办法，只得忍耐。还好那个时候，我认识了一只云精灵，也就是玻璃瓶里的这个小家伙。

“忘了介绍，这只云精灵名叫阿斑，它运气不好，被我们那只飞鱼船抓住了，被装在一个玻璃瓶里，身体缩得与现在一般大小。它失去了自由，说起来，处境也和我一样。云精灵只需要喝水，我负责每天给它水，它常常对我冷嘲热讽，不然就想尽办法劝我放了它，还说会为我带信回家，但我可没那么容易上当。后来，我慢慢习惯了船上的生活，阿斑知道没办法再诱惑我，也就打消了让我放它的念头，我们因此成为朋友。

“又过了些日子，乌云涌来，这是闪电精灵最喜欢出没的天气，船上的人都很兴奋，不过云精灵阿斑对我说：‘快告诉你们的船长，赶紧回地面去，看起来，有一只很大很厉害的闪电精灵要来啦，你们都会被烤焦！’我赶紧把这个消息告诉船长，船长却说，不赌一把哪能干成大事？

“果然，飞鱼船遇到很厉害的闪电精灵，它比船还要大，‘啪’的一声，就烧着了整只船。大家都训练有素，并不慌张，背着降落伞逃走了。我是最后一个，当我准备纵身一跃时，突然想到阿斑还在房间里，于是跑回去，打开玻璃瓶盖，放走阿斑。此时，火焰堵住了出口，我无路可逃，知道自己必死无疑，奇怪的是，心里也不是特别害怕。这时，阿斑穿过火焰飘进窗户里，迅速膨胀起来，包裹住我，说道：‘我送你出去，笨蛋。’阿斑的声音很好听。

“云精灵软软的、凉凉的，被火焰灼伤的皮肤很舒服。实在太舒服了，在这危急关头，我竟然迷迷糊糊地睡了一觉，等醒来时，发现自己躺在青草地上，头顶是闪烁着的星星。这时，有脚步声靠近，我看到一个白衣小男孩，他递给我几枚红色浆果，我囫囵着把它们扔进了嘴里。当我狼吞虎咽时，小男孩对我说：‘你还要继续去天上捕捉闪电精灵吗？’这是云精灵阿斑的声音。我摇了摇头。

“‘一无所获呢，但祝你好运，谢谢你放了我。’

“阿斑说完便飞走了，我甚至都没来得及和它道谢，是它救了我才对。当时觉得很遗憾，但更忧虑的是未来的路该怎么走下去。我一无所有地离开家乡，不能一无所有地回去，年轻时脸皮总是太薄，把一切都看得太重。我决定继续寻找其他的活儿干，于是，我寻寻觅觅，走走停停，世界很大，人生很短，过了好几年，因为母亲病危我才回到家乡，回去时已是物是人非。朋友们也都各自安定了下来，没什么值得我停留的东西，于是我继续流浪，路上再次遇到了阿斑。在那之后又过了多久呢？我已经记不清了。总之，后来我们每年都会聚一两次，阿斑会飞，总是他找我。我年轻时没做成什么事，到现在还失明了，但能够认识阿斑，也都值得了。”

司徒诚的故事讲完了，瓶口的阿斑动了动，似乎想表达什么，但终究没能开口。时雨的好奇心可没个尽头，又问：“那阿斑为什么变得这样虚弱呢？”司徒诚只是笑了笑，说道：“那又是另一个漫长的故事了，但现在该睡觉了。”

时雨扶司徒诚下楼，走着走着，她脚步突然一顿，因为她看到走廊上有一团半透明的东西，像是水，可它还长着四只脚，撞见时雨的目光，它灵巧地转向，下了楼。

“怎么了？”司徒诚问。

时雨把看到了某种古怪生物的事情告诉司徒诚，还跟他描述了那生物的模样。不料，一向云淡风轻的司徒诚突然慌张起来，语气都有些急促：“不妙，得赶快离开，现在天色太晚了。时雨，我们明天一早就要出发。”

会不会是司徒诚的仇人呢，时雨心中满是疑惑，但司徒诚显然不愿多说的样子，因此她只得按捺住心中的疑惑，没有细问。到了第二天，天刚蒙蒙亮，时雨就和司徒诚一起急匆匆地离开了三只烟斗客栈。

一路上，司徒诚一直眉头紧锁，也很少说话，他眼里的忧伤感染着时雨。时雨很想分享他的心事，可自己并不是他的亲人。她又想到过世的父亲，那个全心爱着妈妈和自己的男人，自己又了解他多少呢？

更多的四脚怪物出现了，晚上躺在客栈的床上，那些生物跑进她的梦里，一个个变得像哥斯拉，在城市里肆虐。她吓醒了，一骨碌从床上坐起身，转眼看着窗外，天色仍是一片黑暗，远远地听到几声鸡鸣。

到了第三天，路上出现的四脚怪物越来越多，个头也越来越大。正午时分，两个人来到一片荒草地上，不远处有袅袅炊烟，还能看到一排排低矮的房屋，似乎是一个村庄。司徒诚说，他有一个朋友住在那儿。

时雨一听，不由得眼前一亮，此时她已经有些饿了，正想着可以在村子里买些食物，突然觉得脚底一沉，低头一看，发现自己竟然踩进了水坑里，水溅了她一身。

等等，似乎有哪里不太对劲！

时雨定睛一看，坑里的水变成一小团一小团，长出了四只脚。此时，它们的模样看上去像极了这几天看到的那种奇怪生物。它们呼啦啦散开，把时雨和司徒诚包围起来。它们的模样看起来着实有些恶心，时雨忍不住叫道：“司徒叔叔，这到底是怎么回事呀？”司徒诚吸了吸鼻子，说道：“她来了。”

身后，响起细碎的脚步声。时雨回过头，看到一个穿着白底红花长裙的女孩正缓步朝他们走来。那女孩的脸庞美得令人窒息，脸色却有些苍白，她的表情异常冷漠，一双黑亮的眼瞳里却仿佛燃烧着火焰。此时，她死死地盯着司徒诚。突然，她的唇间溢出一抹冷笑，对司徒诚说："这次你逃不掉了，哈，甚至连眼睛也看不见了吗？报应来得真快。"

"洛离小姐，请你冷静地听我说。"司徒诚尽量用最具信服力的声音说，"当初我也是被沼泽女巫所逼，我是不得已的，其实沼泽女巫的目标是你，但那只龟精愿意替你。"

"那还真是谢谢你了。"洛离的声音依然冷冷的，她不动声色，四脚生物却开始聚拢在她脚边。时雨不由得抓住了司徒诚的胳膊，小心翼翼地缩在他身后。司徒诚也感觉到眼下情势的危急，只得温声说道："千万个对不起，我都愿意对你说。请你不要冲动，我只是一个跑腿的人，你也知道，你不应该找我，要去找沼泽女巫，蒙少野肯定还在她那里。"

"抓住你，让你带我去找那个老巫婆，不是更简单？"洛离轻轻一笑，眼神依旧冰冷彻骨。

四脚生物融成了一团半透明的东西，伸出两条长长的触角缠在了司徒诚身上。尽管司徒诚拼命挣扎，但没半点儿作用，它们像水一样，砍不断又摆脱不了。洛离得意地说道："你伤害不了它，司徒先生。对了，你那只云精灵朋友呢？没有它帮忙，你只是个废物。"

时雨一头雾水，不明白这二人之间有什么新仇旧恨，她只知道自己必须帮司徒诚，于是想也没想就冲向洛离，却被洛离一掌推开。洛离的力气可真不小，时雨干咳了几声，艰难地站起来，此时，洛离的手下已经裹着司徒诚走出一段距离了。时雨追上去，一阵无用的对抗后，洛离嚷嚷道："你这个小丫头真招人烦！"便一拳打飞了时雨。时雨怀里的面具掉下来，左脸恰好贴在硬邦邦的面具上，嘴里一股铁锈味。她吐出一口血，恰好滴落在面具上。远远地，传来司徒诚的声音："时雨，相识一场很高兴，有缘再见，祝你早日找到回家的路。"他的声音也太平静了。

时雨眼冒金星，世界似乎在打转，那女人下手真重。好不容易找回了平衡，时雨捡起面具站起来，洛离已经离她很远了。面具上的血迹消失了，像被面具吸收了一样，时雨听到一个声音从面具里传来，直直钻进她的脑袋里。

"戴上它，戴上它。"

那个声音里似乎有魔力，时雨站起来，握住面具的左手似乎不受控制地想把那面具往自己脸上贴。受某种无形的力量驱使，她最终还是把面具戴上了，登时，就感觉到一股奇特的力量从面具涌进她的脑子里，然后传遍全身，她明白吸引她的是什么了。

力量。

她感觉此刻的自己充满力量。

脚下的步子也变得轻快了，时雨再次赶上了洛离。

"你到底要怎样才能放弃，我可不想伤你太重，你还是赶快走吧。"洛离回过头来，一脸无奈，突然她有些疑惑地"咦"了一声，

“这个面具不是……”

她的话还没说完，时雨一掌打在她那精致的脸蛋上，随后听到洛离发出一声惨叫，倒在地上，死死捂着自己的脸。

真是痛快。

这一掌打得真妙，洛离脸上那高高在上的表情，一下子土崩瓦解。

怪物见自己的主人受伤，松开司徒诚扑向时雨，伸出好多条长长的触角。时雨只是伸手拦挡，轻松地就把它们的触角打断了。不过它们很快就合在一起。时雨这才发现，这怪物的身体确实由水构成，每一次打断它的触角，便有水花飞溅而出，它的身体就会变得小一些。原来也不过如此，只要打到它的身体完全消失就行了吧，太简单了。时雨惊讶极了，她发现现在的自己像换了个人一样，信心十足又充满力量。

时雨像开足了马力一般，一次次地奋力打断触角，新鲜感和兴奋感过后，她的脑海中突然闪过一幅幅陌生又熟悉的画面，大量画面如走马灯般不断变幻，挤压着她的神经。糟糕，头疼了起来。手上的动作也慢了下来，最后她眼前一黑，失去了知觉。

等她恢复意识时，发现自己和司徒诚都被四脚怪物缠住了，动弹不得。洛离就在她面前，盯着她的眼睛，似笑非笑地说道：“猫脸面具，真是好久不见了啊。”

时雨不明所以地抬头看着洛离，却被她蛮横地一把摘下脸上的面具，那注满时雨全身的力量登时消失了，脑子里涌现的画面也一起消失了。时雨觉得整个人快要虚脱了，伸手想揉揉太阳穴，洛离突然一拳飞过来，时雨感觉自己的五脏六腑都错了位。

“臭丫头，竟然敢打我，看我不好好教训你！”

时雨疼得都麻木了，但还是不认输，不停地对着洛离翻白眼，甚至还说道：“我就打你了，怎么样！谁让你那么讨厌！”

司徒诚在旁无奈地劝说两句，却帮不了忙。洛离气得脸都涨红了，集中了全身的力气想要狠狠再给时雨一拳，不过她的手高高举在半空中，半天也没落下来，倒是她先闷声倒地了。

四脚怪物瞬间也没了力气，松开了时雨和司徒诚，软绵绵地化成一摊水融进了草地里。时雨吃了一惊，抬头一看，看到不远处站着一个身穿灰色格子裙和棕色靴子的女孩。她十六七岁的样子，看起来神采奕奕。只见她从袖子里拿出箭筒，得意地朝司徒诚和时雨挥了挥，快步走过来。显然，刚刚是她朝洛离射出了暗箭。

“不好意思，因为你们太吵，所以打断了你们的争论。”女孩的声音清脆爽朗，让时雨备感亲切。

司徒诚也笑了，空洞的眼神中似乎带着几分暖意，他问道：“是霜叶吗？”

女孩愣了愣，说道：“原来是司徒先生，真是好久不见，老实说，我一时——甚至都没认出你来，你看起来有些奇怪。”

“没错，我的眼睛看不见了。”司徒诚坦然说道。

霜叶没再问什么，抬起头来看看天，又道：“好像快下雨了，如果你们没有闲情雅致站在荒地里淋雨的话，不如跟我去村子里避一避吧。”

司徒诚一定要带着洛离一起去村子里，在时雨和霜叶的帮助下，他把洛离扶了起来。时雨这时发现，洛离的额头上，竟然出现了一对小巧精致的角。

第五章
在 雨 中

霜叶进屋后，便给时雨倒了热茶，又要拿酒给司徒诚，让他压压惊。不过她发现自己珍藏多年的美酒全都不见了，不由得咬牙切齿，嘴里一边咒骂着一个叫“三只耳”的人，一边冲出家门。她的咒骂声渐渐远去，估计一时半会儿也回不来。雨很快就来了。洛离躺在隔壁的房间里还没醒，时雨和司徒诚一起坐在窗边的桌子前，静静地喝茶。

时雨拿出面具，上面已经没有了血迹。前两天，她也曾出于好奇戴过这个面具，却没发现什么异样。这样想来，今天的变故，可能是因为血迹，才让面具变得不一样吧。染了血迹的面具能让戴上的人拥有无穷的力量，真是太酷了。想不到，十八面的面具竟然是个宝贝。时雨突然有些疑惑，十八面被黑衣人围攻时，为什么不戴上面具搞定他们呢，难不成她自己并不知道面具的用法？

此时，不知十八面会在哪里。

时雨把面具收起来，对司徒诚说："洛离头上为什么有角呢？"

"因为她是龙啊。"司徒诚说，"你也瞧见了她的脾气，那样刁蛮任性，绝对是被宠坏了的公主。"

"那她口中的龟精蒙少野是谁？"时雨试探性地问，"听起来，你好像把那个人交给了沼泽女巫？"

司徒诚静默了片刻，点了点头，说道："不久前我还在为沼泽女巫办事，确实做过不少招人唾骂的事情，但我也没什么好下场，像洛离所说，果然是报应。瞧，我丢了眼睛，阿斑好不容易才保住了性命。"

司徒诚长叹一声，声音里有说不出的沧桑，见状，时雨也很知趣地不再多问。很快，司徒诚又皱起眉头，似乎听到了什么，过了一会儿，他说："我刚刚隐约听到有鸟儿扑扇翅膀的声音，似乎是乌鸦，却又不是普通的乌鸦。"

"这么大的雨，你还能从雨声里分辨出这么细微的声音？真厉害。"

时雨扭过头，望着窗外越下越大的雨，突然觉得似乎有哪里不太对劲：下大雨的时候，鸟儿应该都怕被雨水打湿羽毛，会躲起来吧。会有鸟儿在下大雨的时候四处乱飞吗？

此时，确实有一只鸟儿不顾风雨地掠过天空，落在霜叶家厨房的窗台上，又甩了甩身上的雨水。它带来一个口信，不过它要寻找的人并不在屋子里。

不过，鸟儿注意到另外一个黑影，正偷偷从霜叶家的后门钻进屋子里。他也注意到了鸟儿，还示意它安静。接着，男人撩起袖子检查藏在里面的暗器，机关灵活，应该不会失误。他制作的暗器精巧，并且自信即使比起霜叶携带的暗器来也不逊色太多。

接下来，男人不再蹑手蹑脚，而是故意发出响亮的脚步声朝着屋子里走去。时雨从屋门里探出头来，一脸疑惑、警惕地望着他。

“哎呀哎呀，可爱的小姑娘，不要害怕，我是霜叶的朋友。”他笑嘻嘻地说道。

“你就是三只耳吧？”时雨恍然。

那男人点点头，又道：“我叫聂千行，你怎么知道我的身份？”

“你身上有酒气，而刚刚霜叶正找一个叫三只耳的偷走她藏酒的人。”

聂千行听出这女孩语气里的得意，不禁也笑了，他向来都喜欢聪明灵巧之人。他压低声音说道：“不要出声，我可不想把霜叶吵回来，她一见我肯定暴跳如雷。”他又故意吸了吸鼻子，时雨问：“你还想偷酒吗？”

“嘘——”他朝时雨眨了眨眼，没说什么，朝着走廊那边的房间，也就是龙女洛离休息的房间走去。

“我要偷的东西，可比酒值钱多啦。”他心里想。

聂千行来到床前，洛离依然在沉睡，丝毫也没察觉到有不速之客。聂千行得意地笑了。对于霜叶又带了些什么奇怪的人回家，这一点他并不感兴趣，不过这白衣女孩身上有令他极感兴趣的东西，那就是系在她腰间的一块蓝宝石。

大概一个小时之前，偷偷溜到霜叶家中喝酒的聂千行，突然听到屋外传来霜叶的说话声，吓得他赶紧逃走，他可不想霜叶看到自己喝掉了她收藏的宝贝美酒。他以最快的速度躲到暗处，看到霜叶带着客人们进家门，职业习惯使然，他仔细打量着那三个人。

有一个女孩还未长成，个子娇小，穿着朴素、毫不起眼的旧衣服，但依然无法掩饰她身上的光彩。这光彩倒不是美貌，她这样年纪的女孩，顶多算是可爱，她身上自有一种光，让她区别于芸芸众生。有时候聂千行也能在霜叶身上发现这样的光，但不像眼前的女孩这样引人注目。

这个女孩轻轻挽着一个中年男人的胳膊，俩人看起来像是父女。这男人身上的衣服也很俭朴，所以他们俩都入不了聂千行的法眼。接下来，他就看到男人扶着的白衣女孩，并且留意到系在女孩腰间的那块隐隐发光的宝石，不由得眼前一亮。那光芒微弱，却足以照亮聂千行的未来。以小偷为职业倒是落得轻松，不过自己实在太过懒散，收入微薄，这块宝石应该能卖不少钱，能还清欠款，甚至能帮助自己金盆洗手，这样自己就可以像霜叶百般劝说的那样，正正经经地生活。

当然，聂千行不敢保证这是自己的最后一笔生意，不过这绝对是最近最大的一笔生意。

“哎呀，虽然你是霜叶的朋友，但对不起啦。”虽然嘴里这么嘟囔着，但他的语气里丝毫也没有抱歉之意。

聂千行敏捷而麻利地取下那块蓝色的宝石。这时，他恍惚听到窗外传来霜叶的脚步声，吓得赶紧回过头去。不过窗外静静的，一只黑色的鸟停在窗台上望着他，像是刚刚在后门遇见的那只。他方才松了一口气，回过头去，吓得差点儿叫出来。那个白衣女孩醒了。

真是失败的偷窃！

他以最轻微的动作将那块蓝色宝石塞进自己的袖子里，还对那女孩笑了笑，说道：“你醒了，早啊，虽然现在已经不早了。”

那白衣女孩，也就是洛离，只是望着聂千行，就像早晨醒来的婴儿看着自己的父母一样。显然，她还没完全从麻醉剂中清醒过来。

见状，聂千行耸耸肩，又叹了口气，说道：“那么，我先走了。”他刚转过身，手就被洛离抓住了。他心中一惊，回过头，听到洛离幽幽地说：“还给我。”她真漂亮，一瞬间，聂千行心软了，但现实的考虑促使他甩开了洛离的手，麻醉剂的效力还没过，洛离一个不稳跌坐在地。此时，聂千行又听见了霜叶的声音，就在门外，不是幻觉，他赶紧跳窗离开，听到身后洛离在骂骂咧咧。

时雨和霜叶一起来到洛离的房间里，很快便明白了发生的事情。霜叶让时雨先照顾着洛离，她来到大门外，几只因为下雨而停在晾衣绳上的燕子惊得飞走了。她吹了声口哨，一只黄色小鸟飞过来，落在她伸出的手臂上。这是女巫的信使、耳目。不过和大部分女巫不一样，她没选择最机敏、最适合担任信使的黑鹰或者猫头鹰，因为总觉得整天看着乌漆漆的鸟儿有些让人不舒服，所以她听凭自己的喜好，选择了一只色彩鲜艳、小巧玲珑的鸟儿，为此一直被自己的师父奚落。

“小乖，还是乖乖的，快去把三只耳那个浑蛋找出来，好吗？”

鸟儿欢快地叫了几声飞走了，小小的身影很快淹没在对面的树林里。霜叶正准备进屋时，又有一只黑鸟飞过来，也停在她的手臂上，这只鸟儿身上散发着霜叶熟悉的气息，也是令她反感的气息。她叹了口气，从那只鸟的爪子上取下一个细竹筒。等那只黑鸟飞走之后，她取出竹筒中的信函看了看，回头看了看屋里，叹了一口气。这时小黄鸟也飞了回来，看来聂千行并没有走远，霜叶便钻进了雨帘里。

此时，房间里只剩下时雨和呆坐在地上神色恍惚的洛离。时雨想把洛离扶起来，可她伸出手刚碰到洛离，便被重重打了一下。狗咬吕洞宾，不识好人心，时雨便道：“你想坐在地上就坐着吧。”目光转向窗外，雨依然淅淅沥沥地下着。

地上凉，洛离又娇养惯了，没过一会儿她便挣扎着要站起来。时雨实在看不下去，不容分说地扶她回到床上，干巴巴地说了一声“好好休息”，便离开房间轻轻带上了门。回到另一个房间里，司徒诚轻声问她：“洛离醒了？”时雨点点头。

“我和她结下了梁子，她绝对不会轻易放过我，我也不能指望她原谅我，毕竟当时我伤害了她和龟精蒙少野。时雨，我不能再停留于此，必须离开，阿斑还很虚弱，我必须找人帮助他。我要走了，请你帮我转告洛离，对她我非常抱歉，但现在我确实没继续和沼泽女巫待在一起。如果她要找到蒙少野，可以去大陆北部，沼泽女巫和她的马戏团最近在北部巡回演出。另外再告诉她一声，蒙少野活得好好的，不要太担心。”

时雨点点头，她心里还是希望能够和司徒诚继续一起赶路，但怎么也说不出口，毕竟，她和司徒诚只不过是萍水相逢，他们甚至来自两个不同的世界。司徒诚向时雨道别，便一个人冒雨离开了霜叶的家。

天地茫茫，一股说不清道不明的悲伤涌上时雨的心头，这时候她才明白，自己漂泊得太远，太弱小太无助了。什么时候才能回家呢？还能回家吗？为什么罗斯贝坦没来找她？一想到这些，眼泪便涌了上来，怎么也止不住。

不知过了多久，霜叶哼着歌回来了，时雨赶紧擦干了眼泪。

原来，霜叶成功地在村子里一家酒馆中找到了聂千行，抢回了洛离的蓝宝石。时雨和霜叶一起来到了洛离的房间里，霜叶把蓝宝石交给洛离之后，时雨便告诉洛离有关司徒诚的嘱托。听完之后，洛离只是冷笑了一声：“他不过是个瞎子，能跑多远？”

“我知道你很恨司徒叔叔，但我知道他是一个好人，请你不要继续为难他！如果你真的为你朋友着想，就赶紧去沼泽女巫那儿把他救出来啊。司徒叔叔也因为沼泽女巫的缘故丢掉了眼睛，最重要的朋友也奄奄一息，他受到的惩罚已经够了！”时雨忍不住大声说道。

很奇怪，洛离这次竟然没有发脾气，只是玩味地看着时雨，半天才笑着说：“真是小孩子啊，你把人性想得太简单了。”她的声音倒是温柔又动听，突然伸出手招呼时雨过去，摸了摸她的脸，本来又疼又肿的脸颊，顿时舒服了不少。不过，她才不会为自己揍了时雨而道歉，只是问道：“面具呢？”

“在怀里。”时雨回答道，并不把面具拿出来，怕被洛离抢走。

“你和以前很不一样。”洛离又说。

时雨一头雾水，茫然地望着洛离，洛离又补充了一句：“但好像还是很蠢。”接着便得意地笑了。

“你在说谁？我并不是这面具的主人。”

“是吗？那我就在说面具本来的主人很蠢啰。”

时雨还想打听更多关于面具的情况，但她表现得越急切越好奇，洛离就越是一个字也不肯透露，还理直气壮地说：“谁让你竟敢打我！”

夜里躺在床上，时雨不由得又想到了戴上面具时看到的景象，那些是什么呢？为什么会有熟悉的感觉？这面具不是属于十八面的吗？心底的念头不断地怂恿着时雨，令她迫切地想知道答案。犹豫了一下，时雨又滴了一滴血在面具上，戴上它，身体仿佛又注入了力量，脑海里涌出更多画面来，一张张笑脸闪过，那些人她都不认识，却又觉得他们像在对她打招呼。时雨又失去了意识，等恢复过来时，她赶紧摘下了面具，汗水从额头渗下来，她呼哧呼哧喘着粗气。太累了，她很快就沉沉睡去。

第二天起床时，龙女洛离已经离开了，时雨也不清楚她是去找沼泽女巫，还是去找司徒诚了。虽然是萍水相逢，但大家一个个离去，却让时雨觉得有些怅然。摸了摸脸颊，上面红肿的手掌印已经好得差不多了，不过霜叶的右脸上却添了一只手掌印，因为昨天她暗算了龙女。

因为昨天的一场大雨，今天的空气特别清新，浑身还有些酸疼的时雨，到院子里活动了一下筋骨，便被霜叶叫进屋里吃早餐。没想到聂千行也来了，笑嘻嘻地坐到时雨和霜叶对面，似乎完全不把昨天他的偷盗行为放在心上。吃完饭后，时雨犹豫再三，还是鼓起勇气，向霜叶询问另一个世界的事情。

“你是女巫，我猜你比别人知道得更多。”

“我确实听说过，但没去过，也找不到去那儿的路。我虽然是女巫，但只是乡村里的小角色，你不要把我想象得太厉害。你着急回家吗？”霜叶问。

时雨点了点头，霜叶又道：“不如我带你去观风城找西舍女王吧，她是有名的风之女巫，肯定知道你回家的路。”

观风城吗？时雨的脑子里瞬间闪过一些画面，是一个城池的景象，整齐干净的街道，熙熙攘攘的人群，鳞次栉比的建筑，这是观风城吗？为什么自己会想到这些呢？

“观风城啊，我也正想去那儿碰碰运气呢，不如一起吧。”聂千行嚷嚷道。霜叶白了他一眼，说道：“你不过就是想去那儿偷东西，麻烦你改行，行不行？和你做朋友很丢脸的！”

“喂，霜叶，不要把自己想得太高尚哦，在世人眼中，女巫和小偷的地位差不多。我们俩半斤八两，所以才能相交至今嘛。”

霜叶没再说什么，回房收拾了些东西，很快三人就一起出发了。

第六章

挂在树上的人

“七风村的人，个个都是疯子，那是我最不想来的地方，每个人都粗鲁到极点，极度崇尚暴力。非常不幸的是，今晚我们得在这样的地方留宿。明天一早，才能从这里启程前往观风城。”霜叶无奈地低声抱怨着，似乎是感觉到了一旁的视线，她转过头对盯着自己的时雨说：“你为什么一直看着我？”

“因为霜叶姐姐你很好看啊。”

霜叶似乎不太相信时雨的话。不过，时雨确实觉得霜叶很漂亮，看多了童话故事里的描写，潜意识里总认为女巫会是丑陋、邪恶的存在。然而霜叶的出现，显然颠覆了她的认知。在她看来，霜叶为人随和，待人亲切，虽然有点儿话痨，但听她说话，总令人有种如沐春风的感觉。

黄昏时分，霜叶、聂千行、时雨三人穿过一片树林，远远地看到一个飘着袅袅炊烟的村落——七风村到了。

此刻已经是傍晚，太阳挂在村子西边的半空中，渲染出一片绚丽的晚霞。远远望去，七风村和霜叶生活的村子没多大区别，不过规模似乎略大一些。村口有一棵形态奇特的大树，树冠呈心形，碧绿的叶片在微风中婆娑起舞。树旁是一座瞭望楼，此时已经亮起了灯。

三个人来到一个“丁”字形路口处，沿着这里径直走，就能前往七风村。道路的两旁是茂密的树木和灌木丛，时雨隐约听到里面传来窸窸窣窣的响声。

这几天，时雨和霜叶聊得很投机，大有相见恨晚之意。聊的话题也越来越多，时雨甚至把面具的由来和她被追踪的事情也都讲了出来。霜叶告诉时雨，在这片土地上，叶家的势力强大，虽然不知道他们为什么会认准时雨，但想来他们绝不会善罢甘休。

霜叶的话令时雨心底感到不安，走在路上总是下意识地保持警惕。所以，这细微的窸窣声才会一下子引起她的注意，她有些紧张地对霜叶说：“会不会是追踪我的人？”

霜叶自然也听到了动静，她摇摇头，等走过了那路口，她才说道：“不管是谁，只要他不现身，我们就不要太在意。七风村的人遇见恶斗时的反应，就是加入战斗中，把一切弄得更糟，他们自认为自己不能在一场战斗中置身事外。”

“而且，那响声不像是人，可能只是一只小动物吧。”聂千行说。

“连职业小偷的警惕性也这么低？”时雨开玩笑似的问。聂千行也不生气，笑嘻嘻地说：“应该是我的顾客们得提高警惕才对呀。”

既然霜叶和聂千行都这么说，时雨想了想，也觉得可能是自己过于紧张，但她还是忍不住回头看了看身后茂密的草丛。不知是不是错觉，她总感觉那儿有一道目光正注视着自己。

七风村的村口，瞭望楼中走出一位老人，他手中握着弓弩，眼神警惕地打量着时雨一行人。他谨慎地询问了几句，才放他们进村。一路上遇到的村民，看着他们的眼神也不怎么友善。时雨看在眼里，觉得有些不舒服，不过想到霜叶提过，这一带的山中强盗横行，想来村民的表现也是自卫的反应吧。

村子里有不少家庭客栈，霜叶知道哪家店的服务最好，带着聂千行和时雨径自朝一个方向走去。没过一会儿，三个人来到连接村子东部和西部的一条石板路上。这时，村子西边隐隐传来一阵杂乱的喊叫声，声音越来越近。他们不约而同地扭头望去，只见一个小小的人影从小路那头跑来，身后还跟着一大群人，喊声就是从他们口中发出来的。

“糟糕，我们的运气可真不好，恰好遇到他们脾气暴躁的时候。”霜叶无奈地摇摇头，“我们还是快让到一边吧，不然肯定也得跟着遭殃。”

三个人赶忙走到旁边茂密的杂草地上，让出道路。那个人影很快就从时雨一行人面前经过，带着一身的酒气，原来是个年纪不大的女孩。她留意到了路旁树丛中站着的时雨一行人，忽然扭过头来，看着时雨叫道：“救命啊——”

她说话含含糊糊，看来醉得不轻。她可能和时雨年纪相仿，但更瘦削、娇小一些。时雨正犹豫着要不要帮她时，后面追赶的那些人终于赶上女孩，一把揪住她的头发。她摔倒在地上，发出一声惨叫，壮汉们就将她团团围住。

“我们就这样袖手旁观吗？”时雨有些不忍心地别过头，低声向身旁沉默不语的霜叶询问道。

“如果我们插手的话，只会跟她一起死，明白吧？那些人身上都有黑色树叶形的文身，他们是恶霸田九庄园里的人，我们惹不起。”霜叶尽量压低声音，语气平静地对时雨解释道。

时雨可不像霜叶这样冷静，眼见陌生女孩的危险境况，此刻已经义愤填膺，心想：“有什么不行？反正我有面具，又不会轻易被撂倒。”

见霜叶和聂千行都在谨慎地观望，并没有留意她，时雨悄悄掏出面具，果断地咬破手指，把血滴在面具上，等面具吸收了血液，时雨赶紧把它戴上，登时感觉浑身充满了力量。她隐约听到一旁霜叶的叹气声：“像你这样的性格，时时都在送死，甚至都等不到她找到你的那个时候吧。”

她是谁呢？此刻时雨也没空细想，果断地从草丛里跳到路上。

“住手——”

那些围着醉酒女孩的人听到她的声音都停下来，时雨看到那女孩已经鼻青脸肿，手脚都被绑起来。显然，这些壮汉丝毫没有绅士风度。

“你是谁啊？”其中一个人不耐烦地问。

醉酒女孩也歪着脑袋望着她，迷迷糊糊地问道：“你要干什么呀，笨蛋？”

“我当然是要救你啊，你才是笨蛋。”

女孩没有回答，打了个哈欠，看来醉得厉害。

“你是她的同伴吧。”又有人道。

“一起抓起来。”

一群人一拥而上，将时雨团团包围。力量经由面具到达四肢，她已感觉不到恐惧，双手双脚似乎也不听大脑的指挥，随着敌人的动作而挥动。她在打斗，一切都是无意识的。此刻的主人是面具，她的身体不过是受到面具支配罢了。

面具的力量虽大，但时雨毕竟是个瘦弱的小女孩，对手又人多势众，很快时雨便处于下风。霜叶一脸无奈地叹了口气，却也不能袖手旁观。她轻轻抬起纤细的手臂，注意力集中于掌心，很快便有一团橘红色的火焰在她掌心聚集，如同精灵般轻盈地跃动着，火焰越聚越大，霜叶一挥手，火焰便朝着人群扑过去。猝不及防的众人看到火光，慌忙退后并散开。霜叶松了一口气，气定神闲地指挥着火精灵继续逼近对方，然而心里却在暗暗念叨着，谢天谢地，只要大家感到害怕就行，害怕到跑回家去，千万别想着要和火精灵硬来。

其实，火精灵燃烧的是霜叶的生命之力，而霜叶只是凡人，力量有限，火精灵也不过是外表吓人而已，实际上根本没办法烧伤别人。她自小便会这种法术，晚上照明很方便。又因为那时经常被村中小孩欺负嘲笑，便让火精灵变得大而可怕，好吓唬大家。

看到壮汉们抱头逃窜的模样，霜叶有些得意。一得意就有破绽，火焰不小心扑到其中一个人的脸上。那人吓得捂着脸哇哇大叫起来。

“漂亮！”时雨叫道，她也拎起拳头驱赶那些人。

那被火烧到脸的人突然放下手，他的脸丝毫也没有受伤，只是被熏黑了。

“这火没什么杀伤力，大家不要害怕！”他冲逃跑的同伴们说。

大家都停下脚步，慢慢朝霜叶几个人靠近。见状，霜叶慌乱之下只得让火精灵变得更大，又“烧”到几个人，结果只是更加暴露自己。她只好认命地将火精灵收回掌心中，心里苦笑一声，已经准备好接受皮肉之苦。那些人又拥过来，将时雨和霜叶团团包围。看来是没办法突围了，霜叶苦恼地跺了跺脚，她转过头，扯着嗓子对远远地躲在一旁、正插着手看热闹的聂千行喊道：“三只耳，你这个浑蛋，倒是来帮帮忙啊！”有几个壮汉的目光转向聂千行，吓得他赶紧摆手说：“我和这两个女疯子没关系，只是偶然经过这儿，请忽略我。”但壮汉们可不这样想，便又有两个人逼向他。没办法，聂千行只得也加入打斗的队伍里，左躲右闪之时，还不忘提醒敌人们：“小心点儿，不要弄伤我的手，我是靠手吃饭的。”

距离太近，人太多，霜叶的暗器也没什么作用。在拳头落在她身上前，她叫道：“你们这群浑蛋，好歹我们也是女孩子，只要把我们抓起来就成了吧？不要打了！”

拳头落下来的次数变少了，大家都被绑了起来，还没来到田家庄园，时雨就晕了过去。她醒来时，天色阴沉，村子西边传来鸡鸣。墨色的房顶就在眼前，瓦片上笼罩着一层薄薄的雾。脚下空空，身体似乎也失去了平衡，腰间被绳子紧紧绑住。时雨的身旁传来一声叹息，她扭过头，整个身体开始晃动。原来自己被绑在树上，离地面可能有十米高。

面具呢？面具在哪儿？

她想起来，被绑住后，就有人揭下她的面具，估计已经被抢走了。

“早上好。”身边传来女孩的声音。

时雨再次扭过头，看到了昨天那个醉酒女孩，此刻她正打着哈欠。

“戴面具的傻瓜，你现在肯定浑身疼痛吧？”

确实很痛，脖子也不舒服，十二年的人生里，还没受过这样的苦。时雨嘟着嘴说：“还不是因为你。”没想到，女孩说：“难道你以为我需要你们搭救吗？昨天下午，我不过是喝醉了，所以一时没有反抗，想着睡一觉也好。谁让你一定要冲出来？真是个笨蛋。”

“那你为什么要叫‘救命’？”

“我喝醉了，难免说错话做错事。醉鬼的话你也信？”

“我很想骂人欸。”时雨没好气地说。

“我会骂回来的哦。”

“你们俩真烦，好不容易睡着了，觉得伤口没那么痛，结果又被你们吵醒了。我说时雨，你怎么能睡得那么死呢？”

说话的人是霜叶，听声音，她被绑在更高的树枝上。时雨脸朝下，看不到她。

“我应该是晕过去了，不是睡着了。”

回想昨天的行为，自己确实太莽撞，还连累了无辜的霜叶和聂千行。

“我们现在应该怎么办？”聂千行问，他被绑在了霜叶旁边，因为是男孩，身上的绳子缠得更多更紧。“我可不想一直被挂在这儿，直到我们变成尸体，然后再被鸟儿啄食。这不是我想要的死法。”

“不用着急，我的帮手马上就会来。因为你们突然插一脚，我朋友不得不救下更多的人，他肯定会嫌烦。”女孩笃定地说道。

“这些人为什么会追你呢？”时雨问。

“让我来猜猜。”霜叶突然来了兴致，抢着说，“昨天我隐约听他们说到了酒。田家酿造的酒在观风城附近也非常有名，你又一身酒气，所以你肯定是盗酒了，对不对？”

“聪明，全都猜对了。”

“不过，你身上似乎没带什么酒。”霜叶又道。她脸朝着地面，恰好可以看见挂在比自己低一些的树枝上的女孩。

“可惜我的胳膊被绑起来了，不然我就可以潇洒地拍拍肚皮对你说：‘我都把酒装进这个大酒缸啦。’”

“囫囵喝酒就是暴殄天物啦，你们这些不懂酒的笨蛋。”霜叶惋惜地说道，“还没问你叫什么名字呢？”

“夜岱凝，你们可以叫我阿凝。你们的名字呢？”

时雨一行介绍了自己，互通姓名后，大家的关系也拉近了不少，阿凝便滔滔不绝地谈起自己对美酒那难以自拔的爱。

“我感觉得到，这种爱不是单方面的，不然的话，为什么美酒要让自己的香气直往我鼻子里钻呢？”

“霜叶姐姐，你比较年长，可不可以告诉阿凝，小孩子不应该喝酒？”时雨说。

“我可不像外表看起来这么小哦。”阿凝眨了眨眼睛，笑眯眯地说。

阿凝正为寻找自己那失踪的哥哥而四处旅行，或者说流浪。昨天，她去一位住在山中的朋友家做客，两个人好久不见，朋友准备了一大桌好菜，只可惜酒喝起来不够味。阿凝早就耳闻田家的酒，从朋友家出来后，便来到这个村子里，神不知鬼不觉地钻进田家酒窖，痛痛快快喝了个饱，后来醉得实在太厉害，才会被田家庄园的人发现。

“他们准备怎样处置我们？”时雨忍不住担忧地问。

“昨晚听人说，似乎准备等田九回来再定夺。主人回来之前，我们应该会一直作为装饰物挂在这棵树上吧。”霜叶说。

“我们现在唯一能做的事情就是等待，还有睡觉。”阿凝又打了个哈欠。

不过等待的时间并不久，天刚蒙蒙亮，一只半透明的像水母一样的奇怪生物便飘到阿凝身边。阿凝抱怨道：“诺儿，你来得太晚啦。”水母就把脸贴在阿凝脸上，她忍不住咯咯笑起来，说道：“好啦，我没事，没有生气。你赶快把我的朋友们放下来，特别是那个吊在我旁边的笨蛋，没错，就是穿着紫色裙子的那个丫头。”

时雨正准备开口反驳，那团奇怪的生物飞到她面前。它没有五官，可时雨还是感觉得到它的目光，和昨天在灌木丛里感觉到的目光是一样的。它贴在时雨身上，很快便将她整个包裹起来。它的身体凉凉的，令人感觉很舒服，浑身的疼痛顷刻消减大半。接着它又来到霜叶身边。时雨冲阿凝说："治伤奇药啊。"

"诺儿可是血精灵，它是从一粒果实里蹦出来的。要长成那粒果实，那株植物必须喝人血，在它的成长过程中，至少喝下了五百个人的血液呢。这样培育出来的诺儿，力量当然很奇妙。不过说不上治伤，你应该瞧见了吧，我脸上的淤青还在，它只是帮我们减轻肉体上的疼痛。"

"就像麻醉剂。"时雨道，"你说的诺儿的来历是真的？"

"那是当然，不要害怕，不是我杀死人把它培育出来的。这是一个非常强大、非常可怕的女巫的成果。"说到这儿，阿凝天不怕地不怕的表情中，竟也罕见地流露出畏惧之意，"她想把诺儿当成制作长生不老药的原料，不过培育诺儿的老人一心软，把它放走了，后来它就来到我身边。为此我也付出了很大代价，直到现在我依然被那个女巫追赶呢。"

等所有人都被天使般的诺儿抚慰一遍之后，小精灵又飞回自己主人身边，阿凝温和地说："好了，我的小乖乖，赶快把我们大家弄下来吧。"

时雨看着如拳头大小的诺儿，实在不相信它有办法。

"等等！"阿凝突然像是想到了什么，又叮嘱道，"先帮那个丫头把面具拿回来。"

诺儿飞走了，大概半个小时之后，它才飞出来，一只触手缠绕着时雨的面具，另一只触手揪着一小壶酒。接下来，它的触手灵活配合着，把面具戴在时雨脸上。然后，诺儿抖了抖触手，只见从触手的尖端开始，它的身体慢慢变红，像血一样。时雨使劲吸了吸鼻子，能嗅到它身体里散发出来的铁锈一般的血腥味。之后，它的身体渐渐膨胀，变成一只巨大的红色水母，就连触手也变多了，红红的触手张牙舞爪，看起来有点恐怖。它用几只最细的触手解开绳子，又张开大嘴把大家吞进去。时雨感觉自己像掉落在海绵上，一点儿也不疼，还非常舒服。

“好了，成功得救！”阿凝得意地嚷嚷着。

“既然有这样的帮手，为什么昨天不让它帮忙？”霜叶问。

“我不想让诺儿觉得我一无是处，这个小家伙把我当成妈妈，有时候我也想让它明白，很多事情我自己能应付，比如偷个小酒什么的。这是母亲的自尊心吧。要不是昨天喝得太多，我准能全身而退。诺儿，你还真是善解人意。”阿凝抓起诺儿刚刚带出来的那壶酒说，“谢啦。”

时雨看着阿凝，心里满是对她的羡慕之情。

化身成红色巨型水母的诺儿，带着大家缓缓离去。虽然诺儿的身体是暗红色，依然能从它的嘴里看到外面的情况。在它离开前，阿凝突然站起来，冲着屋子里大叫道：“喂，笨蛋们，你们还没起床吗？我们准备走啦——”

别看她个子小小，倒是中气十足，震得时雨的耳朵嗡嗡作响。很快就有人拿着棍棒从屋里出来，可一看到样子古怪又有些骇人的红色大水母，连忙踉跄后退。他转身呼救，等大队人马出来时，诺儿已经带着众人离开了田家后院。离开村子后，阿凝望着那广阔的荒草地，说道：“诺儿，先让我出去，我得呼吸一下新鲜空气。”

阿凝的语气里有掩饰不住的兴奋，脸蛋也红彤彤的，似乎生病了。诺儿张开嘴巴，阿凝便跳了出去，朝着荒草地深处跑去。她突然变得矮小，衣服里似乎变得空空的，一只雪白的狼从衣服下面跑出来，在草地上欢快地来回奔跑。

“她竟然是狼！”时雨叫道。

“我感觉到她身上的不属于人类的气息。”霜叶淡淡地说。

“太酷了！”

霜叶挑着眉毛望着兴奋的时雨，说道：“你一直都太大惊小怪，难道从来没见过狼妖吗？你生活的那个世界到底是怎样的无聊简单？”

时雨便向霜叶解释起她所生活的世界里的形形色色的事物，摩天大厦、飞机、汽车、电脑、电视机……听得霜叶连连感叹道：“我错了，是你们的世界太复杂。”

过了一会儿，化身为白狼的阿凝跑了回来，叼起衣服钻进树丛里。诺儿缓缓朝着树丛靠近，等它来到树丛边缘时，穿戴整齐、重新恢复人形的阿凝从里面出来。她环视四周，感叹了一声“多美啊”，便在诺儿触手的帮助下，重新跳进它的嘴里。

田家庄园的人也追了过来，但都不敢靠近。

“再见啦，笨蛋们——”阿凝提高嗓门，朝他们挥舞着手，欢快地喊着。时雨、霜叶和聂千行赶紧捂住耳朵。

朝观风城的方向前进了大概一个小时，诺儿才张开嘴巴放大家下来，已经来到大山深处，阿凝就要在此和大家分手。她掏出怀里那壶酒递给时雨，说道：“这是谢礼，谢谢你昨天下午拔刀相助，不，戴面具相助。”

“不用了，我们都不喝酒。”

“但总要有谢礼啊，这是我们狼族的传统。若你不收下我的礼物，我永远都欠你一份情，这样我死了也不能心安。”

“那好吧。”

时雨接过酒壶。阿凝笑起来，拍拍诺儿的触手，说道：“我的乖宝宝，你也累了，快恢复正常大小吧，这段进山的路我自己走就成啦。”

诺儿似乎是长舒一口气，个头慢慢缩小，红色褪去，它又变成一只无害而可爱的半透明水母。道别之后，阿凝犹豫了一下，突然叫住时雨一行，说道：“你们也知道，我正在寻找我那失踪的哥哥。他是狼族现在的首领，朋友们都不相信他失踪了，因为我们狼族本来就居无定所。但我总担心哥哥身上发生了些什么，不然的话，他不会错过我的六十岁生日，对我们种族而言，六十岁是成年的日子。我哥哥叫夜峦涛，和我面貌相像，但他的个头比我高得多。若你们见到他，就告诉他，我最近几个月都会待在虚清谷中，让他上那儿去找我。”

“没问题。”时雨说，心里却在想，原来阿凝已经六十岁了，真是看起来年轻的老妖怪啊。

和阿凝分手之后，霜叶感叹道：“为寻找哥哥四处奔走，他们兄妹的感情还真是融洽。”

“不对，不对。”聂千行摇着头说。

“怎么不对？”霜叶问。

“凭我行窃多年的直觉，她说话时的语气有些奇怪，好像对我们隐瞒了什么，而且准不是什么好的事情。说不定她遇到了大麻烦。”

时雨想到的却是阿凝站在荒地边望着四周景色时的眼神，确实有几分落寞。

“但这也是她的秘密吧，若她不讲，我们就不能随意探询。你说对吧，时雨？”霜叶问。

时雨点点头。

霜叶笑了，又道：“这样就好，所以啊，以后不要多管闲事了。另外，‘行窃多年的直觉’是个什么鬼东西？”

聂千行不慌不忙地，准备向霜叶和时雨普及窃贼的基本守则，刚开口就被霜叶叫停，因为她担心聂千行教坏时雨。接着，霜叶吹了声口哨，很快，天空中传来了鸟儿细弱的叫声，一只小黄鸟落在霜叶肩膀上。那是霜叶的传信鸟小乖，大部分时候都不在霜叶的视线范围内，不过只要霜叶一呼唤它，它就会出现。霜叶有小乖，阿凝有诺儿，时雨不禁想到罗斯贝坦，不知它此刻在哪儿，有没有为自己担心。得赶紧回家去，可时雨又发现，自己似乎有些舍不得眼下的一切了。

一路都是山和树，不见半个人影，再次经过山中村落时，已经到了下午。村外迤逦流过一条小河，孕育出狭小肥沃的耕地。正值春耕时节，一个戴着斗笠的农夫在地里锄草，可时雨一行经过时，看到农夫放下锄头，使劲拉扯禾苗。

“揠苗助长吗？”时雨想，不由得笑了起来。

农夫看起来很卖力，却并没有把禾苗拔出来。突然水花四溅，农夫一屁股坐在水田里。水田里发出哗哗声，有什么东西正从水底下游过。农夫吓得大叫，手忙脚乱，甚至没办法站起身来。

水中的奇怪生物朝着时雨一行靠近，很快，它从水中爬起来，似乎是一摊烂泥。它的身体慢慢凝聚着，等它来到时雨面前，已经变成了浑身滴着浑浊泥水的人形模样的怪物，脸上有几个凹进去的小洞，应该是眼睛、鼻子和嘴巴吧。它的胳膊很长，垂到地上。

“有酒，而且是好酒。”

烂泥怪脸上最下面的凹陷一张一合，说出这样的话。它的那两只可以称为眼睛的小洞，正打量着时雨，还伸出自己的长胳膊。

它并不可怕，但很恶心。时雨准备把那壶酒拿出来，霜叶止住她，挡在她面前对烂泥怪说：“快走开。”

“我拿到酒就会走开啦。”

“我给你就是了，反正我们也不喝。”

时雨把那酒壶拿出来，怪物伸手接过，把瓶子一起吞进嘴巴里。过了一会儿，它把瓶子吐出来，长长舒了一口气，泥腥气和酒气扑面而来。

“太好了，谢谢你。”烂泥怪朝时雨伸出手来，时雨摇摇头，拒绝和它握手。

“那我们走吧。”

霜叶拉着时雨匆匆朝村子的方向走去，身后的烂泥怪突然一拍脑袋，叫道：“我想起来了！”

霜叶更有力地抓着时雨，并没有回头。

“这不是霜叶吗？分别两年，你变化好大，一时没认出来。如果你是霜叶，那——”

霜叶突然转过身，朝怪物伸出手掌，又念了一句咒语。那怪物便像刚刚那样融化在地表，变成一摊烂泥。

“怎么啦？”时雨问。

“是我仇人的爪牙，这些年一直在找我。”霜叶皱着眉头道。

“那它现在怎样了？”时雨问。

“我发了一支暗箭将它麻醉过去，然后再念咒语让它失忆，我可不想让它把我的行踪告诉我的仇人。”

时雨感觉霜叶对她有所隐瞒，但并没有继续问。接下来的路程中，霜叶一直很沉默。或许是深仇大恨吧，时雨留意着霜叶的神色，默默想着。到了下午，三个人来到了幽深的林子里。聂千行像猴子一样机敏，不知从哪儿摘来些红彤彤的野果，递给两个女孩解渴。这果子虽小，却饱满多汁，一口不小心，汁水便溅到了衣服上。时雨使劲擦着衣服，猛然似乎听到了求救声，好像从很远很远的地方传来，听起来非常痛苦。她停下来竖着耳朵想细细听，声音却没再响起。霜叶问道："怎么了？"这时那声音又响起来了，"救命——"

这次时雨听得很清楚，不过，霜叶和聂千行都表示，他们什么也没听到，看起来不像在骗人。所以只有一种可能：时雨听到的是猫的心声。

当了半年传信人，与猫打交道也三年了，在时雨心里，猫与人没什么差别，都是她重要的朋友。于是她不顾霜叶和聂千行的劝阻，深入林子里，一边回应着那只猫的呼救，一边慢慢靠近它，总算在荆棘丛里，看到了一只后腿受伤的黑猫，那琥珀般美丽的眼睛一下子便让时雨想到了罗斯贝坦。她蹲下来，小心翼翼地打量着猫的伤口，问道："你没事吧？"

"怎么可能没事？我快死了好不好！"那只猫在心里嚷嚷道，时雨乐了，心想，它也和罗斯贝坦一样有坏脾气。得到黑猫的允许后，时雨抱着它离开荆棘丛。聂千行抱怨时雨爱心泛滥，但也惊讶于她竟然听得懂猫的心声。霜叶似乎想到了更多，时不时瞅瞅那只猫，显然，从某种意义上来说，它一点儿也不普通。

第七章

满月之夜

事实上那只黑猫相当高冷，时雨帮它包扎了伤口，又买了最好最新鲜的鱼。它吃完抹抹嘴，都懒得说一声“谢谢”，反正天下的猫脾气都一样差，时雨早就习惯了当受气包。不过这只猫确实与众不同，比如说吧，它的背上绑着一只小花布包，鼓鼓囊囊的，散发着药味，应该是它在山中采的药草。它非常宝贝药草，即使睡觉时也不把布包解下来。这只猫始终没告诉时雨它叫什么名字，第三天早晨，它便悄无声息地离开了。

霜叶松了一口气，因为她看这只猫百般不舒服，但时雨接下来的表现，让她更是浑身不自在。因为与黑猫交流的缘故，更多的猫知道时雨懂得它们的心声，一路上便有了许多小跟班，时雨时不时和它们谈天说笑，引得路人侧目。霜叶明白，大家准是把与猫说话的时雨当成了疯子，老实说，霜叶不太想和这样的时雨走在一起。聂千行倒是觉得无所谓，还经常让时雨帮忙翻译猫的语言，逼迫着一些可怜可爱的猫，用至少十个形容词夸奖他的外貌或性格。

通过与猫的交谈，时雨渐渐明白了一件事情：像她在梦幻大陆上遇到的第一只猫所说的那样，很久很久以前，这儿也有一个能听懂猫说话的人，但那个人早就音信全无了。不知为什么，时雨想见见自己的这个同类，总觉得见到那个人，就能明白很多事情。

又过了两天，霜叶总算是没办法忍耐一群猫的跟随，来到一家饭店里，郑重其事地向时雨提出，希望她让猫们都离开。时雨有些为难，说道："一般没人能够理解它们，它们想和我交流也很正常，就像十几年没见过别人的人一样渴望表达。对不起，霜叶，我从来都不会赶走任何找我聊天或倾诉烦恼的猫。"

"你喜欢猫太过头了。"聂千行咬着筷子说道。时雨点头表示同意，又说："所以上天才让我能够听懂猫的语言啊。"

霜叶只得无奈地叹口气，三人离开饭店，走在小镇的街道上。今天恰逢集市，街上来来往往都是人，迎面便有一位佝偻着身子的白胡子老爷爷，畏畏缩缩地走过来，低声对三人说道："不好意思，打扰了。我妻子生病了得看大夫，但我身上没带那么多钱，可不可以请你们支援我一些钱呢？"

霜叶的第一反应是，这老人是个骗子，这片土地上长年活跃着各种各样行骗的人。聂千行高深莫测地一笑，心想：小样儿，我可是专业的，早就看穿你了。只有时雨傻乎乎地掏出自己的钱袋，把一路上卖野果和药草换来的钱，一股脑儿全都交给了老爷爷，还甜甜地说：

“希望她早日康复。”老人千恩万谢后就离开了，霜叶便一副大姐姐的表情教育起时雨来，希望她提高警惕，不要被陌生人的外表所骗。

“我明白你们的意思，我妈妈也教过我很多这方面的知识，在我们那儿，也有许多这样的骗子，不过老爷爷不是。他不过是想和自己的夫人，在镇上最大的酒楼吃一顿丰盛的午餐，可他身上的钱不够，他不想告诉自己的妻子，怕她觉得丢脸。他只想自己一个人丢脸，所以才会想到这个办法。”

“故事编得还挺感人嘛。”聂千行说。

时雨摇摇头，笑道：“不是故事，刚刚我们吃饭时，有一只猫告诉我了，那应该是老爷爷带来的猫。”

霜叶和聂千行都半信半疑，时雨便带着他们俩，跟在老人身后，来到了镇上最好的酒楼里。果然老爷爷用骗来的钱结了账，与他的妻子笑着离开。一切如时雨所说，霜叶和聂千行这才心服口服，霜叶甚至破天荒地说：“能听懂猫说话还不错嘛。”时雨足足高兴了一个下午，也决定让猫儿们都收敛一下，让霜叶也高兴一点儿。不过到了晚上，落脚在山脚小城的客栈里，还是有猫接连出现在窗户边，有一搭没一搭地和时雨聊天，等它们都离开之后，时雨总算可以睡觉了，蓦然发现床头射来的目光。时雨吓了一跳，点燃油灯，发现那是几天前她救过的黑猫，不过背上的花布包不见了。

“你说你是传信人？”黑猫说。

“没错。”

黑猫甩了甩尾巴，又舔了舔胡子，犹豫了半天，终于又说道：

“说起来很丢脸，但希望你能帮我一个忙。”

这只猫总算肯袒露自己的心声了，时雨一下子清醒了，从床上坐起来，问道：“告诉我要怎么做，对了，对了，先告诉我你叫什么名字。”

“波子。”黑猫介绍了自己，然后，它想让时雨帮忙做的事情，也就自然而然讲了出来，还讲到了其他时雨不知道的事情。时雨不听则已，一听，惊讶得半晌也说不出话来。第二天早晨，她还没缓过神来，吃早饭时也心不在焉。聂千行关切地问她怎么了，时雨愣了愣，问霜叶道：“我们什么时候才能到达观风城呢？我想回家了。”

“很快，不要着急。”霜叶说，“难道你和我们一起出行不快乐吗？”

时雨摇摇头，低头吃自己的早餐，感觉到波子的目光，从客栈窗户上投过来。过了一会儿，她又问道：“霜叶姐姐，你为什么对我这么好，一定要送我去观风城呢？其实我给你添了很多麻烦吧？”

“哪有，你很有趣，我很喜欢你！”霜叶笑眯眯地回答，“况且，我也有事情必须去观风城啊，西舍女王作为了不得的风之女巫，也是我崇拜的前辈，我早就想去拜访她了。所以啊，我去观风城主要是为了我自己，顺便捎上你。”

时雨没再说什么，之后三个人继续赶路，快到中午时，来到一个岔路口。但时雨并没有跟着霜叶和聂千行继续走，而是选择了另外一条路，霜叶转头看着她，时雨道：“其实我现在选择的这条路，才是通往观光城的路吧？一直以来我都太相信你了，霜叶姐姐，其实你根本不打算带我去观风城，一路上我们都在朝着远离观风城的方向前进，跟着你走下去，走到我老死，我也没办法到达目的地。其实你准备带我去其他地方吧，有人要你带我去那儿。想抓我的人是谁？那个人要抓我，还是说，也把我误认成十八面了？”

霜叶瞬间变了脸色，同时也非常吃惊，问道：“你怎么知道？”但马上她又明白了，“是那些猫，对吧？全世界的猫都是你的眼线，它们听到了我说什么，对不对？”

时雨点了点头，转身要离开，在霜叶的示意下，聂千行追过来。时雨扭头就跑，拼命地跑，感觉眼眶涩得发痛。昨天夜里，当波子把这件事情告诉时雨时，她根本不愿意相信，她说出这些话来，本来希望霜叶会否认。她为什么不这样做呢？这些天来，时雨一直真心把霜叶当成朋友，但霜叶不过是在欺骗她。一想到这儿，时雨又伤心又生气，这些都化成了动力，就连聂千行轻易也追不上她。但聂千行毕竟是男人，又年长几岁，时雨根本逃不掉。好在这时波子从草丛里跳出来，扑到聂千行脸上，刷刷刷几下，抓破了聂千行的脸，聂千行好不容易才甩掉波子，时雨也跑远了，跳上了一辆拉着货物的马车，前往观风城。

观风城人口密集，贸易繁荣，商人与货品来来往往，夜里依然歌舞升平，娱乐消遣活动层出不穷，在这儿总不会感到无聊。不过，繁华里最容易隐藏污秽甚至是罪恶，这个城市里，小偷、强盗、走私者比比皆是，欺凌现象也见怪不怪。每天，有多少人大赚一笔，就有多少人倾家荡产。破产者要么远走他乡，筹划着有朝一日重新再来；要么只能沦落街头，靠乞讨凄凉为生。走在观风城干净宽敞的街道上，只要有心，便能发现潜藏着的罪恶或痛苦之地。生意兴隆的大酒楼旁边，可能是贫民的棚屋；棚屋后面，说不定隐藏着强盗据点。

时雨完全被眼前的繁华吸引了目光，早把霜叶和伤心往事抛在脑后，抱着波子在大街上游逛，最后来到了一座气派的宫殿前。这儿，就是西舍女王居住的地方，也是波子曾经的家。时雨告诉守卫，她想面见西舍女王，谈谈关于波子的事情。守卫显然认识波子，稍稍诧异了一下，还是同意替她通报，但他也告诉时雨，西舍女王一般都不见客人。没想到的是，时雨并没有等待多久，便有侍从请时雨进殿。波子突然跳出时雨的怀抱，钻进一旁的草丛里，时雨只好一个人跟随侍从前往大殿。

这里的回廊曲曲折折，一道道屏风遮断了视线，让这本来结构复杂的建筑物，更是变得像迷宫一样。也不知穿行了多久，时雨被带进一座华丽的殿堂中。地板上是她模糊的影子，四周密密地挂着绛色的帘子，风从帘子那边吹来，带来青草、鲜花的香气。时雨回过神来，才发现带路的侍从不见了踪影。无奈，她只得缓缓挪动着步子，打量着帘子，突然听得左前方的重重帘幕之后，传来一个女人冰冷而威仪的声音：“波子在哪儿？”时雨便把波子跑掉的事情讲了出来，她隐约看到一个女子正襟危坐的剪影，却看不清她的面容。

“我从来没见过你，你怎么知道波子的事？你想和我谈什么？”女人又说，时雨感觉到她那像审犯人一样的目光透过帘子投向自己，不由得有几分胆怯。

“波子对我说——”

“等等，你是小女巫吗？”

时雨摇头否认，帘子后面的女人，也就是西舍女王又问：“那你怎么知道波子说了什么？”

“我能听懂所有猫的心声。”

这次西舍没再说什么，于是时雨又接着说：“您是女巫吧？我听霜叶说起过，女巫选择动物作为自己的宠物，签订生死契约后，就能听懂动物的语言，了解它们的心思，所以我猜，波子是您的宠物，对吗？它告诉我，以前您能懂它的心思，可现在不明白了，所以它想让我告诉您，就算您让它离开，它也不会轻易就走掉，就算你们已经没有关系，它也会一直默默支持着您。还有，波子会继续寻找珍贵的药草帮助您，大概就是这样。”

“就是这样？”西舍女王的声音变得尖利，帘子后面射来的目光似乎也更凛冽了。时雨不由得郁闷，自己到底是哪句话得罪了这位高高在上的女王。这时，西舍女王突然放声大笑起来，帘子也似乎害怕了，晃动得更加厉害，只听她幽幽说道：“那只猫说得好听，什么忠诚于我，还不是把我的事情随处乱说，它肯定就在这附近吧。听着，波子，我很讨厌你，已经厌倦你了，既然解除了契约，就最好滚得远远的，一只猫谈什么支持和陪伴，笑话！”

时雨为波子难过并抱不平，便说道：“您说得不对，猫也有它们的感情，它们的感情才不是笑话！”这也是时雨会充当传信人的原因。

西舍女王没有再说话，只是很快，就有一群侍卫从帘子后面走出来，将时雨团团包围，他们都是凶神恶煞的样子。时雨警觉地问道：“你们要干什么？”

“不好意思，我讨厌知道我秘密的人。”西舍女王淡淡说道，“所以，我得让这些人变成不存在。”

秘密是什么？时雨叫道：“我什么都不知道！”

“是吗？一个随时能听懂猫的心声的人，知道的东西太多太多了吧。”西舍女王冷哼一声，“将她关到地牢里。”

侍卫们拥上来，粗鲁地抓住了时雨，她个子小、力气弱，挣扎反抗了几下只是徒劳，眼看着就要被侍卫们带走。这时黑猫波子突然从一面帘子后面跃出来，抓挠着几个侍卫的脸，不过三五下，便被其中一人一把抓住，扔在地上。波子像弹簧一样从地上跃起来，冲着那个侍卫龇牙咧嘴，最后目光转向西舍女王藏身的帘子。而西舍女王似乎也感觉到了它的目光，说道：“臭猫，之前我说得非常清楚了吧，念在你帮我多年的分儿上，这次我就不追究你的责任了，快快从我眼前消失。但这女孩，既然她知道关于我的事，她就不能活在这个世界上！”

侍卫们拉着时雨朝殿外走，虽然时雨再三强调自己真的什么也不知道，但西舍女王不予理睬，波子倒一路不停道歉。快走出殿堂时，一阵大风吹来，忽然掀起西舍女王面前的帘子，时雨瞥见了一张白皙的、戴面纱的脸。那双眼睛美则美矣，但疲劳至极，时雨觉得西舍女王可能病了。生病的人都会变得敏感，很容易被外人激怒，但这也不能为她随便就想杀掉时雨当借口啊。

时雨被扔进黑乎乎的潮湿地牢里，没有窗户，空气不流通。她憋得慌，心里毛毛的，但还是强迫自己思考，到底是哪儿得罪了西舍女王，不然死得不明不白。波子对她所说的那些话，句句浮现在她的脑子里。波子是一只老猫了，像多多梅一样，它只是单纯地希望，能够陪在主人身边到死，但西舍女王听不懂它的心声了，所以它很着急，遇到了时雨，希望她能够帮忙传达。无论是人还是猫，对某人好时，都不想悄无声息，都希望对方能够明白，这也是传信人存在的意义。

等等，问题会不会出在西舍女王没办法听懂猫的心思上呢？女巫不是都能和自己的宠物交流吗？时雨突然感觉到，自己说不定真的窥见了西舍女王的大秘密——她是有名的风之女巫，然而现在她没办法读懂宠物的心思，她还算是女巫吗？

奇怪，不知为什么，就算被威胁杀死，时雨好像也没特别害怕，总感觉眼前的一切缺少真实感，像一场游戏，或者说一场梦。她闭上眼睛，深呼吸，让自己平静，思考从自己的房间里跌入这个世界后所经历的一切，会不会真的是梦境呢？这个梦要何时才能醒来，要她死了之后吗？

“就算是在梦里，我也不想被杀死！”时雨自言自语道，她环视了一下四周的黑暗，又叹了一口气，明白自己根本没办法反抗。突然，她又感觉有些奇怪，不对，她身上似乎少了什么东西，焦头烂额思考了半天，时雨总算明白，她的面具不见了。什么时候开始忽视了面具一事呢？它是掉在了西舍女王的寝殿，还是早已被霜叶拿走了？

后者的可能性更大——如果霜叶想让她乖乖就范，确实会把能给时雨力量的面具拿走，再随便使个咒法，或给她吃一些魔药，就让她把面具忘掉了。霜叶和西舍女王，想到这两个人，时雨觉得全世界都在和自己为敌，心里不由得伤感起来。

在黑暗中，也不知等待了多久，脚步声靠近，牢门打开，两个狱卒粗鲁地抓起她，将她半拖半拉带到门外，摔在地上。在黑暗里待久了，眼前虽然是昏暗的油灯的光芒，时雨也觉得刺眼，便半眯着眼睛，注意到眼前有一个高高瘦瘦、穿着黑色靴子的刀疤脸男人。他用玩味的目光打量着时雨，绿宝石般的眼珠子里透露出的寒意，就和时雨小时候想象中的人贩子一个样。

“晚上好，小姑娘。我叫文商，是来送你上路的。”他突然笑起来，伸出舌头舔舔嘴唇。“不要担心，很快就会结束。不过，会有一点点痛哦。”

死亡吗？恐惧蔓延到全身，似乎已经感觉不到心的跳动。她的声音也不由得变得微弱，语气里带着哀求，说道：“求求您，帮我向西舍女王求求情。我只是单纯地想帮那只猫，我什么也不知道，我不想死！”

“真可怜。”文商伸手摸了摸时雨的头发，这个时候时雨偏偏想到，她好像很久没洗头、没用护发素了，头发应该干枯得像稻草，现在死了实在不体面。

“所以不要想，只需要敞开怀抱拥抱死亡就行了。”文商拿出匕首抵着时雨的下巴。时雨瞪大了眼睛，想象到了接下来那血淋淋的一幕。

“不过，小姑娘，你的运气不错。今天是十五，月圆之夜，你出门就能看到月亮，观风城的月光比别处更加皎洁哟，你会喜欢的。不喜欢十五月亮的人，是世上最大的罪犯。十五的夜晚只适合欣赏美景，小酌清谈，唱歌跳舞，不适合杀人，我从不会在这天弄脏自己的手。”看到时雨惊讶的目光，文商满意地点点头，“没错，十五的话，我会大赦天下哟。我会放了你，若你想活命，就赶紧离开这儿，懂吧？哦，离开时，不要忘了赏月，这可能是你人生中，见到的最后一道美景。”

匕首移开，切断了时雨身上的绳子。

“不过啊，你也不要高兴得太早。因为从明早开始，我会再次追捕你。而且，因为今天的仁慈，明天我会非常高兴结束你的小命。最好藏得好一点儿，这样才有趣。”

文商起身，一屁股坐在布满灰尘的椅子上，匕首早已收起来，他擦拭起一只口琴，不再看时雨。时雨的双腿有些麻木，看着那道离自己不远的大门，心里犹豫着，到底要不要离开。

“反正我的命此刻也在这个变态手中，试试也没什么损失。”

时雨还是打开门，又回头看了看文商，他依然没有抬头。时雨走出大门，轻轻地但又迅速地将门合上，这时心才怦怦跳了起来，是感觉到自己又活过来了吗？

门外月光清冷，万籁俱寂，四下并没有可疑的人影。她深吸一口气，尽量以从容的步子穿过庭院。只有路灯还醒着，自己能去哪儿呢？城门已闭，只得找个地方躲到早晨，再想办法混出城。由于担心巡夜士兵发现自己，时雨穿梭在一条条偏僻的小巷子中。脚凉凉的，原来此刻她只穿着袜子，真是狼狈。

不知何时开始，时雨感觉身后有人，好几次回过头，都不见半个影子。她加快脚步，身后的步子也快了，慢慢地，能听到呼吸声。双脚冷得麻木，她强迫自己跑起来，身后的人也跟着跑。当她拐进一条昏暗的巷子里时，那人赶上她，从身后捂住她的嘴巴。时雨拼命挣扎，那人伸出另一只胳膊钳制住她的身体。

"安静，我没有恶意。"

说话的是个女人，并不是那个文商。时雨松了一口气，停止挣扎。

"一个叫霜叶的丫头告诉了我关于你的事情。"

才离虎口又入狼窝吗？时雨拼命挣扎起来，低声说："我才不要见霜叶，她是个坏蛋！"但身后的女人把她抓得很紧，她还要反抗时，那个女人突然在她耳畔低声说："那我就把你扔下，等到明天早晨文商来杀你，怎么样？你觉得你能够逃得过那个男人吗？"

时雨垂下手，没再说话，也不反抗，任由女人带着她离开。实际上，因为刚刚死里逃生，她确实已经浑身无力了。女人也感觉到时雨的疲惫，柔声说："没事，可以尽量放轻松，你已经安全啦。"

路上，女人告诉时雨，她叫霍东来，是观风城里的治安官。霍东来看起来大概四十出头，她有一张不怎么好看的脸，厚厚的嘴唇，眉毛稀疏，但一双眼睛却闪耀着平和而坚毅的光彩，令人心生依赖。较之寻常的女子，霍东来的身形要高大强壮很多，眼下，她搀扶着时雨，也不介意时雨把全部的重量压在自己的身上。

两个人回到霍东来家中，霜叶正在屋子里等候。时雨脸色苍白，似乎很疲惫，胳膊上有些淤青，但看到她完好无损，霜叶也松了一口气。时雨白了霜叶一眼，没好气地说道："现在好了，我还是被你抓住了，但我还是会想办法逃跑的！"

"如果我是你，就会把自己的计划藏在心里，慢慢实施。"

"我当然会慢慢实施，还要告诉你，让你也过得不好！"

霍东来忍不住"扑哧"笑了起来，给时雨倒了一杯热茶，对霜叶说："这小丫头还真会钻牛角尖，真是孩子气，但让人讨厌不起来呀。"

"没错。"霜叶也笑了，但不知想到什么，她眼神一黯，然后垂下头。

时雨的肚子咕咕叫了起来，霍东来迅速给她煮了一碗面条，时雨毫不客气地大块朵颐起来。霜叶问："西舍女王把你打入地牢，那里守卫森严，据说还有她最信赖的手下文商把守，你是怎么逃出来的？"

时雨故意装作没听见，扭头对霍东来说："您做的面条太好吃了！"

霍东来笑笑，替她向霜叶回答道："救她的是月圆之夜。文商虽然是个职业杀手，却有着月圆之夜不杀人的奇怪规矩，时雨撞上他，也算是幸运。"

夜晚在沉闷中过去，其间时雨想了十八种从霜叶手中逃跑的方法，又全部否决了，只留下两个黑眼圈。第二天早晨，经过精心伪装的时雨，和霜叶一起出城。观风城确实繁荣，街上人来人往，店铺鳞次栉比。房屋墙体都是白色，每家每户门口都有奇怪的装饰物，像抽象画，虽然不明白那代表什么，却吸引了时雨的注意。想来，若不是帮波子的忙，她不会被西舍女王盯上，眼下就能不必乔装打扮，优哉游哉地逛街。这个世界也太可怕了，要想安全地生存下去，比登天还难，时雨不由得感到惆怅。

城门就在眼前了，霍东来突然拉着霜叶和时雨，匆匆拐进了旁边的一条巷子里，气氛变得紧张起来。三个人如临大敌，不断加快脚步，却还是被在巷子中等待多时的人堵住。

眼前这个斜倚在墙上、好整以暇地打量着她们的男人，正是昨晚的杀手文商。他朝时雨咧嘴一笑，说道："我说过让你好好藏着，真没趣。"十五的夜里不杀人，只为了十六的白天更有趣。就像猫捉老鼠，会把老鼠放走，然后再次把它抓起来。这不过是一场游戏。

时雨不由得打了个冷战，赶紧挨近霍东来，才觉得安心一点儿。霜叶则在掌心里酝酿着火焰，这小小的动作也被文商察觉，他道："女巫小姐，我们是不是见过呢？您是不是两年前，就该成为我的刀下鬼了呢？您躲得真够久，不过没关系，我会很高兴给您一个迟来的死亡。"

两年前的那个夜晚、一直带着笑的可怕男人……霜叶脑海中的脸庞与面前的人重合在一起，唯一的区别就是面前的男人脸上多了一条刀疤。那次若不是霍东来搭救，自己确实已经死了。

"快跑。"霍东来说。

时雨和霜叶转身就跑，霍东来则拔剑对付眼前的文商。文商摇头叹息道："霍大人，您不应该随意插手这种小事，女王大人会不高兴的。"霍东来也不回答他。

巷子另一头也蹿出两个男人来，都是些笨蛋。霜叶将手中的火焰吹向另外两个男人，那两个人本能地闪开躲避。霜叶趁机放出暗器，二人应声倒在地上，但还没等她松一口气，又有两个人冲了出来，文商还真是兴师动众。

观风城有西舍女王亲自坐镇，在这儿闹起来没好处，得速战速决！霜叶紧张得额头渗出细汗来，这时头顶传来小乖那熟悉的声音，接着更加熟悉的聂千行跳出来。霜叶精神一振，两个人默契配合，又是暗器又是虚张声势的火焰，好容易将眼前的人唬住。找准时机，霜叶拉着时雨和聂千行，以最快的速度逃离了巷子。

三人尽量不动声色地出了城门，这才松了一口气。昨天，霜叶一个人悄悄进了观风城，还联系上了霍东来，帮忙营救时雨。而聂千行则留在城外等待，还好，他担心事情有变，跑进城里找霜叶，要不然真不知会不会再次落入文商的手里。

时雨这才知道，原来，霜叶似乎曾经也得罪过西舍女王，并且遭到文商的追杀。

眼下，三个人一路狂奔，翻过山见不到观风城了，才敢停下来，大口大口地喘气。

现在应该安全了，时雨则盘算起她的第十九种逃跑计划来。趁霜叶和聂千行在前面嘀嘀咕咕说着什么的时候，她顾不得满身的疲惫，转过身撒腿就跑。眼疾手快的聂千行一把抓住了她的胳膊，说道："从我聂大侠手里逃跑一次，不可能还有第二次机会，时雨，你就死心吧。"

时雨郁闷得直想跺脚，她愤愤地看向聂千行，忽然一愣。

聂千行的脸上带着温和无害的笑意，就像邻居大哥哥一样。好奇怪！霜叶从他身后走过来，微微含笑，从怀里掏出猫脸面具，递给时雨，说道："我并不想抓你，时雨，但我不能违抗那个人的命令，老实说，我很害怕她。不过，我会给你一次逃跑的机会，带着面具，离得远远的，希望我们再也不要相见了。"

时雨半信半疑地接过了面具，试探着转身走了几步，霜叶和聂千行并没有追过来，她转头说："我走了。"

"保重。"霜叶说。

时雨又走了两步，两个人还是没追过来。她犹豫了一下，又转头说："那我真的走了。"霜叶朝她挥了挥手。时雨说了声"谢谢"，想了想，还是忍不住问道："可不可以告诉我，一个女巫如果不能和她的宠物交流，是不是意味着她不再是女巫了？"

霜叶点点头，说道："差不多可以得出这个结论，让女巫能够与动物订立契约、心灵沟通的是力量。"

也就是说，西舍女王没了力量，却又千方百计想要掩盖这一点？她还真是会自欺欺人啊。时雨加快了脚步，走了很远很远，转头时，已经看不见霜叶和聂千行，这下总算是安全了。不过等等，接下来该去哪儿呢？西舍女王是不会帮她的忙了，要怎么回家呢？

想到这个问题，时雨顿时像泄了气的皮球。她漫无目的地走了一段路，突然听到头顶传来啾啾的鸟鸣声，一只嫩黄色的漂亮小鸟停在了她的手臂上，她认得这是霜叶的信使小乖。她取下小乖爪子上缠着的一封绢信并展开，只见信上写着：

若要回家，去露生城找沼泽女巫。

时雨记得，沼泽女巫是梦幻大陆上与西舍女王齐名的了不起的女巫，既然霜叶这么说，想来沼泽女巫必然有能力帮助她回家。不过话说回来，为什么沼泽女巫要经营马戏团呢？

想到沼泽女巫，时雨突然想到因她而失去双目的司徒诚。司徒诚临别时曾经提到，沼泽女巫和她的马戏团最近在北边巡回演出。看来，他们现在就在霜叶所说的露生城。

不知司徒诚现在怎样了？

她的脑海里闪过司徒诚的面庞，还有霜叶、聂千行、龙女洛离的面庞……她想得出神，没注意到脚底传来“咔”的一声脆响。一低头，才发现自己踩在一团冰上，但现在正是夏天，气候炎热，林子里不应该有冰块。

此时，时雨并没注意到，身边不远处的草丛里，还有一团团移动着的小雪人。

第八章

无尽黑暗

人生地不熟，要顺利找到露生城谈何容易，时雨只得再次求助自己的好友，也就是这个世界上所有的猫，让它们帮忙打听消息。原来，露生城是位于梦幻大陆北方的一座小城，临近停云，要到达那里，坐马车沿着大道日夜兼程的话，最快需要两三天的路程。

跟霜叶和聂千行分别前，他们给了时雨一些路费，雇辆马车自然问题不大。但是，时雨总觉得前方隐隐有什么危险潜伏着，说不定哪天在马车上一觉醒来，发现自己已经被抓住了。她越想越不安，最后打定主意，白天步行赶路，晚上住旅馆。这样便可以时时观察周围的情形，遇到突发情况也可以随机应变，比较安心。

当然，这样的“安心”只是相对的。

一路上，时雨晚上时常睡不好觉，甚至半夜从梦里惊醒。一个人的旅程，又是在这样一个未知的世界，时雨心里难免忐忑。她希望身边能有人陪伴自己一起上路，不过眼下，她只能自己帮自己。

另外，因为担心文商可能追过来，或者霜叶改变主意，或者霜叶害怕的“那个人”亲自出马抓她，时雨好几次滴血于面具之上，这样就能加快赶路的步子。

如今的时雨戴上面具后，头还是会眩晕，但已经能够保持自己的意识。她慢慢明白，自己看到的，或许是面具的记忆碎片，这本来就不是普通的面具，肯定也有着自己的意识吧。此外，她在这些记忆里找到一只黑猫，很像罗斯贝坦，甚至还看到过那个在梦里叫她名字的男人，她现在已经不认为那个人是她的父亲。说来奇怪，当她想到那个人时，心里有一种感觉告诉她，她应该讨厌那个人，可又有另一个声音让她不要这么做。此外，她还在记忆里看到了一片云，会说话也会改变自己形状的云，听声音是男性，它应该是云精灵。这面具跟随着自己以前的主人，都见了些什么人呢？这是十八面戴着它看到的吗？不知为什么，时雨觉得这更像是自己所见的一切。

慢慢地，时雨发现自己要防备的“人”变多了，因为她看到了那些奇怪的冰雪小人。它们很笨拙地躲在草丛里或树干后，时雨感叹这些跟踪者太笨拙。一次，她甚至抓住一只小雪人，问它跟踪她的原因，问它的主人是谁。不过这小家伙压根儿不会说话，被发现后，也会很快在时雨的眼皮子底下化成一摊水，令时雨哭笑不得。

这天，时雨来到一个叫栖云的小镇，路面更加宽阔平坦，行人也多了起来。道路两旁的大树下，很多小贩在摆摊叫卖，人来人往，热闹极了。时雨边走边打量着货摊上琳琅满目的物品，还时不时回头看执拗地跟在身后的冰雪小人。它们有时会被行人踩扁，但很快便能恢复原状，而且，进入栖云镇后，时雨明显感觉到它们的数量越来越多了。

猛然，时雨发现不远处的人群中，有两个穿着黑色长袍的男人鬼鬼祟祟地望着她，其中一人留着小胡子，看起来有些眼熟。

糟了！时雨突然想起眼前的两个黑衣人的身份了。这是那天跑到自己家中，误将自己当成十八面抓走，害得自己莫名来到梦幻大陆的三个黑衣人中的两个。前有意图不明的黑衣人，后有指认十八面盗窃贵重财物的和光等人，时雨不禁叹了口气，心想，十八面惹的麻烦可真不少！

不管怎样，得甩掉这些人，时雨深吸一口气，便朝着黑衣人所在的相反方向撒腿狂奔。这般横冲直撞自然撞到不少人，也招来很多白眼，眼下她也顾不得这些，只能在心里对这些人说“对不起”。

时雨气喘吁吁地拐进一条巷子里。脚边的小雪人越来越多，行人却越来越少，不知自己到了怎样的偏僻区域，不过总算甩掉了那两个可疑的人。时雨松了一口气，不觉放慢了脚步，快走出巷子口时，突然横过一辆马车，挡住前路。

“每次都要我亲自出马，那两个笨蛋。”一个冰冷的声音从马车里飘了出来，紧接着，一只纤细而有力的手臂伸了出来，一把拉住时雨的胳膊，生生将她拽到马车上。

时雨惊魂未定地回过头，借着马车里昏暗的光线，她看到里面坐着一个穿着宽大的黑色衣袍、半张脸掩在一张银灰色铁面具后的女人，正面无表情地打量着自己。时雨也诧异地看着眼前的人，铁面、黑衣、有目的的抓人，究竟会是什么人？

等等，黑衣……该不会是跟那两个黑衣人一伙儿的吧？时雨不禁头疼起来。

正想着怎么跟面前的黑衣女人说清楚自己不是十八面时，方才那两个追赶她的黑衣人也气喘吁吁地赶了过来，被黑衣女人责骂为笨蛋。小雪人们都聚集在马车旁边，像叠罗汉那样堆砌成大雪人，她又说："辛苦啰。"雪人点点头，机械地扭头看了看时雨，"哗"的一声，融化成了一摊水。原来是魔法，怪不得怎么也踩不死它们。对于魔法，时雨也不怎么惊讶了，心里明白以前自己肯定见惯了这种场面。

马车上，时雨坐在黑衣女人两个手下的中间，她警惕地打量着坐在对面的黑衣女人，问道："你们究竟是什么人？为什么要抓我？"边说话，边慢慢地伸手想掏出怀里的面具。

黑衣女人突然笑了，她抱着胳膊戏谑地盯着时雨，说道："果然不一样呢，一点儿也不害怕我们嘛。不过坏人都不喜欢解释自己的身份哦。"得到黑衣女人的示意，她的手下拿出沾了麻药的手帕捂住时雨的嘴巴，不一会儿，时雨便沉沉睡去。醒来时，只觉得四周一片黑暗，听不到马蹄声，没有颠簸感，后背好像倚靠在一处冰凉的墙壁上，看来自己已经不在马车上了。

黑暗太浓了，说不定像在观风城一样，被关进了阴冷潮湿的地牢里。时雨扶着墙缓缓站起身来，登时感觉一阵天旋地转，看来麻药的药力还没过。霜叶曾经也对她用了麻药，但很快就能清醒过来，看来霜叶当时下手很轻。时雨摇头苦笑，只得又坐下来，让自己慢慢适应黑暗，同时揉搓着太阳穴。

不知过了多久，她再次起身探察身边的情况，摸到了与地面和墙壁同样冰冷潮湿的铁门。看来果然又一次被囚禁了。眼前的情景莫名地熟悉，勾起了时雨的回忆。

那个戴着半张铁面具、看起来比和光还要危险的黑衣女人，不会是西舍女王的手下吧？眼见文商出师不利，所以又派了人马来抓自己。难道说，眼下自己又回到观风城的地牢了吗？

似乎又有些说不通。毕竟停云离这里有好几天的路程，除非自己昏睡了好几天。而且，眼下的地牢似乎与记忆中观风城的地牢有些不同。

究竟是哪里不同呢？

头还是有些晕晕沉沉的，时雨再次坐下，身心都很累，却并不想睡觉，只好发呆。她自言自语道：“我怎么会这么倒霉呀？”可惜，没有人回答她。陪伴她的只有静寂无声的黑暗。

墙壁上闪烁着光芒，虽然微弱又昏暗，但对久处黑暗的时雨来说，这比阳光还要明亮。她转过头站起身，看到那光芒是从铁窗外照进来的，窗户离她恐怕有两米，要扒着窗户看看外面的景象是不可能的。侧耳倾听，隐约能够听到外面有脚步声响起，越来越近，又渐渐远去，投在墙壁上的光芒也跟着缓缓移动，然后消失，世界又恢复了黑暗。

时雨再次坐下来，心情比刚刚还要沮丧，她蜷缩起身体，闷闷地发呆。不知过了多久，光亮再次从窗外透进来，她循着光好不容易摸到了铁门，使劲拍打，希望有人能够和她说说话。

没有人搭理她。

墙脚突然传来轻微的响声，有亮光从那儿透进来，原来是一个小洞，一盘糊状的东西被推了进来，散发出淡淡的饭香。可能是食物吧，时雨心想。虽然肚子很饿，但眼下的这种境况，她压根儿没有心情吃。大概一刻钟后，又有人把盘子收了回去。时雨突然感到气愤：真可笑，这是哪儿？她至少得知道自己成为囚犯的理由。

“什么时候才有人审问我？不可能一直就把我关在这儿吧？还是说，想关我几天，消磨我的意志？我又没什么需要承认的。天哪，我到底都得罪了些什么人？”时雨喃喃道。

又昏昏沉沉地睡了一觉，醒来后，脑子里依然一团糨糊。门外时时有脚步声来来去去，她不感兴趣。不过这次，她感觉到高跟鞋撞击地面的声音停在牢门外，有人在开锁！

门缓缓打开，相对新鲜的空气争先从门缝挤进来，扫尽时雨脑子里的阴霾。半张脸覆盖着铁面具的黑衣女人提着灯，面无表情地走了进来，闪身站到一侧，灯光照亮了她身后走出的人的身影。

那是一个穿着修身的洁白长袍、秀发披散的年轻女人，淡然的眼眸扫向时雨，似乎带着一种审视的味道。半晌，她缓缓开口道：

“没想到你回来了。她在哪儿？”

时雨疑惑地问道：“你说的是谁？”

“李南寻。”白袍女人的声音沉静、冰冷，“你拿着她的面具，别告诉我你不认识她。”

李南寻又是哪位？时雨望着眼前的女人，突然脑海中灵光一闪——面具!

时雨恍然，她从怀里掏出了十八面的面具。

原来十八面的本名叫李南寻啊，看来又因为面具被卷入了她的麻烦里，时雨只得无奈地叹一口气。转念一想，这次没被误认为是十八面，也算是不幸中的万幸。

“我不知道。”时雨道。

“为什么面具会在你这儿？”

“我捡到的，觉得挺好看就一直留着。”

白袍女人走近，俯下身来定定地凝视着时雨。她身上有一种无形的气势，令人心生惧意，不知是不是错觉，时雨竟从她的眼神里看到一丝无奈。

“我知道我杀不死你，把她的下落告诉我，你就能自由。”

“可我真的不知道。还有，为什么你杀不死我，刚刚说什么我回来了，难道你认识我吗？”

“瞧瞧我们的万年少女，这种时候继续装傻可一点儿也不明智哦。”白袍女人笑了起来，但看到时雨脸上的表情不似伪装，迟疑了一下，她的眼神中流露出古怪的神情，“你没认出我来？这十二年你倒是消失得彻底，把记忆也给丢了？真扫兴，你应该记得当年我给你的教训才对，我施予别人的惩罚与恶意，都希望别人能牢牢记得，一辈子都在心里骂着我呢。”

时雨脑子里一片茫然，又觉得自己似乎要想起什么东西来，可到底是什么呢？她的目光转向了面具，隐约感觉到，说不定面具能够告诉她一切。对，面具！

时雨下意识地问道：“这面具其实原本属于我？”

白袍女人点点头，重新站直了身子，说道：“就算你回来了，我也没什么好担心的。李南寻带着面具找到了你，请回了你，但不可能改变眼下的一切。十二年来的改变很多，希望你喜欢这儿的一切，特别是天黑的时候，这儿简直是天堂。”

见时雨不为所动，白袍女人微微摇头：“我会给你时间考虑，你最好在我找到她的下落之前，把你知道的一切告诉我。若我先找到了她，你没了筹码，就一辈子都没法离开这儿哦。”

见白袍女人转身要走，时雨忍不住站起身，大声问道：“你们究竟是什么人？想对十八面做什么？”

白袍女人侧过身看向时雨，似笑非笑的表情令她觉得浑身不自在，“你不知道那个女孩很可怕吗？”

说罢，白袍女人转过身，拂袖离去，她身后的黑衣铁面女人冷冷地瞥了时雨一眼，旋即跟在白袍女人身后离去。那道门“轰”地关上，黑暗再次降临。过了好一会儿，时雨才重新习惯黑暗中的一切，想到那女人所说的话，看来她认识自己，难道真的像她所说的那样，自己原本属于这个世界吗？还有，她刚才说的“万年少女”，又是什么意思？

心头的疑问越来越多，却理不出头绪。时雨苦恼地抓挠着头发，忍不住哇哇大叫起来，四周传来空旷的回声，接着又是“轰”的一声，墙壁突然倒下，光亮透进来，不过那并不是太阳光，而是带着淡淡的蓝色。禁锢自己的监牢已然不见了，眼下她置身于一片荒草地上，还能嗅到枯草腐烂的气息。四周没有建筑与人烟，远景融入了浓雾中。时雨赶紧揉了揉眼睛，这又是怎么回事，场景突然切换了吗？这肯定不是电影里，那就应该是梦中了。

不管怎样，应该先走出荒草地，时雨打定主意，但她刚迈出脚步，就踩进了烂泥坑里。时雨慌忙抬起脚来，竟看到自己的脚急速腐烂剥落，露出森森白骨。她吓得大叫起来，定睛一看，脚又恢复了正常，依然穿着靴子，只是靴子上沾了许多泥点。刚才的烂泥坑也不见了。她松了一口气，拍着胸口说：“果然是梦啊，都是错觉，冷静，冷静。”

她仔细看清楚脚下的路才谨慎地迈出步子，如果眼前的情景是在做梦，那么之前在牢里见到那个冷冰冰的白袍女人，也是在梦里吗？还是说，就连困在黑牢里的经历也是在做梦呢？

如果可以，时雨真希望一觉醒来，发现自己已经回到了家里，跟妈妈团聚。

等等，自己，这个自己，又是谁呢？我叫什么名字？有怎样的经历？是陆时雨吗？

想不起来了，她干脆不去想，只顾前进。就这样漫无目的地走着，不知过了多久，从远处的雾里走来一个人影，近了，时雨看到他穿着灰色旧大衣，脸庞似乎有些熟悉。他的目光望向自己，说道：“时雨，我是爸爸。”

一瞬间，关于父亲的记忆从脑海深处涌出来：她的父亲叫陆方，是一家投资公司的经理，对待同事亲切，对待家人温柔，是一个很温和、很好的人。只可惜后来……

后来……时雨感觉头脑混混沌沌，似乎有什么重要的场景被遗忘了。但疼爱她的父亲就这样微微含笑地站在她的面前，用温和慈爱的眼神专注地看着自己。

能够久别重逢，即使在梦里，也让人感到幸福啊。时雨下意识地跑过去，拉住陆方的手急声说道：“爸爸，我们赶紧离开这儿吧。”可陆方摇摇头说：“我没办法离开呀。”

“为什么？”

“难道你忘了吗？时雨，爸爸已经死了呀。那天我们俩一起在阳台上聊天时，是你把我从阳台上推下去的呀。”

他突然笑了，很瘆人，鲜血从他的眼睛、鼻子与嘴巴里流出来，整张脸很快就血淋淋的，而且眼睛里闪烁着可怕的寒光。时雨想要逃开，却被他死死拽住了胳膊。恐惧淹没了她，她突然叫道：“你不是我爸爸，你不是！”陆方俯身看着她，脸上的血滴在了时雨脸上，顺着她的脸颊流向她的脖子。他又道：“直到现在，你还否认亲手把你的父亲推下阳台这个事实吗？”

“我没有！”

“说不定有哦。”陆方的脸上露出一个古怪的笑容。

时雨大叫一声，挣脱开面前血人的手，转身逃跑。大大小小的泥坑又出现了，一不小心踩到坑里，黏腻的泥水溅了一身，散发出阵阵恶臭，但此时她顾不得低头查看。

爸爸不是生病过世，而是被自己谋杀了吗？

这个可怕的想法在她心里不断膨胀，时雨一边跑一边哭起来，泪水模糊了视线，她死死地咬住嘴唇，直到一股甜腥弥漫在口腔中，才意识过来。

她不由得想到自己曾经对父亲的无数次忤逆，无数次没理由地冲他发脾气。但父亲确实是生病过世，而不是被自己推下楼的，可他为什么要这么说呢？

时雨猛地怔住，眼前的一切都不是真实的，是一场噩梦！她刚要转身，突然脚下踩空。

睁开眼，四周一片黑暗，荒草地和父亲都消失了。时雨打了个冷战，她摸到了冰冷的地面，以及身后同样冰冷的墙壁。原来自己还在黑牢里，果真是一场梦啊。可父亲那张可怕的脸似乎还在眼前，还在追赶她。为什么会做这样的梦呢？

从阳台上坠落……时雨若有所思。从噩梦中醒来，她突然想起一些很久远的往事：自己还在上幼儿园时，父亲有一段时间下岗窝在家中，每天借酒消愁。有一天晚上，喝得醉醺醺的父亲跑到阳台上透气，一不留神险些跌下阳台。虽然没跌下去，但一头磕在阳台棱角上，晕厥过去，几天后才醒过来。在那以后，他便很少喝酒，对时雨和妈妈也更加体贴关怀，工作上也更有进取心。

太阳穴隐隐作痛，时雨着实想不通一向温和顾家的父亲竟曾经嗜酒如命，这与她记忆中那总是面带和煦笑意的慈父形象颇有些出入。更令她心底恐慌的原因是，她想起父亲在阳台跌倒晕厥的那个夜晚，抱着玩具熊站在客厅的自己似乎看到一个模糊的黑影，把另一个黑影推下阳台。这究竟意味着什么？

难道真的有什么被遗忘的重要真相吗？时雨惊疑不定地站起身。

“新来的，你也被噩梦控制了吗？”

低沉沙哑的声音传来，时雨扭头朝上方看去，看到那小窗台上蹲着一只花猫，不停地晃动着自己的尾巴。时雨问道：“你在和我说话吗？”

“这儿还有其他人吗？”

“那你是知道我能听懂猫的心声啦？”时雨的心情莫名地平静下来。

“一只黑猫告诉我的，好像叫罗斯贝坦，可笑的名字。”

“罗斯……”时雨喃喃道，依然不敢相信自己的耳朵，“它来了吗？”

“就在城外，和几个雄性人类一起来的，恐怕此刻也和你一样，经历各自的噩梦吧。谁让他们那么蠢，离城门太近。你还不错啦，只做了一场梦就惊醒了过来，有些人整个晚上可能都会沉浸在无穷无尽的噩梦里。我们猫就完全不受影响，人类真弱。”

几个雄性人类，究竟会是谁呢？难道是罗斯贝坦临时找来的帮手？

时雨左思右想，一时难以理清头绪，她问花猫：“为什么所有人都会同时做噩梦？”

“这儿可是停云，有名的噩梦之城啊。每当夜幕降临，黑暗便会挤满城池上空，把所有人带进可怕的梦里。”

“夜晚永远看不到星星、月亮，对吧？”

“没错。”那只花猫挠了挠脸颊，“那个黑胖子让我给你传个口信，让你多多忍耐，它和那群雄性人类很快就会把你救出去。”

“我知道了。”时雨道，“对了，抓我的人是谁？”

“当然是女王，有名的冰雪女巫啊。如今你是重犯，被关在地牢里。不过你不是孤单的一个人，这牢里关押着很多人哦。他们比你幸运，因为他们不用承受多长时间黑暗的折磨，就会被女王砍掉脑袋啦。哈哈哈——”那只花猫晃起尾巴来，看来是高兴过了头，“好吧，其实我是骗你的，女王不喜欢杀人，她觉得折磨人更有意思。瞧，她用噩梦折磨着整个停云。”

这么说来，之前那个浑身冒着寒气的白袍女人，会不会就是冰雪女巫呢？

时雨赶紧打断了这只八卦的花猫，问道：“那你知道李南寻是什么人吗？”

“她以前是公主，之前一直被女王关在宫殿的塔楼里，后来她逃走了。虽然女王可怕，但还是有不少人暗中帮助了她。你和她扯上关系，算你倒霉。我得走啦，就算是猫，长久待在这儿也会被人怀疑。而且好像有个家伙一直想拿我当敌人练剑。”

那只花猫跳下窗台离开了，黑暗依然没变，不过心里有了能离开这儿的希望，她就不觉得眼下很难熬。罗斯贝坦来了，十八面，也就是李南寻说不定也在，看来自己的运气还不算坏。时雨感觉整个人都活了过来，就连眼下黑暗寒冷的地牢，都变得没有那么难挨。不过想到自己莫名其妙来到这个所谓的梦幻大陆，短时间内就接连被捉拿十八面的叶氏庄园、冰雪女巫以及被识破隐秘恼羞成怒要杀自己的西舍女王抓住，就连对自己亲切友好的霜叶，曾经也想把她带到一个神秘人那里。虽然目前自己一直都化险为夷，但回想一下，总会有一种不真实的感觉。

不知过了多久，那只花猫又来了。它告诉时雨，外面已经到了下午，天黑时，救她的人就会有所行动。

“另外，还有一个意外探监的家伙，你想不想见一见？”

“当然。”

那只花猫跳下窗台，很快，另外一只猫跳上来，它的身躯比刚刚那只花猫至少大三倍。还没等它说什么，时雨就嗅到了它身上熟悉的味道，忍不住惊喜地叫道：“罗斯！”

罗斯贝坦跳进地牢，落在时雨脚边，接着时雨听它心里说道：“哟，时雨，你怎么把自己弄得这么狼狈呀？”

“少说风凉话了。”时雨的声音里有掩饰不住的欢快，“你们真的能把我救出去吗？救我的人是谁？”

“很复杂的同伴，一时半会儿也解释不清楚，等你出去后就知道了。记着，今晚若你发现身边出现很臭很恶心的烂泥，请不要逃开它们，它们便是营救你的小伙伴。明白吗？”

“好的。”

时雨想到了曾经遇到过的向她讨要美酒的烂泥怪，罗斯贝坦找的帮手，该不会是烂泥怪吧。

“喂，黑胖子，你们不要忘记对我的承诺，知道吗？”窗台上那只花猫嚷嚷道。

“放心，我们向来说话算话，阿知。”罗斯贝坦像个大佬一样拍拍胸脯，底气十足地说道。

“什么承诺？”时雨问。

“住在你隔壁牢房里的那个男人是阿知的朋友，它让我们顺便把他也救出去。”罗斯贝坦从时雨的怀里弹出来，甩了甩脑袋，“这儿的气味实在难闻，我快吐了，先走啦。晚上再见。”

两只猫都离开地牢，时雨便开始盼望着夜晚来临。虽然知道不该在“噩梦之城”入睡，但时雨还是抵挡不住倦意，迷迷糊糊睡着了。梦里，她又来到了那片荒草地上，记不清楚自己为什么要来，脑子里只有一个念头，就是回家，一家三口围坐在餐桌前吃饭，所有菜都香喷喷、热气腾腾的。可是，该从哪儿回去呢？远处有星星点点的亮光，她决定去看看，突然光芒又消失了，大雾涌来，一个修长的黑影在雾中若隐若现，缓缓向着她靠近。她不知道那人是谁，但恐惧从心底里升起，她赶紧朝反方向逃跑，听到那人呼唤着自己的名字，很细很细的声音，像是从天边传来。

突然，那声音出现在耳边。时雨一回头，看到了一张惨白如纸的脸。她不认识这个男人，又感觉在哪儿见过他。他突然咧开嘴，冲着时雨笑起来，马上又消失了。时雨突然失去平衡，跌进烂泥坑里。似乎有千万只手拽着她，无论她如何挣扎也逃不出去。

“不要动，虽然你很难相信，但我不是坏蛋。”烂泥里传来一个有些滑稽的声音。

时雨打了个冷战，睁开眼睛，瞬间变得清醒，知道自己方才再次被噩梦控制，眼下自己还是在地牢里。不过为什么这里的空气突然变得恶臭无比呢？还有，身上为什么糊满了烂泥？她忍不住叫了一声。

“安静！被发现就不妙了。”烂泥中的声音又说。

“我曾经见过一只你的同类，它非常喜欢喝酒。”时雨小声说。

“那应该是皮鲁，我的朋友，我叫古鲁。他特别喜欢喝酒，主人最近不在，他悄悄跑去外地寻找美酒了，不知道有没有惹出什么事来，到时候又得我帮他收拾烂摊子。”

时雨告诉古鲁她送给皮鲁一壶酒的事情，又问道：“你是怎么进来的？”

“我是泥土，当然能在地底下自由活动，只不过花了不少时间才顶开石头地板。等会儿我会把你包裹起来，带着你从地底离开，保证不会让你受伤。不过，我确实又恶心又臭啦，女孩子肯定很讨厌吧，但逃命第一，请先忍耐一下。”

“好的。”时雨觉得像被它看穿了心思，有些不好意思，“谢谢你。”

“那深吸一口气，我们要出发啦，美妙的地下之旅，你一定会乐在其中。”

烂泥怪古鲁发出古怪的笑声，它的整个身体都在颤抖。时雨低低地说了声“我尽量吧”，便深吸一口气，闭上眼睛。她感觉围绕着自己的软泥像是活了过来，将她严严实实包住，却并不觉得憋得慌，反而有些像在做按摩，非常舒服，不过气味着实不怎么美妙。接下来一阵天旋地转，软泥不停挤压着她，后来那些泥又慢慢从她身上滑下。

清新的空气扑面而来，时雨慢慢睁开眼，看到头顶是半圆的月亮，月亮旁边是横生的树枝，耳边还有小虫儿的鸣叫声。

她顺利回到了外面。

第九章

青 鸟

放下时雨后，烂泥怪古鲁又离开了，想必是去救罗斯贝坦提到的花猫阿知的那位朋友。一旦整个人都放松下来，时雨闻到自己身上散发出来的臭气，胳膊上、腿上也黏糊糊的，自己都有些嫌弃自己了。没过一会儿，她又听到熟悉的咕噜咕噜声。古鲁回来了，带回一个和时雨一样脏兮兮的男人，五十岁左右，蓬头垢面，和她一样散发着臭气。花猫阿知欢欢喜喜地跑过来，又猛地跳开，不满地叫嚷道："太臭啦！"

古鲁一点点聚集起来，离开地面，如三岁孩子一般高，叫道："你是暗示我的身上很臭吗？"

"只要有鼻子的人或者猫，都能闻出来吧。"

夜色渐深，周围越来越暗。

这时，身后的方向有脚步声靠近，时雨转过身，只见有个黑影走过来，她挣扎着想站起来时，影子已然来到她的身边，将她扶起来，兴奋地说：“太好啦，你平安无事！”

这是一个陌生男人的声音，但很温柔，有一种莫名的亲切感。黑暗里，时雨看不清楚他的模样，只觉得他异常高大，抓着她的那只手强壮而又有力。这个人肯定曾经是她的朋友吧，万年少女的朋友。时雨艰难地笑了笑，说道：“不过一身臭气。”

“没事就好。”高个子男人扭过头面向古鲁，“笨蛋，这根本不是我们预定的地点吧？”

“不过差了几百米，有什么关系？”古鲁毫不在意地说。

高个子男人告诉时雨，这儿也不安全，就搀扶着她离开，又嫌时雨速度太慢，干脆把她背了起来。一瞬间，时雨回想起小时候的某个下雨天，父亲背着她，她打着雨伞，当时心里的感受也与现在一样。不过时雨马上便有些沮丧：若真如冰雪女巫所说，自己来自这个世界，而且是什么“万年少女”，那父亲还是真正的父亲吗？她还能回家吗？时雨叹了一口气，突然感觉到投向自己的目光，扭过头去，便看到了与自己同时得救的那个男人，他对她笑了笑，可能同是天涯沦落人，时雨也报以微笑。

一行人走进一片树林里，眼见前方的路越来越难走，天色越来越暗，时雨忍不住问道：“咱们这是要去哪里？不会迷路吧？”

背着时雨的高个子男人声音温和地说：“放心吧，一会儿就到了。而且，迎接我们的使者们马上就要出现了。”

使者们？

时雨不明所以地看了看空无一人的前方，正要再问，这时，她听到不远处的灌木丛中传来窸窸窣窣的响声，紧接着，蹿出来一只又一只猫，全都望着时雨。

见高个子男人微微颔首，并且烂泥怪古鲁和他身旁的人类朋友的神情都很平静，时雨知道，这就是他方才提到的前来迎接他们的“使者团”。在它们的带领下，大家来到了密林深处的一间小木屋前。进屋后，高个子男人将时雨从背上轻轻放下，然后走到桌前点燃了灯，登时整间屋子被光明笼罩。时雨看得清楚，他有着棱角分明的脸和深邃的目光，短发有些自然鬈，明明是陌生的五官，却没来由地令她想起曾经出现在自己梦里的那个人，来自那个长满红色大树的岛！

猫儿们也都聚集了过来，数不清有多少。罗斯贝坦告诉时雨，这些都是停云城里的猫。时雨扫了猫儿们一眼，目光停在一只长着金色长毛的猫身上，它比其他猫都要神气，显然是这些猫的首领。那只金毛猫王从猫群里走出来，恭恭敬敬地在时雨面前垂下头行了一礼，时雨吃了一惊：猫是高贵的生物，即使必须依靠人类才能活下去，它们也没学会谦卑。

“谢谢您回来了。”金毛猫王说，“谢谢您曾经为我们停云所做的一切，非常抱歉曾经让您受苦。”金毛猫王张嘴发出“喵”的一声，其他猫也异口同声地发出同样的声音，显示着对时雨的尊重。

看样子，自己应该是非常有恩于它们吧，可时雨根本就不知道自己做了什么，只好让猫儿们随意些，又问道：“看上去你们都认识我？我以前到底做过什么？”

金毛猫王抬起头来，似乎有些惊讶。这时高个子男人说道：“因为当年的事情，她受了很重的伤，为了保全自己，舍弃了很多东西，包括记忆，并且被迫回到了婴儿状态。”

他的目光转向时雨，时雨也盯着他，似乎想知道更多的答案。只听他继续说道：“为此她甚至流落到了另外一个世界，我们也花了不少时间才找到她。她在那个世界生活得很好，无忧无虑，我们并不想过早地打扰到她在那边的生活。不过就如同某个预言所说的那样，面具会把她带回来。”

时雨没有说话，脸上的表情也出人意料地平静。其实这些天，她心里已然隐隐有了某种猜测，眼下这些疑问得到了确认，她感到前所未有的茫然，一时竟不知道该说些什么。

金毛猫王说了声“原来如此”，又开始询问起李南寻的情况来。罗斯贝坦说：“你是说那个戴着时雨的面具、自称‘十八面’的小丫头吧？那天有三个黑衣人跑去时雨家抓她，混乱中时雨跌进了这个世界里，惹得猫爷我冒火了，狠狠咬在了那些浑蛋身上，把他们赶跑了。怎么样，猫爷我很厉害吧？”

没有猫附和罗斯贝坦，时雨也不准备给它面子。罗斯贝坦气鼓鼓地说：“好吧，其实我骗人了，我咬伤了一个黑衣人，那家伙发出可怕的嘶吼声，化成黑烟消失了。至于另外一个人，很抱歉他逃过了我的尖牙，带着李南寻离开了。那几个黑衣人身上散发出来的气息，与停云城里黑影的气息是一样的，我猜想抓走李南寻的人，应该是冰雪女巫的爪牙。我的同类朋友们，如果你们都没在停云城里找到李南寻，那我猜，她肯定是想办法从黑影手中逃走了，那个丫头精着呢。之后，白芜来了，我们给时雨的妈妈留了字条，便来到这边寻找时雨。”

时雨的目光转向高个子男人——白芜，他应该是时雨的朋友。时雨问道：“你就是给我钱，让我当传信人的那个人？”白芜点点头。时雨没再说什么，十二年的生活一下子被推翻了，还有长长的被遗忘的人生：罗斯贝坦、白芜，还有眼下这个形势复杂的世界，到底在她以往的生活里扮演着怎样的角色，她需要好好想想。

这时，因为身上很臭而一直停留在屋子外的烂泥怪古鲁，似乎有些不耐烦了，他向一屋子的猫和人告别，打算回烂泥坑里休息。古鲁和停云的猫关系非常好，当金毛猫王请它帮忙时，它想也没想就答应了。等它的臭气飘远之后，金毛猫王说：“古鲁是个好心的傻瓜，就因为有一个坏心眼的狠毒主人，才做了这么多让停云人愤恨的事。”

一直沉默的另外一个获救者也起身，朝大家打了些奇奇怪怪的手势，因为他是一个哑巴。最后还是白芜看懂了大意，原来这个人准备离开，白芜道：“我们也只是暂时歇脚于此，不如一起吧，前面再走一小段就到双桐镇了。”

时雨累得只想睡觉，想把突然涌进脑子里的信息暂时搁置起来，但没办法，只得继续赶路。那些猫又送了一程，将时雨一行人送出树林，不远处有一家小客栈。金毛猫王带着猫儿们道别，临走时，金毛猫王犹犹豫豫，最后还是对时雨说，希望她能够帮忙寻找李南寻，时雨答应下来。之后发生的事情，时雨都只有些模模糊糊的记忆，只记得吃过东西，洗过澡，和白芜以及罗斯贝坦有一搭没一搭地聊过几句。

等到时雨再次清醒时，天色大亮，她坐起来，发现自己在一个干净的小房间里，身下铺着洁白柔软的床单，旁边的窗台上，细弱的花枝在风里摇晃着，不对，被一只胖黑猫挤得摇晃起来。

那是罗斯贝坦，听到响声后，它打了个哈欠，跳到床上，张嘴说道："你总算是醒啦。"时雨笑着说："我还以为上次在地牢里见到你，只是一场梦。"

"任何梦境都装不下我庞大的身躯。"

"这有什么好得意的？"时雨又躺下，打量着天花板，喃喃道，"我真的不是陆时雨吗？我是谁呢？"

"你当然是陆时雨，但在你成为她之前，你叫青鸟。"

"十二年前是吧……在我身上到底发生了什么？"

"说来话长，当时停云城因为冰雪女巫的进攻危在旦夕，你这个傻瓜偏偏又和停云当时的城主夫人，也就是李南寻的母亲，关系好得跟一个人似的，一定要帮忙化解危机。结果不敌冰雪女巫，自己受了伤，变回了婴儿状态也就算了，还把自己流放到了异世界。你知道吗？我和白芜花了不少时间才找到你，那时你已经被姓陆的人家收养了，刚上小学。你那时真逊，甚至连猫的心声都听不懂了，幸好那场车祸让你恢复了部分能力。本来你就和猫共生，多和猫打交道，说不定能帮你恢复记忆，所以白芜让我来帮忙，找你当传信人。"

"听你这么说，我活了很久，是吗？有个女人说我是万年少女，这究竟是怎么回事？还有，和猫共生是什么意思？”

“这个嘛，因为你——”罗斯贝坦突然从床上跳了起来，“不行不行，我答应过白芜，不能随便把过去的事情告诉你。那个家伙说了，你丢失的东西，就得你自己通过努力找回来，我们帮你反而会害了你。反正我不太明白他的想法，他也是个怪胎，既然答应了，猫爷我就会遵守承诺。”

真是说曹操曹操就到，敲门声响起，进来的人正是白芜，此刻在白天的光亮之下，他亲切的神情和笑容更加熟悉。时雨的脑子里闪过更多的记忆片段，都是关于白芜的，看来她和这个男人确实是好朋友。白芜见时雨脸色不好，走过来关切地询问。时雨尽量让自己冷静下来，说道：“我想到一些事情，你们听听看对不对。我来自一个叫赤月岛的地方，岛上有许多猫，还有很多红色大树。我是猫脸面具的主人，当我戴上滴血的面具时感受到的东西，就是残留在面具里的记忆，其实也是我曾经见过的一切，对吧？”

“没错。”白芜笑着说，“开了一个好头，我相信很快你就会想起更多的事情。”

时雨却并不觉得有多高兴，她明白，越是回忆起过往之事，她就越靠近青鸟，而离陆时雨越来越远——她想念妈妈，想回到熟悉的家。罗斯贝坦和白芜都在身边，现在自己是安全的，既然他们能够在梦幻大陆和自己来的世界自由穿梭，那么是不是马上就能出发回家，抛下突如其来的“青鸟”的身份，好好继续当陆时雨呢？如果这样，沉睡了十二年的青鸟，不是也很可怜吗？

白芜像是没有察觉时雨的纠结，催促她赶紧起床洗漱，因为他已经让客栈的厨房为时雨准备了一大桌子菜。时雨照做了，洗了一把脸之后，她冷静了下来，打定主意暂时待在这边，了解自己的过去。既然罗斯贝坦和白芜已经给妈妈留字条说明缘由，不如抓住这个机会，揭开笼罩在过去的迷雾。

餐桌前还有三个陌生男人，他们无一例外都蓄着小胡子，表情也几乎一模一样，又都是浓眉小眼。他们是三兄弟，分别叫乐连城、乐连方、乐连空，但时雨无法将这三个名字安放在正确的脑袋上。介绍完这三个人之后，白芜又说："接下来，我还得向你们正式介绍这个小丫头，她现在的名字叫陆时雨，本来的名字，不好意思，她不喜欢把真名告诉不太熟悉的人，但我可以很负责任地告诉你们，她绝对不是李南寻。"

又和十八面，不对，李南寻有关？不过这三位滑稽的先生，看起来不像是找李南寻寻仇的。

"不可能！"三兄弟中最年轻也最冲动的乐连空叫嚷道，"她确实是携带着猫脸面具的女孩，而且那个可恶的女巫不也把她抓走了吗？难道你觉得那个老妖婆也会搞错？"

"若你们说的是冰雪女巫的话，"时雨插嘴道，有些不舍地暂时放下手中的南瓜馅饼，"她把我关进地牢时，就知道我不是李南寻，还威胁我把李南寻的消息告诉她。"

三个人都一脸不相信，时雨又道："我知道，因为李南寻擅长改变自己的外貌，所以你们也不确定她会变成什么样子，只好以猫脸面具确定她的身份。但我确实不是她，我不过是无意中捡到这个面具罢了。李南寻是我的朋友，但不是我。”

“你不会改变你的外貌？”

“我不会。”

失望占据了他们的脸庞，年纪最大的乐连城说道：“这么说来，我们费尽千辛万苦救出来的人，根本不是我们等待已久的人。你们其实知道她的真实身份，对吧？”乐连城的目光转向了白芜，一脸愤愤。白芜从容地点点头，说道：“若你们没遇上我们，不是也会把时雨救出来吗？再说了，时雨能够顺利地从停云的黑暗中逃出来，你们也没帮上什么忙吧？”

“怎么回事，三位叔叔也帮忙救了我？”时雨问道。

“他们只是嘴上帮忙加油了而已。”白芜呷了一口茶，这才悠悠说道，“我和罗斯贝坦打探到你的消息后来到停云城外，后来，罗斯贝坦进城探听情况。它找到了地牢，但是那个地方戒备森严，除非摧毁整个停云，打倒女王，否则没办法深入她的统治中心。我们住在一家家庭客栈里，是罗斯贝坦在路上遇到了三位乐先生，知道他们前一晚曾试图夜闯地牢救出公主。乐连城先生准备回义军的驻扎地，大家大闹停云，把你救出来，我也觉得没什么更好的办法。好在金毛猫因为十二年前的旧事，愿意助我们一臂之力，又有一只傻乎乎的烂泥怪，我们才没有采纳三位乐先生这注定失败的计划。”

冲动的老三乐连空，听了白芜的冷嘲热讽，气得腾地站起来。双方的气氛变得很紧张，而白芜依然面不改色，时雨觉得他这样的性格真容易招惹麻烦，亏她还在梦里把他想象成一个温柔的男人，一个像她爸爸的人。

“那你知道南寻公主的下落吗？”乐连城问时雨。

“我知道。”白芜抢着说，“但怎么办，我不乐意告诉你们！”

小胡子先生们都瞪着白芜，他依然优哉游哉。真够幼稚，时雨非常无奈地把知道的关于李南寻下落的情况告诉三位乐先生。老二乐连方竟然有些得意地对白芜说：“这么说来，白先生也不知道南寻公主的下落呀。”

“大哥，我们接下来该怎么办？就这样回去吗？”老三乐连空问。

乐连城没有回答，拿起筷子消灭起桌子上的菜来，那狼吞虎咽的样子，像是饿了好几百年，他的弟弟们也效仿他。时雨也只得拿出战士的精神，才能抢到少许鱼肉。吃饱之后，时雨又嗅到了身上残留的烂泥气息，赶紧回楼上房间里洗了个澡，出来后便看到了昨晚那位不能说话的先生，他朝时雨招了招手。时雨跟着他进了他的房间，问道：“你怎么没和我们一起吃饭呢？”

“康成他不想和三位小胡子打交道。”

被窝里传来一个声音，是那只名叫阿知的猫。它四脚朝天、敞着肚皮躺在床上。

这次康成没打手势，而是交给时雨一封信，又递给她一本摊开的笔记本，上面写着：“你似乎能够找到李南寻，请帮我把这封信交给李南寻，可以吗？”时雨收起信，说道：“没问题。如果南寻是公主，那就是说，冰雪女巫篡夺了她的王位，还把她囚禁起来，对吧？

那个女巫真过分。”康成却摇摇头，又写道：“她也很可怜，请不要太为难她。”

时雨看罢，心想，这个人怎么会同情那个可怕的女巫？而且，他应该也是被那个女巫关在地牢里的吧。真是个奇怪的人。

康成又写道：“另外，帮我谢谢大家。能够重见阳光实在太好了，我还有很多事情必须去做，已经推迟了十几年，一刻也不想等，总之谢谢你们。”

“不用客气。”时雨回答道。康成又对她笑了笑，便悄悄离开了。阿知并没有跟上去，因为它是停云的猫，而且它不喜欢远行，不过因为和康成关系不错，才陪他到现在，而且它感觉得到，虽然被囚禁了十余年，但康成在这个世界并没有手足无措，今后应该也会好好活着。

时雨蹲下身看着情绪有些低落的阿知，轻声问道：“这位康成先生犯了什么事？为什么也会被冰雪女巫关进地牢呢？”

“我怎么知道，无非就是说了什么话或做了什么事情，得罪了冰雪女巫，让她觉得康成变成哑巴在地牢里慢慢腐烂比较好。”阿知从床上立起身子来，跳上窗台，“那我也走了，有些想念停云的密连花香了。”

“再见。”时雨目送阿知，轻轻摆了摆手。

准备下楼时，时雨被白芜叫进去，闲聊了几句。楼下，乐连城依然坐在桌子旁边，望着碗里漂浮着的青菜叶。过了一会儿，他突然对自己的两个弟弟说：“回房间收拾东西。”

“要回去吗？”老二乐连方问。

“没错。”乐连城道，“而且要带着我们的南寻公主一起。”

他的两个弟弟互相看了看，都不明白兄长话里的意思，只得默默照做，因为他们认定，哥哥说的话总没有错。

乐连城依然坐在餐桌旁边，有些错误既然已经发生，最好还是继续错下去。他的亲友还在停云城里，忍受着每天夜幕降临时，准时到来的、无穷无尽的噩梦，他必须拯救他们。白芜和时雨下楼了，乐连城叫住他们，说道：“事到如今，小姑娘，你只得继续充当南寻公主。”

“啊，为什么？”时雨叫道，“你该不是想让我冒充李南寻吧？这也太荒唐了，我不要！”

“我们要打倒那个女巫，需要一个能够统领我们的人。反正也没有人知道李南寻长什么样子，我们都没有见过她，甚至也是最近才知道她还活着。”乐连城耐着性子解释道。

“统领你们？可是我根本不会指挥人打仗，而且我讨厌打仗！”时雨明白了乐连城的意思，她赶忙摇了摇头，“对你们来说，李南寻是我还是其他任何人，一点儿也不重要，你们只在乎她所代表的身份，对吧？白芜和罗斯贝坦都说，这十几年里，你们一直坚持反抗冰雪女巫，想让停云重见月光，想驱散噩梦。我很佩服你们的坚持，我知道你们需要李南寻。她也一样，虽然我和她不太熟，但感觉得到，她真心希望帮助她的臣民摆脱冰雪女巫，她也没有放弃停云啊，你们怎么能放弃她，这太残忍了！如今李南寻还下落不明呢，你们是不是该先想想要怎样找到她。”

说完这番话，时雨心中其实有些没底，她望了望乐家三兄弟，见他们没有气恼，静默无言，似乎是听进去了，心中一阵欢喜。她突然想到那天晚上在她家里，“不速之客”李南寻很欣喜地看着那不甚明朗的星空，叹息自己就算流落到另一个世界，也不会有人寻找她。若她知道自己还有这么多同伴，该是多么高兴啊。

“刚刚我和时雨商量过了，我们会帮忙寻找李南寻那丫头。不过事先声明，我们不是为了帮助你们，而是因为时雨答应了停云的猫要帮忙，我嘛，作为时雨多年的朋友，当然一切都听她的。”白芜一副心不甘、情不愿的样子说。

“可梦幻大陆这么大，我们上哪儿去找她？”乐连城问。

时雨指着刚从客栈门口走进来的罗斯贝坦说：“有什么事情都交给猫，准错不了。”

第十章

旧友重逢

只要有猫，无论身处怎样的世界，时雨都不会孤单。况且，现在还有白芜相伴，虽然时雨还没能完全想起过去的事情，但依然觉得安心。无论是西舍女巫、冰雪女巫还是霜叶那个神秘的师父，似乎都变得没那么可怕了。

罗斯贝坦把双桐镇所有的猫都聚集在了客栈后面的巷子里，时雨站在树下发话了，首先让所有的猫都相信她能听懂它们的心声。有些猫很惊讶，有些猫则恍然大悟似的，说道："我确实听朋友说过，这个世界上有人能够听懂我们的心声。"

"传闻中时不时会出现的猫脸少女，难道就是你吗？"一只上了年纪的灰猫问道。时雨点点头，掏出面具戴上，它变成了皮肤一样柔软的东西，粘在她的脸上，她就变成了猫脸人。猫儿们兴奋极了，又说出更多关于猫脸少女的传说，时雨知道它们说着自己，感觉却像在听别人的故事。过往的记忆，被自己丢到哪儿了呢？

“听说她是赤月岛的主人青鸟，不老不死的万年少女，身边还跟着一只同样不老不死的黑猫。”又有一只斑点猫说。时雨的目光转向罗斯贝坦，问道：“那只猫是你吗？”罗斯贝坦不耐烦地应了一声。

时雨高兴地大笑起来，眼睛眯成了缝，把罗斯贝坦搂在怀里，叫道：“太好了，我就知道我不可能一个人孤孤单单地一直活着嘛。”

“不是还有我吗？”白芜不知何时也来到了巷子里，嘴角带着和煦的笑意，“我们也是好几百年的交情啊。”

因为有太多的猫围观，三位老友的叙旧被生生打断，已经得到这些猫的信任与尊重的时雨，说出了自己的请求。

“我要打听一个叫李南寻的女孩的消息，哦，她也可能说自己叫十八面。她很擅长改变自己的样子，所以我没办法告诉你们她的外貌，但若你们遇到有这种能力的女孩，都要把消息告诉我。拜托你们帮这个忙，可以吗？你们可以在猫群中传递这个消息，行吗？”

没有猫反对，大家很快散开，这件事情便开始执行。猫儿们看起来懒散，但它们答应的事情，就会千方百计去完成。时雨一行只需要暂时待在双桐镇，等待猫儿们的消息。时雨和白芜以及罗斯贝坦商量好了，一旦找到李南寻，他们就回赤月岛去。时雨是赤月岛的主人，也是与那个岛一起诞生的，那儿不仅是她的家，可以说，也是她生命的一部分，如果回去，记忆肯定能够恢复。另外，乐氏三兄弟也离开了，他们准备召集自己的人马继续寻找李南寻。人类有人类的办法，但时雨相信，还是猫的办事效率更高。

每天安稳又无所事事，时雨不由得想到了正在拼命念书的同学们，也想到了妈妈，便问罗斯贝坦和白芜，到底对妈妈说了什么，让她不要担心自己。罗斯贝坦道："我们想过了，既然你回来了，今后不一定会回去，所以就把你属于我们这个世界的事情，一股脑儿都告诉了她。你妈妈是个聪明又通情达理的人，我想她应该会慢慢接受，你长大了要离开她的事实。"

"我压根儿没想过要离开她！"时雨叫道。

"但告诉她实情比什么都好，她不是也在两年前你十岁生日时告诉你，你并不是她的亲生女儿这件事情吗？"白芜说，"有些事情我们彼此都清楚了，理解彼此，才能更好地相处。"

见时雨垂头不语，白芜轻轻叹了口气，温声说道："时雨，无论你今后想在哪儿生活，都没关系。"

等待消息的时光总是分外难熬，白芜终究对坐立不安、在屋里走来走去的时雨看不下去，提出第二天去游湖散散心。

第二天，时雨早早起床，下楼与白芜一起吃早餐。因为白芜租了一条船，二人一会儿准备荡舟游湖。至于罗斯贝坦，它更乐意在白天美美睡上一大觉。客栈的门突然"砰"的一声被人从外推开，一个美得发光的银发女孩一脸幽怨地走过来，径直来到时雨和白芜的桌前。

女孩有着一头漂亮的银发，穿着一条月光般皎洁的白色连衣裙，皮肤如同白瓷一样细腻白皙，她真实地站在时雨身旁，依然给人一种虚无缥缈之感。时雨震撼于女孩的美丽，怔怔地望着她，而白芜的反应更激烈，竟被口中的饭噎住了，接连咳嗽了好几分钟，似乎想掩饰自己的不自在，最后对银发女孩打了声招呼，说道："你怎么来啦？"

"当时你走得很急，也不告诉我发生了什么事，我很担心你。"女孩轻声说。

"那时罗斯贝坦有急事找我，我当然得离开。"白芜又咳嗽了几声，让女孩坐下，对时雨说："介绍一下，这是我最近认识的朋友，她叫胡寒烟。寒烟啊，这就是青鸟，我最好的朋友。她现在也叫陆时雨，这名字也挺好听，对吧！"

"你就是和白芜缔结血契的那个女孩？"胡寒烟微微蹙眉，盯着时雨。

"什么契……"

"就是她就是她，不过她最近失忆了，你问她，她也说不出个所以然来。"白芜打断了时雨的话，看起来比刚刚更加不自在。

他肯定藏着什么秘密，好奇心涌起，时雨看看胡寒烟，又看看白芜，发现白芜暗暗对她使了个眼色。他想表达什么意思？时雨虽然看不懂，但还是说道："我确实不记得了，能不能解释一下，所谓的血契是什么？"

“这个嘛，考虑到你现在的经历只停留在十二岁，血契这种残酷的东西，不适合让你知道，今后我再慢慢告诉你。好热，今天真热，我吃饱了，先去湖边等你。”

白芜慌慌张张地站起身，匆匆离开，这还是时雨第一次看到他紧张的样子。胡寒烟似乎有些失落，垂头看着自己的脚尖，她的银色头发在晨光下闪闪发光。时雨邀请胡寒烟一起去游湖，她迟疑了一下，还是拒绝了。时雨感觉得到，胡寒烟和白芜之间的气氛有些古怪，他们俩之间到底发生了什么事情呢？

晚餐后，时雨正准备回房间休息，胡寒烟找到她，一副欲言又止的模样，时雨说：“有什么事你就直说吧。”

“关于血契之事。”胡寒烟有些不好意思，“其实，我希望你能够解除和白芜之间的契约，还他自由。”

“到底什么是血契？”时雨问，“不好意思，我失忆了。”

“血契是生死与共的契约，世间最牢不可破的契约。因为这个契约，白芜必须永远待在你身边护着你，他的生命也是属于你的。白芜是我很重要的朋友，他是一个好人，我明白，他肯定不会主动提出来，所以就由我来当这个恶人。时雨，虽然你还没恢复记忆，但能不能请你解除血契，让白芜自由呢？他曾是我的恩人，我也希望能够为他做些事情。”

胡寒烟那如水的大眼睛正满怀期待地望着时雨，让人没办法拒绝。不过，这血契到底是什么奇怪契约，卖身契？

时雨说道：“当然可以，不过，我不知道该怎样解除契约。”

“我也不知道。”胡寒烟说，“但你可以把解除血契的提议告诉白芜，他应该知道方法。我知道自己的做法太过自私，但非常感谢你能谅解。”

成人之美的事情，何乐而不为？时雨敲门来到白芜的房间，把血契的事情讲了出来。

“没想到我们之间还会订下这种契约！竟然会让你永远服从我！”时雨道。

“这有什么好奇怪的呢？”白芜笑着说，“你很笨很呆，经常戴着个猫脸面具四处游逛，还拥有吸引危险上门的体质，我自愿永远守护在你的身边，难道不可以吗？这可是世间最牢固的契约，也就意味着，即使全世界的人都背叛你，我也不会；若你死去，我也会跟着你死去。”

白芜垂头直视时雨的眼睛，这个高大的巨人，这个很少出现在青鸟零星记忆碎片中的人，他的眼神让时雨觉得无比亲切。不过，他的话让时雨害怕：永远把某个人拴在自己身边，难道以前那个名叫青鸟的自己，是个可怕的暴君吗？为了自己的利益不顾别人的感受，这样的她，与西舍女王或冰雪女巫有什么区别？时雨皱着眉头望着白芜，突然明白了什么，说道：“不对，你骗了我。”

“哪儿骗了你？”白芜眼睛眨也不眨，神色平静地看着时雨。

“你在撒谎，这些天你一点儿不尊重我，完全不像听从于我的命令的仆人。血契是你编出来骗那个叫胡寒烟的女孩的，对不对？她说你是她的朋友和恩人，可你很害怕她，我都看出来了。”

白芜张了张嘴，却没有否认。时雨不禁起了几分好奇心，又问道：“你和胡寒烟之间到底发生了什么？快告诉我，不然的话，我晚上都睡不好。”

“我也不知道啊，反正几个月前她突然找到我，声称我救了她的性命，要留在我身边做牛做马，以报答我的恩情。我问她具体是怎么回事，她也不肯说，但我完全不记得了。至于血契，没错，是我编出来的。她一定要跟着我，我也不好意思硬把她赶走。好几次悄悄把她抛开，她又会很快找到我。后来罗斯贝坦告诉我，你不小心跌回这个世界了，我当然得去找你，不能再由胡寒烟跟着我，于是就撒了血契这个谎，当时她还表示理解，谁能想到她又找来了。话说那个女人是不是猎犬啊，怎么我就是摆脱不了她呀。”

白芜越说越生气，时雨没忍住，“扑哧”笑了出来，心想，原来报恩也是一件会让人烦恼的事。她打了个哈欠，觉得有些困了，便回自己的房间去，离开之前，白芜随口说道：“好好休息吧，晚安晚安晚安。”

“晚安晚安晚安，嗯。”时雨下意识地应道，突然像是想起了什么，不由得喃喃道，“你怎么也喜欢这样说呢？”

“怎么了？”

“以前我爸爸向我道晚安时，总喜欢说三遍。”

“世界上所有聪明能干又温柔的男人，都喜欢说三次晚安。”白芜“厚颜无耻”地自夸道，“能有这样的爸爸，你这十二年的流放生活还真是幸运。”

“才不是流放呢。”时雨抛过去一个白眼，然后离开了白芜的房间。

白芜那重复三次的“晚安”果然拥有奇效，时雨一觉睡到天亮，窗帘也没拉，真的是太阳晒屁股啦。起床后，其他人已经吃过早餐，对于没人叫她起床这件事，时雨抱怨了好长一段时间。至于解除“血契”之事，耐不住白芜的再三请求，她决定还是不把血契是个谎言的事情告诉胡寒烟，只是说，因为她失忆了，所以也想不到怎样才能解除这份契约。对此，胡寒烟并没有表示疑问，只是说：“那如果我帮你恢复记忆，你能不能保证解除契约呢？”

“没问题。”

胡寒烟便留了下来，俨然把自己当成了所有人的仆从，这让时雨万分不自在：她可是成长在一个平等文明的社会里，哪习惯有人对自己低声下气？况且，银发白衣的美少女胡寒烟，看起来像仙女一般，被她服侍，让时雨自惭形秽。幸好胡寒烟常常出门，她说自己正在四处寻找药材，似乎准备配制什么能够帮时雨恢复记忆的灵药，时雨不禁也有几分期待。

那天午睡醒来，窗外下着淅淅沥沥的小雨，时雨看到像一团白云一样的胡寒烟，冒雨跑回客栈里，怀里的油纸包中，不知包裹着什么东西，她把它紧紧抱在怀里，非常宝贝它。这时，她隐约听到天空中传来缥缈悦耳的音乐声，抬头便看到一片真正的云正飘过来，离窗口越来越近，然后径直落进了时雨的房间里。在时雨惊讶目光的注视下，那片云慢慢化成了一个穿着白衣的男人的模样。他差不多和白芜一样高大，甩了甩黑色长发上的雨珠，然后冲着时雨魅惑地笑了笑。时雨起了一身鸡皮疙瘩，感觉他不是什么正经人。

“哎呀呀，真的是我的小青鸟呀。”

男人张开修长的双臂，一把将时雨搂进怀里，他的身上散发着一种令人非常舒服的气息，像阳光、雨露、森林，像没有人踏足的世界。但时雨拼命地想要挣脱他，那个男人说道：“不要着急嘛，平常如果谁想得到我的拥抱，可都是要出大价钱的，今天免费送给你，别不乐意。”

果然不是什么正经人！时雨挣扎得更厉害了，身后忽然传来罗斯贝坦无奈的声音：“江暮云，你最好放开她，青鸟不是以前的青鸟，现在只是一个名叫陆时雨的十二岁小女孩。”男人总算松开了时雨，一副夸张的关切表情，说道：“乖乖，原来阿斑说的都是真的，你真的失忆啦？”

阿斑？时雨想到了司徒诚的那个玻璃瓶，以及飘在瓶口的虚弱云精灵。这时，江暮云从怀里掏出一个玻璃瓶，瓶中竟也有一团云，云里有一双眼睛望向自己，目光中似乎带着几分惊喜。

“阿斑？”时雨不确定地看着从瓶中飘出的那团云，它的体形比上次所见的阿斑似乎大了一倍。那片云上下飘动了几下，似乎在响应时雨的呼唤。

江暮云叹了一口气，说道：“想当年，我和阿斑自由自在地在空中飘来飘去时，常常互相追逐，我哪能赶得上他？他可是整个梦幻大陆最厉害的云精灵，要不是司徒诚那个浑蛋，他也不会落到这个地步！”

“司徒叔叔是个好人。”时雨忙纠正道。

“他才不是什么好人呢，都是因为他……”

江暮云眼珠一转，突然停下来，猛地转身跑了出去。与此同时，门外的木走廊上传来打斗的声音。不明所以的时雨走出房门，目瞪口呆地看着缠斗在一起的江暮云和白芜。只见两个人在木走廊上，你来我往，像武林高手一样过起招来，最后双双被对方打倒在地，在地上哈哈大笑打着滚。

时雨看得有些奇怪，但想得到，这两个同样的高个子男人，关系应该很不错。罗斯贝坦告诉时雨，在很久很久之前，在时雨还是青鸟的时候，经常和这两个男人一起出游。如今，在梦幻大陆的某些地方，他们三人已经成了传说，活跃在街头艺人们的一个个故事里。

时雨突然想到一个问题，问道：“白芜也不是人类，对吧？那他是什么，他也不会变老、不会死去，对吧？”罗斯贝坦的表情有些严肃，它想了想，说道：“如果白芜没告诉你他的身份，那我也不能说，他的身份解释起来有点儿麻烦。”

旧友相逢，当然得有美酒与大餐。时雨是小孩子，不能喝酒（当然，这个理由受到了江暮云的嘲笑），因此她负责消灭食物；江暮云和白芜则一边追怀往昔的光辉岁月，一边喝酒。还是青鸟的时雨，也常常出现在他们的对话里，这让时雨有些羡慕青鸟，也对自己以往在梦幻大陆的生活越发感到好奇。

席间，时雨也从江暮云那里得知更多关于司徒诚的事情。大概十天前，司徒诚找到了江暮云，千请万求，把阿斑托付给江暮云，希望他能想办法，让阿斑活下来。

“那个坏蛋还算有点良心，甚至告诉我，只要我能救得了阿斑，就算让他豁出性命，他也情愿。当然，我可不会简单地被他这句话打动，阿斑也是我的朋友啊，虽然他曾经误入歧途，说不定现在都还死不悔改。”江暮云喷着酒气，打着酒嗝，嘴里却滔滔不绝。

“司徒叔叔才不是坏蛋！”时雨再一次强调道。江暮云笑着说：“青鸟果然变成天真小孩子了呢。我听阿斑说过，司徒诚曾经帮过你，你也和阿斑一样，被那个男人的表象迷惑了。不过，一个没有法术的普通人类，竟然能让你和阿斑都上当，我倒想见识一下他有什么把戏。”

时雨真的生气了，声音也提高了不少，提醒江暮云，就算他是青鸟的朋友，最好也不要诋毁时雨的朋友。江暮云又说：“你对那个男人了解多少呢，小青鸟？你知道吗，他来自你曾经千方百计帮助过的停云哟，不过他的主子是冰雪女巫，就是那个让你受伤、流落异乡并且失忆了十二年的可怕女人。他之前好像还在沼泽女巫身边待过一段时间，因此丢了眼睛，还连累了阿斑。我猜，恐怕也是冰雪女巫派他去那儿办什么事情吧。冰雪女巫的爪牙里，司徒诚可是有名的忠实拥护者哟，不要被他的外表欺骗了。而且，把阿斑托付给我之后，那个男人就回停云见他的主子去了。”

“不可能。”时雨皱着眉头说道，声音却渐渐弱了下来，她心里明白，江暮云没必要骗她，而且，龙女洛离曾经也这么说过司徒诚。这个世界再次让时雨迷惑了。白芜察觉到时雨情绪的波动，赶紧把话题引到其他方向。

午餐后，江暮云醉得东倒西歪，褪下了人类的衣服，变成一团轻飘飘的云，不知飞去了哪里。等他再次回来时，天也快黑了，他穿好衣服找到时雨，告诉她，他准备去赤月岛。

“其实我不喜欢你的那个岛，到处都是猫，我对猫有些过敏，但现在没办法，我得去赤月岛采集药草救阿斑嘛，有几种药草只有你那岛上才有。你是岛主人，请问我能不能去那儿呢？”

时雨自然同意了，江暮云便又带着阿斑离开了客栈，而时雨还在想办法让自己接受司徒诚可能是个大坏蛋这件事。这时敲门声响起，进来的人是胡寒烟，她的手绢里包着几粒药丸，说是能够帮时雨恢复记忆。

时雨看了看那几粒深棕色的药丸，嗅到了它们散发出来的让人恶心的药味，不禁犹豫起来。但小仙女一般的胡寒烟正一脸期待地看着她，又想到她这些天奔波采药的辛苦，时雨也不好意思拒绝，便硬着头皮吃下了一粒。吃到嘴里倒是没什么味，也不恶心或呕吐，只是心里总觉得怪怪的。

胡寒烟见她吞了药丸，高兴得笑了起来，叮嘱道："你好好睡一觉，明天早晨起床后，说不定全都想起来了。"便转身要离开房间。时雨叫住了她，问道："寒烟姐姐，你能不能告诉我，白芜到底做了什么事情而成为你的恩人呢？"

"其实并不是什么大事，大约五年前我在山里玩，不小心伤了腿，因为失血过多晕死了过去，幸好遇到了他。他帮我治伤，和他待在一起很愉快，他是值得珍惜与付出的朋友。时雨，你能明白我的感受吗？"

时雨点点头，实际上她不太明白。在她过往的人生里，与猫打交道的时间比与人打交道的时间多，也正因为猫儿们时不时地介入，让她显得有几分古怪，所以她几乎没有知心的朋友，这不能不说是一种遗憾。胡寒烟也好，阿斑也好，他们为朋友所做的事情都够多了，时雨心里有几分羡慕。胡寒烟离开后，时雨就乖乖躺在床上，希望夜里无梦到天明，明早就想起关于青鸟、关于过往的一切。半睡半醒中，她觉得，胡寒烟所说的友谊，可能只是她单方面的，对白芜来说，这只是一个谎言。白芜……似乎对她隐瞒了什么，真是谜一般的人。时雨决定明天好好和白芜谈谈。

第二天早晨时雨醒来时，有更重要的事情占据了她的脑子：她的皮肤变蓝了，当她伸出手拨头发时，被自己的蓝色手掌吓得叫了起来。等到照镜子时，她发现自己简直就像动画片里的蓝精灵。白芜和罗斯贝坦很快也知道了她的变化，在替她担心之前，笑得直不起腰来。胡寒烟觉得抱歉极了，在屋子里打转，不停地说着“对不起”。没办法，时雨只好劝自己冷静下来，仔细询问胡寒烟，她昨天晚上给的药到底是什么。

“确实是按照那古老的配方配制出来的良药啊，难道是药材记错了，或者没掌握好火候？”胡寒烟微微红了脸，有些心虚地小声嘀咕道。

“我说啊，寒烟，”白芜总算平静了下来，表情也变得严肃，“难道没人告诉你，不要随便把未经试验的药拿给别人吃吗？还好现在时雨只是变了个颜色。”

“难道这不严重吗？”时雨急得都快跳起来了，白芜和罗斯贝坦又哈哈大笑起来。胡寒烟心里更过意不去了，低声继续道歉，又说：“我也是希望，希望白芜你能恢复自由。”

不能再继续隐瞒了，于是时雨便告诉胡寒烟，根本没有血契，这只是白芜的谎言。胡寒烟显然很吃惊，目光转向白芜，问道：“这是真的吗？可你为什么要骗我呢？”白芜挠了挠头发，说道：“因为当时你缠着我啊，老实说，我想不到有什么办法可以摆脱你，只觉得如果我把自己和另一个人更牢靠地绑在一起，或许你就不会再跟着我。

还有啊寒烟，这段时间以来，你为我做的事情已经够多了，无论是多重的恩情，你都已经报答了，没必要再继续跟着我。我向来习惯独来独往，不好意思，其实你让我很不自在。”

胡寒烟受到的打击更重了，但嘴上只淡淡说了一句：“原来这样啊，我并不想让你反感。”这时窗外传来一个声音：“哟，今天有杂要表演吗？这个蓝怪是谁？”时雨扭过头，看到一只灰猫。那只猫也非常惊讶，说道：“等等，你不会是青鸟吧？”

“是我。”时雨道。

“最近你换了风格啊，挺好看的。”灰猫强忍笑意，非常违心地说，见时雨脸色郁闷，它赶紧把话题转向了其他方面，“对了，我们找到那个会变脸的女孩了。”

有李南寻的消息了！

时雨精神一振，当即就让灰猫送信给乐家三兄弟，决定马上出发去找李南寻。她买来斗笠、头巾和面纱，把自己裸露的皮肤罩得严严实实的。一行人在客栈里吃过午餐，然后准备离开时，胡寒烟病倒了。她告诉时雨，让大家不用管她，还是去办自己的正事比较好。看到胡寒烟苍白的面色，时雨当然不忍心把她抛下，至少要为她请大夫，确定她没什么大碍才行。于是大家又歇下来，把出发的时间改到第二天。

大夫为胡寒烟把脉诊治，却查不出个名堂来，然而她的病越来越严重。时雨更加着急了，她在自己的房间里和白芜商量，要不要让猫儿们打听一下，附近最好的大夫是谁，把他请过来。罗斯贝坦发话了：“我猜，她只是没办法支撑下去了。”

“这是什么意思？难道说，她本来就有绝症，现在要死了吗？”时雨心惊胆战地问。

罗斯贝坦不屑地看了时雨一眼，说道：“你受那个世界的狗血电视剧的影响也太深了。不是绝症，只是她没办法支撑起现在的这副皮囊了。”

见时雨更加茫然，罗斯贝坦只得继续解释道：“难道你都没想过胡寒烟的身份吗？她根本不是人，应该是一只小狐狸。她的道行不高，恐怕没办法长久维持人类的外表。她能坚持到现在，已经耗尽了她几乎所有的法力，所以她才会虚弱至此。为了报恩，这小狐狸也真够拼命的，可被报答的人根本不领情。”

白芜却一脸淡然，说道：“毕竟救她的人不是我，我虽然不是什么好人，也觉得受之有愧。”

“那救她的人是谁？”时雨问。

“解释起来有点复杂，等你恢复记忆了，自然就明白。”罗斯贝坦抢着回答。白芜却摇了摇头，说道：“臭猫，谢谢你帮我掩护，但谁说得清楚青鸟什么时候会回来呢？她什么都不记得了，真的像个小孩子，我们更应该对她坦诚，说不定还能帮她恢复记忆。实际上，青鸟，你现在看到的人，是我，也不是我，或者说，你只是看到了我寄生的容器，我寄生在眼前这个男人的身体里，他的真名叫梅格。我侵占了，不，挤走了他的意识，让我的意识占领了这个身体。”

奇怪，时雨并不是特别惊讶，隐约感觉到，很久之前，白芜确实也向她解释过自己的身份。她问道：“你为什么要侵占别人的身体呢？你只是一缕游魂吗？既然你活了几百年，那么你不只侵占过一个人的身体吧？你怎么选择自己的寄主呢？为什么会选中这个叫梅格的人？”

“我不是游魂，我本来就是寄生型的生物，必须不断侵占人类的身体才能活下去。虽然这是我的生存方式，但也是我的罪恶。我一直深受折磨，却又不想死，所以大体来说，我会选择不那么善良的人。大概四年前，我的上一个寄生者因病过世。”白芜顿了顿，目光不着痕迹地从时雨脸上扫过，“我便找到了梅格。他年轻又强壮，我喜欢这样的寄生体。另外，当时他似乎很缺钱，正四处烧杀劫掠，我想着反正是这样的恶人，也算是对他的惩罚。我时常用类似的理由来让自己的良心好过一点儿。你会说我很残忍吗？”

时雨并不隐瞒，点了点头，说道：“对不起，一想到你杀了很多人，我就有些反感，我一时恐怕没办法接受这个事实，哪怕你曾经是我的朋友。但谢谢你把真相告诉我。”

“我在想，也许我应该把真相告诉寒烟。我猜，梅格虽然是个强盗，却曾经对寒烟很友善，我不能破坏她心中这个男人的形象。”

白芜说完，只见时雨怔怔地出神，他轻叹一口气，没有打扰她。或许让她静一静比较好。打定主意，白芜来到胡寒烟的房门前，门没关，屋里空空荡荡的，并没有看到胡寒烟的身影。

终于，白芜在客栈后面的小花园里，找到了胡寒烟。夜幕降临，闪电精灵在天空中活跃着，月色皎洁。胡寒烟抬头静静地看着天空，仿佛要融入夜色中。她是一只多么可爱的小狐狸啊，可爱又脆弱，还傻傻的。然而自己占据了她最好的朋友梅格的身体，还欺骗了她。白芜心里满是愧疚。这种愧疚，从他诞生那一刻起，就一直折磨着他。

像自己这样的怪物，是不是该被世界唾弃呢？

白芜在胡寒烟身边坐下，胡寒烟也不看他，自顾自地说道："还记得吗？五年前我们分别的前夜，就坐在草屋子的小院里这样看着月亮。那时候菊花开了，月色下一团一团，你坐在花团旁边喝酒，你还给我讲了一个笑话，抱歉，我已经忘了笑话的内容是什么，但我笑得肚子都痛了。那个时候我忘了告诉你，你是我最好的朋友。"

五年多以前，胡寒烟生活在山里，渴饮山涧，饥餐野果，孤孤单单，自由自在。某一次她不幸被猎人射伤后腿，费尽全力才得以逃脱，因箭上有麻药，她晕倒在林子里，幸而有个男人救了她。当然，胡寒烟那时并不知道他的名字，只知道他是一名武术家，正在山中修行。别看他高大强壮，心思却细腻又温柔，耐心照料着受伤的小狐狸。他是个孤儿，艰难挣扎着活了下来，和小狐狸一样孤零零的，闲得无聊，嘴巴寂寞，便自顾自和小狐狸说话，小狐狸眨着明亮的眼睛细细听。有一次，凄风苦雨的夜晚，在灯下抱着影子，他也忍不住感叹了一句：“小狐狸，如果你是人类，能够和我说说话，那该有多好。”

后来胡寒烟的伤好了，回归山林，恩人的修行结束，下山再次投入尘世。相伴的日子渐渐远了，小狐狸发现，原来一个人的孤单生活度日如年啊。她想尽办法变成人的模样，找到恩人，然而对方有自己的生活和朋友，或许，自己还是以本来面目生活在山里才是最好的结局吧。

胡寒烟转过脸来，双眼亮闪闪的，似乎能映照到人的心底最深处。白芜很不自在地将目光转向别处，深吸了一口气，说道：“你也是。”但心里有一个声音冲他叫道：“搞什么呀，不要再欺骗她啦，快把事实告诉她，准备好被她揍一顿，听到没！”于是白芜再深吸一口气，准备开口时，只听胡寒烟说：“我饿了，想吃点心，很甜很甜的，你能帮我拿一些吗？”白芜松了一口气，点头离开，他心里太烦躁，没有注意到胡寒烟紧皱的眉头、额角渗下的汗水，还有眼底的悲愁。

白芜拿着糕点离开厨房时，恍眼看到一只小巧的白狐钻出后门。他跟出去，见它穿梭在茫茫夜色中，很快消失在不远处的树林里。白芜顿时明白了，他望着白狐消失的方向，在心底默默说着“对不起”。

第十一章

再见十八面

灰猫和它的伙伴们找到的变脸女孩，名叫贝丝，是“怪物马戏团”的演员，而那马戏团的老板则是远近闻名的沼泽女巫，与冰雪女巫和风之女巫齐名的可怕女人。猫儿们说，她四处抓了很多厉害的人类、妖怪或怪物，把他们囚禁在马戏团里，让他们没日没夜地表演，替她赚钱。更有一只上了年纪、有些八卦的猫煞有介事地说，拥有一个独一无二、无与伦比的马戏团是沼泽女巫童年的梦想。好吧，虽然时雨完全无法理解这种奇特的梦想。

离开双桐镇第二天，路上就遇到了江暮云。他已经用采到的药草给阿斑配好了药并让阿斑服下，现在他正带着阿斑在天空中溜圈，让阿斑慢慢恢复。看到了时雨，江暮云便带着阿斑飞下来打个招呼。当他得知时雨要去露生城找沼泽女巫时，提高了声音说道：“那个女人非常可怕，想想阿斑！你不能去！”

“我朋友可能在沼泽女巫的那个马戏团里，我得救她出来。”

“小心把你自己的小命搭进去！”江暮云顿了顿，见时雨不为所动，只好继续劝道，“当然，算啦，好像你也不会死，不过你再严重受伤可怎么办，难道你想把自己这十二年的记忆也搭上？”

“记忆没有了，还有可能找回来，该做的事情不做的话，会更加后悔。”时雨坚定地说。

江暮云没办法说服时雨，最后决定和她一起去，他又化成了人形，只让阿斑一个人在空中飘来飘去，适应飞行的生活。有时候阿斑会飞下来，每一次他都比前一次大一些，但他还没能恢复说话的能力。

三天后，时雨的皮肤终于恢复了正常，她和朋友们也来到马戏团演出的露生城。那是位于大陆北边的一座城市，马戏团会在那儿停留大概半个月。

露生城也是一个独立城邦，这儿人来人往，熙熙攘攘，一派繁华景象。怪物马戏团包下了城中最大的剧场，每天晚上都会表演，平时就住在离剧场不远的一栋旧楼里。时雨一行人决定先看看演出，确定那个叫贝丝的女孩究竟是不是李南寻。

贝丝是马戏团里新晋的台柱子，和她同样受欢迎的，还有一个能够变身成狼的男孩，名叫罗比。此外，马戏团里还有会用人类的语言唱歌的鸟儿，能把手臂伸得像梯子一样长的人，还有长着三只眼睛的怪物。

剧场里挤满了人，一片嘈杂。杂耍表演正式开始前，幕布还没拉起来，有一个快三米高的男人左手举着灯，右手拄着拐杖出现。一只绿色的鸟儿站在拐杖顶端，啼叫了几声，大家都安静了下来。鸟儿似乎很满意，用人类的声音说道："谢谢大家捧场。后台我的那些笨蛋同伴正在准备中，有两只猴子胡乱扔了香蕉皮和西瓜皮，大家正在后台表演摔跟头呢。所以等会儿他们鼻青脸肿地出来时，大家不要取笑他们。只有我一个人，不，一只鸟儿，不像他们那样愚蠢，所以先由我出来，为大家唱一支热闹的歌。"

说罢，鸟儿清了清嗓子，开始唱歌。别看它个头小小的，声音倒是嘹亮清澈，歌声也非常动听。时雨不禁跟着它轻轻哼唱，只觉得旋律朗朗上口，并且莫名地熟悉。或许以前的她，也听过这首歌吧。

鸟儿拖长了声音唱完这首歌的结尾，它身后的幕布也缓缓拉开，观众席上响起雷鸣般的掌声。接下来的表演，有时逗得大家哈哈大笑，有时因为表演难度太高，大家都为他们捏一把汗，悲伤的时候，也有不少观众跟着抹眼泪。总之，表演者的精湛表演紧紧抓住了大家的心。

演出的高潮当然是新晋台柱子贝丝和罗比的戏剧。虽然贝丝脸上的脂粉抹得太多，红得像猴屁股，但时雨还是一眼就认出来，这个女孩就是李南寻。而男孩罗比的面孔也让时雨觉得有些眼熟，但要说在哪里见过，她一时又想不起来。

在这出戏里，贝丝扮演一个新近来到贵族家中的女仆，罗比是这府里的少爷，正沉浸于失去未婚妻的悲痛中。贝丝爱上了痴情的少爷，为了安慰他，变成了他死去爱人的模样，那竟然是时雨的样子。

台下的观众不停地叫好，时雨却觉得自己被李南寻戏弄了。

“这家伙究竟在搞什么？”时雨暗自腹诽道，“不是心心念念要把臣民从黑暗中拯救出来吗？现在又跑来当演员？”

这出戏最精彩的部分是，罗比少爷发现这位有着未婚妻模样的女孩，并不是他之前爱的那个人。他找到她，慌乱中，贝丝想不起来未婚妻的样子，就持续不断地改变着自己的脸和身形，最后，她甚至变成了一个大胡子男人，呆呆地看着罗比少爷。少爷笑着说：“我已经爱上你啦，即使你现在的样子，我也依然爱你。”

不过，这出戏今天只演了上半场，据说下半场罗比才会变成狼，这得等到明天。此外，明天还会有一个更加重量级的演员登场，它是真正的怪物，像果冻一样，是马戏团真正的台柱子。时雨对此倒是没什么兴趣。

总的来说，花钱看这样一场表演还是值得的。罗斯贝坦提前找到李南寻化装的地方，表演结束后，时雨和白羌、江暮云来到后台，挤过想要问候演员们的热情观众后，走到化装间。李南寻已经卸了装，正和罗比有说有笑。时雨发现她的脸色苍白，还有两个明显的黑眼圈，而且她太瘦了，脸颊上高耸的颧骨有些可怕。不过，确实是李南寻无疑。时雨来到她跟前，说：“没想到你在这儿逍遥快活，我还以为你正四处逃命呢。”

李南寻却一脸疑惑，问道：“你是谁啊？”

“装得还真像。”时雨说。

李南寻摇摇头：“我真的不认识你。”

“我是陆时雨啊。”时雨有些生气了，“我该叫你贝丝、十八面还是李南寻？”

“十八面和李南寻是谁？”她又问，看她的表情，不像是在骗人。

“你不记得了？”

李南寻点点头，又笑了起来，紧紧抓住时雨的手，说道：“你认识以前的我吗？快告诉我，我到底是谁？以前的事，我忘得干干净净。”

“看来和我一样了。”时雨苦笑道。

“我们先离开这儿，再慢慢谈吧。”江暮云道。

李南寻急于想要知道自己的过往，拉着时雨朝后门走去。这时，一个穿着蓝白制服、看起来像是保安的瘦削男人拦住他们的去路，对李南寻说道：“咱们一会儿就要回去了，不能出去。”

“拜托，就只需要一小会儿。”李南寻哀求道，这和以往的她还真不像。但那个人摇了摇头：“擅自外出，被丁本发现可就糟了。你还是让你的朋友赶紧走吧。”李南寻只得叹了一口气，在时雨耳边小声说：“明天上午，你到我们落脚的风来客栈找我吧，我会想办法到后门见你。”

在那个保安的带领，不，监视下，时雨一行人走向剧场的后门，穿过那些来来往往的奇怪生物，也就是“怪物马戏团”的成员们。大部分马戏团的成员都不是人类而是动物，不然就是些长着角或长耳朵甚至是猪鼻子的怪人。大家叽叽喳喳说个不停，议论的都是今天晚上演出的成功。当时雨一行人经过时，大家却不约而同地静了下来，注视着他们。

突然，时雨瞅见了一个白衣黑发的漂亮女孩，竟然是龙女洛离。此刻她正梳着头发，目光呆滞得像个玩偶。她每动一下，身上就发出哗啦啦的响声，因为她的脖子上拴着一条细细的锁链。时雨小声问李南寻那是谁，李南寻道："她叫阿落，也是团里的演员，她能够操纵水，跟她一起搭档表演的还有一只乌龟。它也会操纵水，而且还能在水里制造各种各样的泡泡。"

时雨记得，跟洛离分别时，她似乎是去沼泽女巫那里找龟精蒙少野。会操纵水，而且跟洛离待在一起的乌龟，想来应该是洛离和司徒诚曾经提到的蒙少野吧。但是，他们俩为什么会在沼泽女巫的马戏团里当了演员？而且，被锁链拴住的洛离看起来怪怪的，难道也跟李南寻一样，失去记忆了吗？

时雨心里有很多疑问，她非常想跟洛离说上几句话，但眼下的情势明显不对。她只得按捺住走过去的冲动，跟在白芜和江暮云的身后，继续朝后门走去。

出了后门，时雨听到身后的门里传来了吵嚷声，几只灰色大鸟从门缝里挤出来，低飞掠过时雨头顶，又以弧线形窜上高空，不停地叫，不停地打转，像在寻找着什么。这时，又有三个穿着跟刚才的保安一样制服的人也从后门出来，他们四下看了看，朝着时雨一行人走来，白芜赶紧将时雨朝自己身边拉了拉。领头的一个扎着小辫子、皮肤古铜色的人挥了挥手，那些灰鸟哇哇叫了几声便飞走了。罗斯贝坦早早地从窗户离开，此时它从墙脚走过来，准备和时雨一行会合，见到几个来者不善的保安后，便停下来在一旁观望。

“这几个家伙看起来就是坏蛋啊。这个马戏团里的所有家伙都不正常，连李南寻那小丫头看起来也像傻瓜。”罗斯贝坦自言自语道。这个世界上，能像它这样张嘴说话的猫也不多，罗斯贝坦很少能遇到同类，便养成了自说自话的习惯。

“说得没错。”

罗斯贝坦的屁股后面传来一个细弱的声音，像是青蛙的叫声。罗斯贝坦扭过头，确实看到一只青蛙。它跳到罗斯贝坦面前，小声说：“大个子，让我躲一躲。你先蹲下来。”

举手之劳，何乐而不为？罗斯贝坦蹲下来，肥硕的屁股不小心压住了那只青蛙的身子，它只得抬起自己圆滚滚的肚皮，之后挪动了一下身体再次趴下，望着时雨一行人。这时，几个围拢过来的保安警惕地打量着白芜、江暮云和时雨。

一个留着光头的保安问江暮云：“你们看见那只鸟儿了吗？”

“什么鸟儿？”江暮云问，“你们是说刚才天上飞的那几只灰色的大鸟吗？”

“不是那些，我问的是表演中时不时会出现，爱说俏皮话、唱歌很动听的那只绿色的鸟儿。”

“没有。”

“是吗？”

光头保安又用怀疑的目光审视着时雨三人，显然，那只绿色的鸟儿并不在他们身上。最后，几个保安只得放行。时雨小声说：“太好了，那只绿色的鸟儿逃走了。”

三个人一起回到落脚的客栈，而罗斯贝坦也离他们不远，不过它一直穿梭在一条又一条狭窄的巷子里，身边跟着那只青蛙。

“那几个一脸横肉的蠢家伙和那些灰色的鸟是在找你吗？”罗斯贝坦问。

“没错，我逃走啦。我早就想从那儿逃出来了。”

“你也属于怪物马戏团？”

“没错，我负责报幕，说些俏皮话。不过，我最拿手的是唱歌，整个马戏团就属我唱得最好。”

“可我今晚看到的报幕、唱歌的是一只绿色的鸟儿。”

“我就是那只鸟儿啊。”

罗斯贝坦停下来，嗅了嗅青蛙身上的气味，又道：“你闻起来不像是鸟儿。”

“我本来就是青蛙，不知怎么回事，学会了说话，就被沼泽女巫抓了起来。她用巫术将我变成鸟儿，说鸟儿比青蛙更适合插科打诨。表演结束后我就想逃走了，我和我的小巨人朋友，也就是拿着手杖的那个家伙，也不知道他逃走了没。”

“你们不喜欢在马戏团里工作？老板虐待你们吗？”

“没错！她把我们当成奴隶，我们没有半点儿自由可言！”青蛙叫道，它马上察觉到自己的声音太大，又压低了声音，“我一定要离开那儿，我还有自己的事情要做，虽然我不记得自己要做什么事情，但应该有一件事情等着我去完成，必须完成。”

青蛙开启了碎碎念模式，罗斯贝坦也没说什么，继续朝着客栈走去。等它念完了跟上自己，罗斯贝坦才问道：“那你准备去哪儿？”

“暂时跟在你身边，你身上猫的气味很重，说不定会掩盖掉我的气息，那些可怕的鸟儿就找不到我啦。我绝对不能被抓回去，老巫婆绝对会要了我的命，她最喜欢吃红烧青蛙！”

沼泽女巫名声在外，罗斯贝坦当然听说过很多关于她的传言，她身上集中了女巫所有的缺点，并且把它们放大了好多倍。敢于反抗的小青蛙非常勇敢，罗斯贝坦决定帮帮它。

“小青蛙，你叫什么名字？”

“夕沉。两天前我自己起的，在马戏团里我没有名字，只是叫青蛙。”

“很好，我的名字也是自己起的。我只是只猫，可能帮不了你，但我可以带你去找我的朋友们，他们都很厉害。”

“那再好不过啦，非常感谢！”青蛙一蹦一跳地说。

一只灰色的大鸟在半空中掠过头顶，罗斯贝坦赶紧靠近墙壁，将夕沉挤在自己和墙壁之间。那鸟儿似乎没注意到它，径直又飞走了。好不容易来到拐角处，又一只大灰鸟正等着它们。罗斯贝坦曾经被鸟儿攻击过，很害怕这种嘴巴尖锐爱啄人、总爱扑闪着翅膀的生物，它条件反射地后跳了两步，差点儿踩中小青蛙。它小声道歉，马上冷静下来，弯曲着两条前腿，又竖起尾巴，嗓子里发出奇怪的声音向大灰鸟示威。

不过，罗斯贝坦和青蛙没有留意到，此时，又有一只大灰鸟从天空掠过，在它们身后的半空中低低盘旋。刚才在马戏团的保安中，那个留着光头的保安突然出现在罗斯贝坦身后，低声跟身后的人说道：“头儿，这只猫好像也会说话。”

罗斯贝坦吓得大叫一声，跳着转了个方向。

“怎么了，猫说话很反常吗？这不像天会下雨一样常见吗？”罗斯贝坦通过说话的方式安抚自己那受到惊吓的小心脏，又瞟了一眼脚边那只瑟瑟发抖的小青蛙，“小夕夕，不要担心，我会保护你的。”

“我叫夕沉，你可以叫我阿沉，不要随便给我起昵称。话说，罗斯贝坦大哥，你能应付这个人和这只大鸟吗？”

“没问题。”

从光头保安身后走出那个留着小辫子的保安，不过他没有走上前，而是抱着胳膊饶有兴趣地打量着罗斯贝坦，那目光令罗斯贝坦心里发毛。过了一会儿，他抬头朝着半空吹了一声口哨。罗斯贝坦和夕沉身后的那只大灰鸟猛地俯冲下来，两只爪子分别将它们牢牢抓住，腾空而起。

“原来只是说大话！”夕沉在空中叫道。

“既然打不过他们，只好说大话占些便宜啦。”

风从耳边吹来，让披着厚厚毛皮的罗斯贝坦觉得凉爽极了，它只要稍微一低头，就能看到地面上那些盒子一般小巧的屋子。

“幸好我不恐高。”它想。

而恐高的小青蛙夕沉想的是，自己这样小巧玲珑，都没办法逃出沼泽女巫的手掌心，个子高大、目标明显的巨人梁愈，恐怕早就被抓住了。夕沉一直想要逃走，虽然它已经不记得以前的事情，但它感觉自己应该逃跑过很多次，而被可恶的大灰鸟抓着看城市夜景的场景，似乎也不是第一次发生。它抬起头看着星星，突然又想到了自己必须去做的事情。到底是什么呢？依然想不起来，可夕沉觉得，这件事情，肯定和天空有关。它隐约觉得，飞到天空之中的自己，离心中想要完成的那件事情更近了。

“说不定我想做的事情是长出翅膀飞到天空。”它想。

第N次逃跑计划宣告结束，夕沉也没办法反抗，想着大不了下次继续同样的计划。现在，它想回到马戏团落脚的地方，喝点儿忘忧酒。夕沉已经有三天没喝过这种酒了，那么三天前呢，奇怪，三天前的记忆一片模糊。此时被冷风一吹，夕沉的脑中突然闪过一个念头，说不定沼泽女巫会让它们每三天喝一次这种酒，把一切该忘的、不该忘的，都忘得一干二净，然后乖乖地替她在马戏团卖力演出。

事情会不会真的是它想的那样的，忘忧酒不能喝！但现在的夕沉，确实很想喝那种酒啊。

夕沉不知道的是，其实和它一起定下逃跑计划的小巨人梁愈，并没有第一时间就逃跑，他一直躲在杂物间里。当马戏团的打手们，也就是那些大灰鸟和人高马大的保安忙着追赶逃跑的夕沉时，他才从杂物间里跑出来，从侧门溜走了。不过他也没有逃多远，他隐约记得自己像是要回家，可被风一吹他才清醒地明白，自己根本不记得家在哪儿，而且他越跑，心中那个比回家更强烈的愿望越浓烈。

“好想喝点儿东西啊。”

他想不起来自己要喝什么，但那似乎是只有在马戏团里才能喝到的宝贝，那味道好像还留在嗓子眼里，应该是酒吧。想到这儿，梁愈放弃回家，赶上马戏团的马车队，回到客栈里。

留着小辫子的保安丁本拎着夕沉的一条后腿来到客栈二楼最狭小昏暗的房间里。整张脸堆满皱纹的沼泽女巫就住在这儿，她又老又丑，却化着浓妆，就像诈尸了一样。丁本不由得倒吸一口冷气，他把夕沉试图逃跑的事情告诉自己的老板，说道：“再多的酒对这个家伙好像都没用，这次它还撺掇小巨人跟着一起逃跑。我们该拿它怎么办？”

“再给它最后一次机会，如果有下次，我想我就可以吃红烧青蛙了。”沼泽女巫冷冷地说，半张脸在光里，半张脸隐藏在黑暗中。夕沉吓得全身发抖，在丁本手中挣扎了几下，哀求道：“您放心，不会再有下次啦。”

第十二章

忘忧酒和果冻

她只记得最近三天发生过的事，记得她叫贝丝。之前的无数个三天发生了什么，她完全没印象。那个叫陆时雨的女孩说自己叫李南寻、十八面，这是真的吗？十八面，是指自己有十八张不同的脸吗？真实的自己到底拥有哪一张脸呢？

沼泽女巫是个可怕的雇主，但她力量强大，没人敢反抗她，而且，反抗又有什么用呢？每次当贝丝想像夕沉一样逃走时，就会明白自己根本无法逃出她的手掌心，而且没有记忆的自己，离开马戏团，又该去哪儿？另外，虽然一切都是被逼迫的，但贝丝其实挺喜欢在舞台上和罗比搭档表演。

不过，若陆时雨知道自己的过往，贝丝想要试着像夕沉一样冒一次险，她喜欢表演，可不喜欢一直这样迷迷糊糊地活下去。她必须知道自己究竟是谁，知道自己的过往。

怪物马戏团除了老板沼泽女巫、五只灰鸟和四个保安外，剩下的二十多名成员都和贝丝一样，痴痴迷迷地活着。对了，这团里还有另外两个属于女巫的爪牙，它们像烂泥一样，总是待在地下，也时时刻刻监视着大家。

其他的成员，有没有像自己一样，想过要逃走呢？还是说，已经习惯了这没有记忆的生活？

睡觉之前，贝丝拿出自己的镜子来照了照，不停变幻着脸，想知道该用怎样的脸去见时雨一行人。这样一直变幻着，她就变成了时雨的模样，这才猛然发现，原来自己用来扮演未婚妻的脸庞，就属于那个叫陆时雨的女孩呀。看来，自己准是认识她。

楼下有吵闹声，夕沉又被抓回来啦，和昨天晚上一样。它又会被重重地惩罚，被关在一只狭小的铁笼子里待上好几天，看来明天晚上的表演，这只小青蛙是没办法参加啦。和它一起逃走的小巨人梁愈，在马车刚驶出剧场时，就跟着跑过来。他手长脚长，不喜欢蜷缩在太小的马车上，就一路跟在贝丝身边。贝丝照例是和罗比坐在一起。他是她的搭档，也是她记得的三天里最好的朋友，因为他们俩的能力本质上是一样的。贝丝很得意，因为自己可以变成很多人的样子，而罗比只能变成狼。但也有些遗憾，自己只可以变成人类的模样，连妖精的耳朵也变不出来。

她把时雨一行来找她的事情告诉罗比，罗比也很为她高兴。罗比一高兴就会变成狼，真是奇怪的习惯，他说变成狼时的自己，似乎更加自在。

总之，好好睡一觉，等待明天早晨降临。镜子里的自己，无论变成哪一张脸，都无法掩饰那浓重的黑眼圈，这可不是见旧友的最好的样子。

她收起镜子正准备睡下，名叫瞬的保安找上门来。他是个光头，非常引人注目，为人却低调得很，对大家的态度还算温和，这一点比丁本不知要强多少。瞬手里拿着杯子和酒瓶，说道："要不要喝一杯？"

不知为什么，贝丝觉得，他似乎不是第一次以这副样子出现在自己的房门前，也不是第一次对自己说这样的话。她突然想喝酒了，说了声"好的"，又觉得这也不是第一次以这样的方式回答他。

鬼使神差般，她脑海中闪过一个念头，"若我说不用，他会怎么样呢？"她突然玩心大起，准备捉弄一下瞬，她拦住他准备倒酒的手，说道："还是不要啦，我不喜欢晚上喝酒。"实际上，她根本不记得自己是不是真的不喜欢这样做。

瞬显得有些惊讶，问道："真的？"

"当然是骗人的。"贝丝突然觉得面前的瞬有些可怕，她下意识地赶紧接过盛满酒的酒杯，一仰脖喝了下去。

喝了酒之后，贝丝就觉得四肢像灌了铅一样沉重，回屋后她很快就睡着了。梦里，这三天发生的一切，每一场表演，每一次与同伴们的说笑，每一次自己对过往的探询，相关的画面在她的脑子里如走马灯般快速递进，然后，它们突然聚焦，凝成一团，越来越小，离自己越来越远，最后不知道去了哪里。贝丝睡得太沉，没注意到有一个身体半透明的怪物，拖着自己那圆滚滚的双腿和一条大尾巴经过她的房门口，并朝着里面猛吸了一口气，瞬间，它的脑袋变得五颜六色，但也只是一小会儿，颜色消失了。它转身离开，嘴里还喃喃地说了一句："这个丫头拥有的一切，总是最美味的。"

第二天早晨，时雨比早起的鸟儿还要更早起床，洗漱之后又把白芜和江暮云吵醒。要和李南寻见面了，这是二人在这个世界里第一次正式见面，昨晚的不算。就是这个变幻无常的女孩，把这个世界与一大堆麻烦通通带给自己。经过了这么多波折又离奇的冒险，最初对李南寻的一些埋怨早已烟消云散。时雨现在更想知道李南寻目前的境况，并且希望能帮助她。

坐在餐桌前，江暮云打了个哈欠，问："罗斯贝坦呢？"

"不知道，说不定昨晚有猫的狂欢会。"时雨漫不经心地回答。罗斯贝坦向来如此，要么十天半个月不出门，整天呼呼大睡，要么就是好些天不回家。她已经习惯啦。

三人来到怪物马戏团落脚的小客栈，这几乎是全城最破的一栋楼，谁让沼泽女巫是远近闻名的铁公鸡呢！好多时候，因为住宿费用太高，她就决定全马戏团一起幕天席地。他们躲在客栈后门旁边的巷子里，隐藏在一堆杂物后面。过了一会儿，一只狸花猫从杂物堆的另一边跳出来，朝着时雨喵喵叫了几声。

"没错。"白芜突然听时雨冲着猫说，这是因为她听到了猫的心声。他认识时雨已经好多年，可每次遇到这样的情况，都会被吓一跳。这时，时雨皱起眉头来，那只狸花猫也离开了。白芜问："它说了什么？”

“罗斯贝坦被沼泽女巫的人抓起来了，它让这只猫告诉我们，不仅是李南寻，马戏团里的所有成员好像都没有过去的记忆，他们的失忆和某种酒有关。那只狸花猫还说，罗斯贝坦也是它的朋友，它会溜进小楼里替我们打探情况。总之，先等它出来吧。”

这时，白芜听到身边的杂物堆里传来窸窸窣窣的响声，像有一千只蟑螂正爬来爬去。他觉得浑身发痒，就对时雨和江暮云说：“我们还是到其他地方等吧。”

三人正准备离开时，身后的杂物突然动起来，有什么东西突然从杂物堆里出现，刺鼻的臭气扑面而来，令人感觉像是置身烂泥坑里。时雨忽然叫道：“我的天，古鲁怎么会在这儿？”

一堆烂泥顶着杂物，正用那凹陷下去应该叫作眼睛的部位瞪着他们。江暮云说：“应该不是它，是它的同类们吧。”

三个人捏着鼻子准备逃跑，这才感觉脚下软软黏黏，原来是踩在一堆烂泥上，怎么也挣脱不了。这时，后门突然打开，一个长发的保安走出来，说道：“请吧，老板已经等候三位多时了。”

脚下的烂泥怪物消失了，但很快它就和另外两个烂泥怪物围住三人。它们是一堵难以突破，也没有人想要突破的臭烘烘的墙壁。

时雨、江暮云和白芜被带进沼泽女巫的房间里。因为窗户关得死死的，厚厚的窗帘又严严实实地拉了起来，只能借着桌上那盏油灯散发出的昏黄的灯光，看到沼泽女巫那张布满皱纹的脸。

“你能听懂猫说话？”沙哑的声音从类似木乃伊的身体里传出

来，就像有人在那身体里藏着一台老式录音机。显然，沼泽女巫正望着时雨。时雨点点头。女巫笑了起来，她的右眼眯成了一道缝隙，但左眼依然圆睁。这就是她的假眼，永远没法闭上。不了解详情的时雨，着实被吓了一跳。

“非常好的技能，我们马戏团里还没有你这样的人才。”沼泽女巫道，目光又转向江暮云，“你是云精灵？”

“是又怎么样？”江暮云漫不经心地回答。白芜觉得，自己这两个毫无心机的笨蛋朋友，轻易就把自己的身份讲出来，绝对不是什么好事。他向沼泽女巫问道：“你怎么会知道我们的情况？”

“若要我不知，你们昨天晚上就不该做那些多余的事情。”沼泽女巫发出瘆人的笑声，真眼与假眼都打量着白芜，“至于你嘛，好像没有特别的技能，所以，你存在的意义为零。真可惜，你这种怪物活着与死了，都没有多大差别。”

“你这样说我很生气，不得不为自己辩驳一下，请你仔细了解我，就会明白我活着与死了，还是有很大差别的。”

不过，对于白芜的抗议，沼泽女巫显然没有放在心上。这时，敲门声响起，丁本一脸恭敬地走进来，他手中端着托盘，盘子里放着一瓶酒和三只酒杯。他倒了三杯酒，分别递给时雨、江暮云和白芜。女巫示意他下去，然后对时雨三人说道：“把这酒喝了，兴许我可以考虑放那只蠢猫和那个会变脸的女孩自由。”

那只狸花猫提到过酒，时雨想，说不定自己喝下这杯酒，也会失去记忆。这可不行，她本来记得的事情与人就不多，还想要找回记忆呢。但如果不喝，罗斯贝坦和李南寻会不会有危险呢？这个沼泽女巫看起来，比蛮不讲理的西舍女王还要可怕三分。

“如果我喝了这杯酒，你会遵守诺言吗？”

“当然不会。”沼泽女巫的左眼里散发出诡异的光，“我刚才这么说，不过是想让你们好受一点。”

窗外传来鸟叫声，是那些大灰鸟，房间外似乎也有人蠢蠢欲动，想必是沼泽女巫手下的那些保安吧。什么决定权？这根本不是平等的交易。眼下根本没得选，沼泽女巫想把时雨三人变成赚钱工具，说不定今天晚上，他们就会作为新人登台表演。

白芜也想到了相同的结果，同时考虑着应对策略。沼泽女巫身边有一把空椅子，这非常重要。他瞟了时雨一眼，心想，若她还残留着青鸟的一丝丝记忆或习惯，就应该能和他完美配合。即使不行，还有江暮云在。

打定了主意，白芜喃喃道：“听一个老巫婆絮絮叨叨，真是没意思。”说话间，他将杯子里的酒猛地泼向沼泽女巫的脸，接着又举起那把空椅子砸向紧紧关闭着的窗户。“哗啦”一声，窗户破裂了，他扭头冲时雨叫道：“快，坐到江暮云身上出去！”

他的话音刚落，那几只大灰鸟也从窗外冲进来。江暮云已然变回了云精灵的样子，把惊慌失措的时雨裹起来，敏捷地躲过迎面扑来的群鸟，飞出窗户。

白芜也准备从窗户跳下去，丁本和瞬从门口进来，抓住了他的衣服。好在衣服质量不太好，“嗤”的一声被撕破了，他顺利脱身。落地的瞬间，他听到二楼的窗户里传来沼泽女巫那可怕的声音："杀了他！"接下来他感觉到地面的震动，屁股下面的街道变得松软，是烂泥怪物将他困住了。臭气扑鼻而来，他只得忍着呕吐的冲动不停地挣扎。

沼泽女巫的脸出现在二楼的窗户边，她伸出右手，从她手心里飞出一团稻穗状的柔软物体，扑向白芜的脖子。他可以感觉到自己的皮肤被撕裂，那东西钻进他的脖子里，切断了他的主动脉血管。

糟了，自己，不，这具身体，肯定血流如注吧。这具身体马上就会死去，得快点儿逃命。

白芜从梅格的身体里脱离出来。白芜的本体像一只长着手和脚的气球，圆乎乎的，呈半透明状，若不仔细看的话，很少有人注意到他。现在的他没有身体的屏障，若被消灭，就真的死啦。但现在还不能死，他和青鸟、罗斯贝坦约定，要携手走遍世界的每一个角落。白芜赶紧飘离现场，在空中看到自己使用过四五年的身体，以一种奇怪的姿势扭曲着。他见多了这样的死亡，就像见到自己一次又一次死去。

沼泽女巫并没有注意到他，白芜赶紧飘得远远的，寻找江暮云，很快便看到那只云精灵被一只凶猛的灰鸟咬住。他想帮忙，但现在没有实体的他比小婴儿还要脆弱，只能眼睁睁看着江暮云和时雨一起被带回沼泽女巫的房间里。

"我得赶紧找一具身体寄生，才能救他们。"

白芜匆忙在城中寻找年轻强壮又穷凶极恶之人，侵占这种人的意识，能让他少受些良心的谴责。不过总是如此，想要寻找某种人时，那些人就像从世间绝迹了一样。白芜正想着要不要随便找一个目标时，忽然灵机一动，想到一个好主意。

“真是的，一举两得之事，怎么这时才想到？这样的话，小青鸟应该也不会那么恨我吧。”

这么一想，白芜心里感到轻松不少，他赶紧朝着旧楼的方向飞去。

又到了晚上，剧场再次满座。第一个值得期待的节目是昨天那场戏的下集，女仆与贵族少爷还会遇到些什么有趣的事情呢？毕竟，就算没有浪漫的生活，也期待着浪漫的故事上演，期待着虚构出来的女性，能够得到普通人难以获得的幸福。

第二个值得期待的节目，当然是真正台柱子的登场。那是一只长得像果冻的怪物，不但能像橡皮一样无限延展，还能被塑造成各种各样的形状，更神奇的是，它还能发出几十种不同的笑声。几天前，果冻怪物出场时，曾被马戏团的巨人拉成一条细长线，然后巨人还用自己那双灵巧的手，把果冻怪编成一张网。这样好玩的果冻怪物，当然是孩子们的最爱。

另外，宣传广告上临时添加的第三个值得期待的节目，由女孩和猫表演，那个女孩能听懂猫的心声。宣传广告上甚至说，大家尽管把自家的猫带来，女孩会帮着解读宠物的心声。

不过刚开场，就有观众抱怨了，因为那只会讲俏皮话的绿鸟没出来报幕。但很快，大家就被一场场精彩的表演吸引了。

贵族少爷罗比变成了狼，他和女仆贝丝的爱情历尽千难万险，最后总算能够幸福地生活在一起。表情呆滞的女孩可能是新来的，她确实能听懂猫说话。三位观众将自己的猫抱上台，她便将猫的话翻译出来，甚至还捅出了那三位观众家里隐藏得最深的秘密，逗得大家哈哈大笑。但那三个人可够倒霉，当众出尽了洋相。后来，压轴明星果冻怪物闪亮登场，不过它今天的样子看起来有些怪怪的，行动有些僵硬。今天它的搭档不是巨人，而是一个年轻英俊的男人，自然吸引了女性观众的目光。他应该也是新来的，但比先前那个女孩从容得多。节目的最后，他甚至还变成了一朵飘浮着的云，引起大家一阵尖叫。毫无疑问，他应该是云精灵，整个梦幻大陆的女孩都知道，男性云精灵是这个世界上最适合做情人的对象。

欢呼声一阵接一阵，坐在剧场二楼角落的沼泽女巫也不由得笑了起来。不过她有些担心，因为今天的果冻怪物，也就是她最喜欢、最亲近的皮皮怪，好像迟迟没将记忆消化掉。皮皮怪每隔三天进食一次，食物是记忆，因此每过三天，女巫就会让马戏团成员们喝下忘忧酒，这样他们的记忆便会和身体分离，皮皮怪就能轻松吞掉大家的记忆。

昨天晚上，恰好是皮皮怪进食的时间，它吃得很饱。可今天上午，又新来了两位身怀绝技的演员，为了更好地控制他们，当然得先抽走他们的记忆。而且，那忘忧酒不仅能分离记忆，也会让喝酒的人上瘾，不肯离开马戏团。曾经遇到过不少情况，有逃跑的成员，不久就又回来啦。

能听懂猫的心声的女孩、云精灵，以及那只会说话的胖黑猫，他们的记忆都被忘忧酒分离出来，馋嘴的皮皮怪把它们都吞了下去。通常，吞下记忆后，皮皮怪会随着那些记忆的性质改变颜色。吞下那个男人和那只猫的记忆还好，吞下那女孩的记忆后，皮皮怪就变成了一只像被不同颜料袭击的怪物。它似乎也不是特别舒服，花了一整个白天，也没能让自己的身体变成正常的无色半透明状。当然，现在它的颜色不再那么杂乱，也要淡得多，但正常状况下，应该不会这样。

所有节目都表演完了，表演者手拉着手出来谢幕，享受着台下观众热烈的掌声。站在最中间的贝丝深深陶醉了，这一刻，也只有这一刻，她根本不会想到自己不记得以前的事情这件烦恼的事。

沼泽女巫的目光集中到今天新加入的成员身上，那个男人倒是落落大方；那只猫待在穿着女仆装的贝丝脚边，只能看到一截动来动去的尾巴；至于那个女孩，一双眼睛像新生婴儿那样，好奇地打量着台下的观众。沼泽女巫不知为什么，心里突然有些紧张，不知为何，她能感觉得到，这个女孩也许不那么容易被控制。

这时，离那女孩很远的皮皮怪，身体突然以一种奇怪的方式拉伸，再拉伸，观众们显然也被它的古怪模样吸引了注意力，都注视着它。很快，大家明白过来，它正朝着能听懂猫说话的女孩靠近。

“不好！”沼泽女巫大叫着站起来，这时，早有机灵的保安赶紧拉过幕布，在幕布完全挡住皮皮怪的瞬间，沼泽女巫的真眼和假眼同时注意到，皮皮怪的身体似乎正变成墨色。剧场四周的灯一盏盏亮起来，沼泽女巫迈步急匆匆地赶往后台。

沼泽女巫很紧张，长久以来这是第一次。

后台一片慌乱，皮皮怪从脚下开始，慢慢变成墨色，而且一直跟着时雨。不过，皮皮怪似乎也身不由己，它的两条胳膊分开，变成一大堆细细的触手，死死抓着剧场舞台旁边的柱子，可它的脖子继续拉长，依然追随着四处逃避着它的时雨。失去记忆的时雨害怕极了，只得四处逃跑以及哇哇大叫。表演者不明白眼前的一切，几个保安也不明所以，他们只是被沼泽女巫雇来的街头混混儿，身手不错，又以欺负别人为乐。但眼前的混乱局面，大大超出了他们的能力范围。

不过他们的头目丁本明白一切：这皮皮怪本来靠吸取记忆为生，它会跟着时雨，是因为它没办法消化掉时雨的记忆，现在，那些记忆想要回到自己主人身体里。此时的丁本，本质上不是丁本，而是白芜。这就是他新找到的寄宿者。

时雨四处乱跑，皮皮怪的身体也四处缠绕，它已经完全变成了黑色，那古怪的笑声一阵接一阵，在这封闭又狭小的后台空间里，所有表演者都起了一身鸡皮疙瘩。几只大灰鸟扑扇着翅膀四处飞着，尖叫着，想要制止这一切，不过只是添乱。两个靠得比较近的保安试着抓住时雨，却又被皮皮怪缠了起来。丁本，也就是现在的白芜，悄悄退到角落里，俯身拿起一个瓶子，又打开瓶盖，眼神紧紧锁定皮皮怪。

沼泽女巫总算来了，她大喝一声，按照传统，她的吼声便能让一切恢复正常，可这次并不管用，皮皮怪似乎陷入了暴走状态。白芜屏住呼吸，小心避过沼泽女巫的视线，在那皮皮怪的脑袋终于缠住时雨的瞬间，猛冲上前，将瓶子里的液体倒进皮皮怪口中。

咕噜噜噜噜，咕噜噜噜噜噜，皮皮怪的脖子变得太长，液体流进它的身体里花了不少时间。这几分钟足够让沼泽女巫明白，自己最信任的手下丁本，正将忘忧酒倒进皮皮怪的身体里。

之所以给皮皮怪灌忘忧酒，只是出于白芜的猜想：如果大家都是因为喝了忘忧酒才失去记忆，那让吞掉记忆的皮皮怪喝这种酒，说不定也能有什么反应。总之，他不能让一切朝着和他期望相反的方向发展，他期望的是和时雨一起回到赤月岛，期望着时雨能够变回青鸟。

“丁本，你在干什么？”

沼泽女巫朝白芜伸出手，那软绵绵的杀手再次扑向白芜的脖子。不过这次没有烂泥怪的牵制，他轻松躲过。他掏出藏在靴子里的匕首，刺中了那团恶心的东西，然后有黑色的汁液溅到他的脸上，接着有臭气飘进鼻子里，不仅是那黑色汁液的臭气，还有烂泥的臭气。烂泥怪们跑进来啦，那几只大灰鸟也寻找着白芜。藏在暗处的白芜只得苦笑，说不定眼下这个身体也得舍弃。

皮皮怪的笑声戛然而止，“砰”的一下，它的身体炸裂，四溅的并不是汁液，而像是雾气，而且也不是黑色的，而是变得五彩斑斓，几乎填满了整个后台化装准备间。那雾气像有生命一样蹿来蹿去，包围着后台的演员们，然后消失在那些演员的脑袋里，有些没找着主人的雾气便从窗户以及后门飞了出去。

这个过程大概持续了十分钟，而等沼泽女巫反应过来时，丁本，不，白芜，还有江暮云、罗斯贝坦以及时雨，已经不在这个房间里。沼泽女巫开始在地面寻找着什么，她来到了贝丝脚边。不对，现在贝丝想起来啦，她可不叫什么贝丝，而是李南寻，绰号叫十八面。那雾气里便有她的记忆，现在已经回到她的身体里。她想起来，自己有一次看杂耍时遇到了这个古怪的老太婆，当她得知自己能够变幻外貌时说了一句："多么可贵的技能啊。"之后的事情，她也都想起来了，那古怪的酒，还有一次次表演。

沼泽女巫并没找到她的目标，便指挥着她手下的烂泥怪和大灰鸟追了出去，寻找着"丁本"一行人。吃里爬外的叛徒丁本，把她苦心经营的一切都毁了，放回了所有表演者的记忆，最重要的是，他还带走了皮皮怪。

沼泽女巫气急败坏，连注意力与观察力也大不如前，她没注意到白芜一行人并没有离开，而是躲在了后台那只巨大的道具箱子里面。女巫离开后，他们才走出来。白芜对那些恢复了自己记忆的人、妖怪、怪兽还有精灵说："我想，现在大家应该已经明白这一切了吧，我们快去把那个女巫和她的爪牙们追回来。"

大家一拥而出，带头的便是那变成了狼的男孩。李南寻落在了最后，呆呆地朝时雨笑了笑。

"待会儿见，时雨。"她朝时雨眨了眨眼，然后跑了出去。李南寻恢复了记忆，想到的第一件事情就是自己的真实身份，自己那些正被噩梦困扰的臣民。她作为贝丝在马戏团里待了多长时间呢？又有多少人因为不堪噩梦的折磨而离开人世？她没办法原谅这个阻碍自己的可恶女巫。

白芜这时倒是清闲了下来，首先关心起时雨的记忆状况来。

"我得感谢皮皮怪。"时雨说，"它不仅吸走了我作为陆时雨这段时间的记忆，也把我封存着的记忆吸走了。不过现在它们都回来啦，所以啊，我想起了一切，我是青鸟。”

关于陆时雨的一切，如同一场美梦，现在梦醒了。可是真有些不想醒来，有亲人的疼爱呵护，有朋友的温情陪伴，有幸福美好的童年时光，在温情的滋养下慢慢成长，是件多么美好的事情，这是作为青鸟的自己所无法体会的。纵然拥有悠长的生命，也难免感到某种缺憾。

白芜吃了一惊，没想到歪打正着，让时雨恢复了以前的记忆这一切都在他的预料之外。熟悉的人又回来了，他忍不住紧紧拥抱着青鸟，还原地转了好几圈。等他将青鸟放下时，江暮云也伸开胳膊要拥抱她，说道：“我也同样高兴，所以不能在表达喜悦之情的方式上输给这个家伙。对了，你应该是白芜吧？我看到你的上一个寄宿者死了，现在的身体比上一个有意思多了。”

江暮云只是拥抱了一下青鸟，然后像他对待所有女孩那样，亲昵地揉乱青鸟的头发。白芜这才发现，青鸟似乎不是特别高兴。

“怎么啦？”白芜问。

“没事，只是一下子想到太多事情，脑子一时吃不消罢了。”青鸟淡淡地笑了笑。

“这我明白，”黑猫罗斯贝坦说，“太多记忆肯定会非常沉重，你们瞧，我这一身肥肉，就是由记忆转化的。”

罗斯贝坦自顾自地笑了起来，却没有人理会它，这让它有些尴尬，然后毫不留情地抛给大家一个白眼，会翻白眼的猫实在是太酷了。

“瞧瞧这个，我刚刚在地上抓到的，是那个放走了所有记忆的怪物。”

青鸟伸出手来，她的食指与中指之间，捏着一颗奇怪的东西——皮皮怪。原来，它的本体不是半透明的，而是白色的，不过中间有黑色的核。白芜和江暮云都把头凑了过去，江暮云说：“你们觉得，这像不像眼珠子？”

“没错。”白芜说。

“这么说来，吞噬记忆的怪物就是眼珠子？”

“看来这就是她真正的左眼了。”白芜说着，拔出匕首刺穿了眼珠子。

与此同时，沼泽女巫捂着眼睛大叫起来，因为她真正地失去了自己的左眼。表演者们趁着这个机会拥了过来，他们看起来异常凶狠。那些鸟儿和烂泥怪也因为害怕，离得远远的。

“这就是找身怀绝技的表演者的后果，老怪物！”那只狼大声吼道。

表演者们一拥而上，把沼泽女巫包围起来，过了半天他们都散开了，都一脸茫然的样子，因为沼泽女巫本人不知道去哪里了。

第十三章

叶氏庄园

沼泽女巫逃跑了，另外几个助纣为虐的保安被大家揍得半死，几只大灰鸟有的被射死，有的见势不妙，一溜烟逃走了。烂泥怪能够潜入地下，见主人溜走，它们也不知所踪。

青鸟一行放出了被关起来的青蛙夕沉和小巨人梁愈。夕沉便开始和罗斯贝坦聊天，它已经想起来过去的事情，是它主动找上沼泽女巫的，希望女巫能够把它变成人类。不过，罗斯贝坦似乎想表现得高冷一点儿，不情愿搭理这个小不点儿。

龙女洛离脖子上的锁链，实际上是为了抑制她的力量，此时也已被斩断了。她身边多了一个穿着绿衣服、温和腼腆的圆脸少年，也就是她的龟精朋友蒙少野。对于自己被时雨一行所救的事情，洛离似乎很不高兴，也没有向时雨道谢，不过她和蒙少野离开前，送给时雨一颗透明的珠子，那是由水之精华凝聚而成的珠子，如果时雨需要她帮忙，就对珠子说话，洛离随时都会出现。但这珠子是一次性的，机会也就只有一次。

名噪一时的怪物马戏团就这样解散了，白羌作为解救大家的最大功臣，接手了沼泽女巫的房间，调查她的财政情况。奇怪的是，沼泽女巫并没有留下多少钱财，看来她非常谨慎，把钱藏在了其他地方。

青鸟准备好好休息一晚，太多的记忆，特别是不那么愉快的记忆，压得她喘不过气来。一瞬间，她就从一个十二岁的女孩，变成了拥有那么漫长的记忆的人，她一时还无法适应。睡觉之前，那个能够变成狼的男孩特地找到她，向她道谢。他叫夜峦涛，青鸟觉得这名字有些耳熟，猛然想起曾经遇到过的狼族女孩夜岱凝，她正寻找自己的大哥，而她的大哥就叫这个名字。青鸟便把夜岱凝正在寻找他的事情告诉夜峦涛，他说：“其实我本来准备参加她的成年生日会，在去聚会地的途中，遇到这个女巫，后来的事情你们应该都知道了。妹妹肯定非常生气，所以才会四处找我算账吧。”

“与其说是生气，还不如说她急切地盼望见到你，像有什么大事要找你商量。”

“我很快就会去找她，不过离开之前，我还得先向贝丝告别，和她一直搭档演戏这段时间，非常愉快。”

“贝丝，也就是十八面吧？她的真名叫李南寻。”青鸟说。这时她才突然想起来，自己还没看到李南寻。

“她还没回来吗？她也出去追赶沼泽女巫了呀。”青鸟问。

“我以为她和你们在一起。”夜峦涛说，“我一直没有看到她出来。”

他顿了顿，“不对，我好像看到她从后门跑出来，之后就没再注意了，那时只想着找女巫算账。”

青鸟让罗斯贝坦找遍了整所房子，李南寻不在这儿。这么说来，她离开剧场之后就消失了。难道是不辞而别了吗？不会，她明明说了待会儿再见，说不定她只是有自己的事情要处理。青鸟便让罗斯贝坦召集城中的猫寻找李南寻，又劝夜峦涛不要紧张，先回房间好好休息。她自己也躺下，她想起了一切。十二年前在停云城里，她看到过还在襁褓的李南寻，她曾戴上猫脸面具和冰雪女巫交手，不慎被打败。因为她与岛同生，所以并没有死去，只是被重伤折磨，好难受。不想那么痛苦的青鸟慢慢缩小了自己的身体，脑子慢慢变得迷迷糊糊，最后彻底失去了意识，再次醒来时，她成了一个小婴儿，而且不知为何流落到另一个世界，被陆方夫妇收养。

天还没亮，罗斯贝坦就带着李南寻的消息回来了。青鸟已经起床，和昨天相比，她简直大变样：她把自己的长头发剪短了，因为只是自己拿着剪刀胡乱剪了几下，发尾显得参差不齐。

“怎么突然想要改变发型？”罗斯贝坦问。

“我得回到原来的自己啊。”

罗斯贝坦点点头，想起青鸟确实习惯留着短发。

“你不想再当陆时雨了吗？”罗斯贝坦犹豫了一下，还是开口问道。

青鸟点点头站起来，说道："这十二年是非常宝贵的经历，作为青鸟，我永远都是小孩子的模样，不会成长不会老去，但作为陆时雨，我体验到了很多普通人才有的快乐，这也算是因祸得福吧。在我离开这段时间，赤月岛怎么样？"

"还好。你刚失踪那段时间，岛上发生剧变，它突然缩小了，我一边担心这个岛会消失，一边担心你死了，一边还担心着我也会死去。好在后来岛恢复平静，我虽然生了一场病，甚至变成了一只小猫，但还活着，所以我想你也应该活着，说不定变成了一个小孩子。现在的话，那个岛的大小也快恢复正常了，和十二年前没有多大区别。算了，要说起来，你离开这个世界已经十二年了，有很多事情可谈，回到岛上再慢慢聊。还是先讲讲当前的事情吧。我们找到李南寻的下落了。"罗斯贝坦顿了顿，继续说道，"她被人抓住了，三个打扮得不像本地人的男人趁乱把她带上马车。为首的那个四十来岁，眼神很凶，还有一个胖乎乎的家伙半醉不醒，另外一个倒是很精神。其中一个人好像还说了些诸如'小偷''偷东西'之类的话。此刻他们或许离开了这个地方，应该已经走远了，他们几个小时前就离开了。不过你放心，我的朋友们会帮我监视那辆车的去向。我们猫啊，虽然平常没多大联系，也不像大多数人类一样聚集在自己的国家或城池中，但全天下的猫都是一家，所以你尽管放心。另外，它们可是我的朋友，喂，青鸟，你等等，我的话还没说完……"

原来，当罗斯贝坦一路话痨个不停时，青鸟已经起身去叫白芜和江暮云了。十来分钟之后，大家便做好准备离开这个地方。小青蛙夕沉和狼族的夜峦涛，再三要求跟着一起去。夜峦涛当然是想救出自己的朋友，而夕沉同行的原因则是，它昨天无意中听江暮云说起他认识很多女巫，兴许有些女巫可以用巫术将它变成人类。

青鸟一行人日夜兼程，九天之后，他们总算和那帮抓走李南寻的人来到了同一个村子里。那三个人在村口一家酒馆里歇脚，店外停着三匹马。只有三匹马，想来李南寻这几天肯定被绑起来，像货物一样放在马背上。

青鸟一行人也下了马，罗斯贝坦先从酒馆厨房的窗口进去探听情况。很快，罗斯贝坦出来了，它说道："他们正在吃午餐，这店里除了他们几个之外并没有什么客人。李南寻被拴在一条铁链上，她被那条链子和那个凶神恶煞的男人绑在一起。"

铁链，这让青鸟想到了不久前的一段小插曲，也让她想起来，自己还欠树林中的那些精灵一笔"好处费"。不过那些精灵真是健忘，五十年前青鸟经过那片树林时，明明带给他们赤月岛上的不少特产，他们上次却差点儿用幻影把她吓死。

青鸟、白芜、罗斯贝坦、江暮云、夕沉、夜峦涛，没有一个成员是普通人类的奇怪组合，因为人数上占据着优势，所以也不遮不掩，径直进了酒馆里。那三个人抬起头来，青鸟马上认出为首的男人正是和光，这次他总算是找到真正的十八面了。

和光、阿金、阿星，甚至是李南寻，一时都没有认出青鸟来。她的头发变短了，眼神明亮而坚定，仿佛一夜之间成长起来。和光戒心很重，死死拽着拴住李南寻的链子。青鸟微微一笑，走到和光面前，说道："和光先生，真是巧啊，不是冤家不聚头呢。"她的三个有人类外表的同伴也围过来，夜峦涛不愧是狼族首领，只是站在一旁，便有一股不怒自威的气势。阅人多多的和光先生，当然明白自己遇上了难缠的对手。

"我们只是按照吩咐办事，还请不要为难。"和光平静地说。

"我明白。"青鸟说，恢复记忆的她也变得不那么急躁，"十八面，不，李南寻，你到底偷走了叶氏家族什么东西？让他们跑遍整个梦幻大陆也要捉住你？"

"什么偷不偷？难道我在你心里的形象就是个小偷吗？"

"差不多，当时在我家，你还偷拿我的钱买果汁。"

"不是偷，是拿，光明正大！"李南寻提高了声音，"倒是你，时雨，你把我的面具偷走这件事，我会随便乱说吗？快把面具还给我！"

"面具本来就是我的，当年我把它遗落在了停云城里。"

"什么？不是拿不是偷，你就想把它占为已有？这是我从小带在身边的面具，你可别告诉我是你十几年前遗落的面具。"李南寻叫了起来，但很快语气又恢复平静，"算了，只不过你又让我多了一个打倒那个女人的理由而已。"

"事先声明，面具确实是我的，我有一万种办法可以证明。"

"那我还有一万种办法可以推翻你的证明！"

青鸟和李南寻吵了起来，旁若无人，好像她们俩是认识多年的老朋友一样。最后还是白芜打断了她们，说道："稍后你们可以慢慢争，这儿离叶家也不远了，不如找到叶先生解释清楚状况，反正乐家兄弟那边派来接南寻小姐的人，也还没有到。"

"乐家兄弟是什么人？跟我有关系吗？"李南寻问道。

"他们是从停云城里逃出来的人，与那些同样不满冰雪女巫的周边城镇的居民们联合组成军队，这些年来一直想办法和冰雪女巫抗争。"白芜解释道。

"我从来都不知道还有他们的存在，我一直以为自己只是孤单一个人。"李南寻怔了怔，旋即笑了起来，"原来我也有伙伴啊。早知这样的话，我就不用东躲西藏，直接找他们就好了嘛，害得我绕了这么大一个圈子。"

大家便一起骑着马赶往叶氏庄园。路上，李南寻告诉青鸟她是怎样从停云逃走的。那时每天都有一位侍女为李南寻送饭，有一次趁对方不注意，李南寻打晕了她，变幻成了她的样子，悄悄离开了。之后，冰雪女巫派出的黑衣人如影随形一路追赶着她，她只得东躲西藏。几个月前她来到叶氏庄园里，叶先生对她很好，让她这个从小被囚禁在高塔里的孤女体会到了人情的温暖。不过黑衣人阴魂不散，她不想给叶先生添麻烦，才仓皇离开了叶家。

"所以我想不明白，叶添叔叔对我非常好，就像父亲一样，怎么可能会让手下来抓我嘛，还说什么我偷了贵重的东西，肯定是搞错了。"李南寻说。

不过青鸟有不同的想法。那个叫叶添的人费尽心思让家丁去抓李南寻，甚至诬陷李南寻偷走了府上的贵重物品，怎么看都有些说不过去。

李南寻突然问道：“对了，你身边的几个人都叫你青鸟，那是你的绰号吗？就跟我的绰号叫‘十八面’一样。”

“这个说来话长，稍后我跟你慢慢解释。”青鸟说道，“总之，青鸟是我的本名，因为一些缘故，我之前失去记忆，到了另一个世界。”

“哦，原来是这样。”李南寻点点头，“我挺喜欢你以前的名字——时雨，不过青鸟也很好听哦。”

她笑的时候，眼睛亮亮的，像是闪耀着的星光，依稀是记忆中那位旧友的模样，青鸟微微含笑望着她。

“喂，青鸟，你干吗用这种老气横秋的眼神看着我？”李南寻狐疑地看着青鸟。

“什么老气横秋，是慈爱好吧，慈爱的眼神。”青鸟羞恼地瞪了李南寻一眼。

“青鸟，你学坏了，居然占我便宜！”

“我哪有。”

…………

两个人一路上叽叽喳喳说个没完，灿烂的笑容在阳光的渲染下闪闪发光。

李南寻说的确实没错，一行人来到叶氏庄园里，家主叶添确实像见到久别的女儿一样，关切地问候了李南寻。叶添看起来不过三十来岁，十分斯文和气的样子，望着李南寻的眼神满是慈爱和笑意。李南寻趁机向叶添告状，说和光一路虐待了她，青鸟也把自己曾经在和光手下受到的非人待遇添油加醋讲了一遍。叶添听得皱眉，转身对和光几人冷声说道："我只是让你们把南寻小姐找回来，什么时候允许你们对她动粗！而且还牵连了这位青鸟小姐！"他一怒之下，就把和光关了起来。阿星和阿金在一旁求情，但叶添毫不理会。和光没有反抗，也没为自己辩驳，看起来老实忠厚，完全不像之前看到的拿锁链锁人时凶巴巴的模样。

因为李南寻得到主人欢心，青鸟一行都成为叶氏庄园的座上客。叶家的宅子宽敞无比，花园也美不胜收。青鸟以为，迎接他们的会是成群结队的奴仆和丰盛的午餐。可是，宅子里的用人少得可怜。午餐桌倒是又大又漂亮，但大家吃的东西，也就是清淡的素菜，以及没有油水的汤。青鸟毫不掩饰地把失望写在脸上，李南寻小声对她说："叶叔叔其实是个铁公鸡，他只把宅子保养得好，充当门面而已，之前我在他家待过几天，从来没吃上什么丰盛的食物。你知道吧，我之所以不想让黑衣人把麻烦带到这儿来，除了担心给叶叔叔惹麻烦，还怕黑衣人不小心毁了宅子里的东西，叶叔叔会心痛而死。总的来说，他虽然吝啬，但还是一个好人。"

青鸟瞟了喝着淡酒与客人们谈笑风生的叶添一眼，一点儿都不觉得他有什么好的地方。不过他也不是顶吝啬的人吧，不然的话准会连客人也不接待。

吃过午饭，阳光正好，瞌睡就来了，大家被安置在一处雅致的别院里午休。青鸟睡得正香，被李南寻摇醒了。

“叶叔叔找你。”李南寻道。

“他找我干吗？难道因为吃饭时我的脸色不好看？那我就得当面抱怨一下他这失礼的待客之道。”

“不是，他只是想找猫脸面具的主人。他刚刚告诉我，当时会主动接待我，对我百般热情，只是因为我带着猫脸面具，他听说有那副面具的人，能听懂猫的心声。真扫兴，我还以为他真心无条件地关心我呢，我已经在心里骂过他一千次了，之后才来找你。叶叔叔可能需要你的帮忙。”

“我才不要帮这种吝啬又势利的人呢！”青鸟道。

“可他毕竟向我展示过善意啊，在遇到你之前，他是我碰到过的对我最好的人，求求你帮帮忙，可以吗？”

见李南寻一脸恳切，青鸟只好答应了。两个女孩一起来到了叶添的书房里，一贯淡定的叶添看起来有些拘束，甚至是紧张。三人坐在沙发上东拉西扯地闲聊了半天，直到青鸟快要打瞌睡的时候，叶添才从一个角落里抱出一只体形较大的长毛白猫，然后说出他的目的。那只猫应该上了年纪，当它的目光转向青鸟时，青鸟想到了自己在另外一个世界的一位客户——多多梅。

“这是我父亲的猫。”叶添解释道，似乎回忆起一些不怎么愉快的往事，他不由得皱紧了眉头，“大概十一年前，我父亲抛下叶家所有的产业，为了探险而离开。刚开始他还给我写过两封信，后来我们就断了联系，他只带走了这只猫。他离开时，我本来在学城里念书，我喜欢念书，研究学问，但父亲的突然消失令我不得不忍痛放弃自己的兴趣，回到叶家继承了产业。刚开始还有少许不甘，慢慢也就习惯了，对于家中的生意也越来越得心应手，并且从做生意中找到了乐趣。我慢慢淡忘了父亲出走带给我的怅然，就像他在给我的最后一封信里说过的那样。他厌倦了俗世，想要追求自我，俗世的父子情也就此结束，终生都不会再相见。几年前，这只猫回来了，我不知道它从哪儿来，我父亲在哪儿，活着还是死了，但它的出现让我明白，我根本不可能做到父亲那样洒脱。我想知道他过得怎么样，所以，青鸟小姐，请帮我向这只猫打听一下我父亲的消息，可以吗？”

叶添的眼神里满是真诚，青鸟不得不承认，这个人虽然势利又吝啬，但对父亲的感情不像假的。青鸟蹲下来，目光与白猫持平，想让这只猫知道，她和它是平等的。

“你叫什么名字？”青鸟首先问。

“阿当。”

“那好，阿当，叶先生的想法你都知道了吧？我猜你会回来，肯定也因为牵缠着叶先生和他父亲之间的亲情，并不是一封信就能切断的，那个抛弃家业追寻自由的男人，现在在哪儿呢？”

“他死了，登山时发生了意外，落入了峡谷中。我没找到他的遗体，还差点儿被一条毒蛇咬死。”

青鸟把阿当的话转告给叶添，他得知父亲的死讯，脸上流露出哀伤之色。沉默了一会儿，叶添又问：“那我父亲有没有说过什么？”

“没有，死亡来得很突然，他没有准备。”阿当说，“况且，在最后一封信里，他要对你说的话，不是都讲清楚了吗？何必要给一些普通的行为，自以为是地加上奇怪的意义？老头子离家也好，探险也罢，都只是图自己快活，你又何苦为难自己？你到底还有什么放不下的？那个老头子早就放下一切了，连生命也放下了。叶添，你也三十多岁了，应该表现得像个大人！”

阿当的这番话，青鸟转告给了叶添。叶添愣住了，似乎在纠结什么，似乎又突然想通了。过了半晌，他才开口说道：“原来如此，奇怪，奇怪，无论活了多大岁数，被父母抛弃，还是会有一种孤儿般的感觉。”两行清泪从他脸上滑落下来，青鸟受到他的感染，不免也有些伤感，她问阿当：“那你为什么要回来呢？”

“我生活的目的不是探险，所以我不过是旅行结束后回家而已。”阿当想也没想就说道。青鸟点点头，再一次佩服起世界上所有猫强烈的自我。

第十四章
西舍的秘密

清冷的夜里，山间客栈。

青鸟爬上屋顶看星星和闪电，她脑子里全是关于云精灵的那个故事。她想到了司徒诚和那段如父女般相处的时光，至今她都不愿意相信，司徒诚是冰雪女巫的扈从。青鸟很少怨恨任何人，冰雪女巫是其中一个，因为李南寻的母亲曾是青鸟非常重要的朋友。那样一个平和大度、与世无争的女人，却被冰雪女巫害死了。

身旁的屋顶上传来了窸窸窣窣的响声，是小青蛙夕沉。它蹦蹦跳跳地来到青鸟身旁，也学着她的样子，抬头注视着天空的情况。

青鸟说："听说你一直向江暮云打听天空的情况和云精灵的生活习性，你也有云精灵朋友吗？"

"没错。"

夕沉似乎很想找人倾诉心事，蹦跶到青鸟面前。

“我还住在沼泽地时，遇到过一个云精灵，她漂亮极了，既聪明又高傲，常常嘲笑我被狭小的地面世界束缚，不知天空的广阔。我很讨厌她说话的刻薄，但我喜欢她。她飞走后，我很舍不得，就想变成人类的模样，乘坐飞鱼船去找她。”

“你怎么没想过变成云精灵？这样更方便吧。”

“我朋友不喜欢云精灵，她喜欢人类。那个时候她正迷恋着某个人类的男性。我想我要是变成人类的样子，说不定她也会非常喜欢我。”

“原来如此。”青鸟喃喃道。夜晚需要这样浪漫的事情搭配清冷的月光，即使主角是一只青蛙，也非常美好。

楼下又传来低语声，青鸟看到走出客栈的李南寻和夜峦涛，问道：“你们俩要去哪儿？”

“小夜要召集他的同伴们，帮我一起对付冰雪女巫。”李南寻说。

“这么晚了，露气也重。南寻，你还是不要去了。”夜峦涛说着，他依然不想让李南寻看到自己那野兽的一面，他想让这女孩觉得自己和她是同类。

“我要去见识一下。”李南寻坚持道。

青鸟笑了起来，说道：“那你们小心点儿。”

李南寻和夜峦涛双双离开了。青鸟想到今后的计划，之前，她本来打算找到李南寻就回赤月岛，现在，既然自己已经恢复了记忆，就不可能袖手旁观。李南寻想要救她的子民于水火之中，那么自己呢，就像当年帮助李南寻的母亲一样，作为朋友，青鸟也不可能退缩，况且，冰雪女巫两次侮辱了她，她也要找这可恶的女巫算账。

来到山林里，李南寻一直盯着夜峦涛，看着他轻松跳上大石头。夜峦涛有些为难地看着李南寻，说道："你能不能不要看着我？我觉得很不自在。"

"为什么呀？我又不是没看过你变成狼，我们俩一起演了那么多出戏，我都看得厌烦了。"

夜峦涛叹了一口气，不再搭理李南寻，仰天寻找着月亮。作为狼族，果然是夜晚能够看见月亮，才让他安心。因为安心，他的脑子里会闪过和母亲、妹妹相处的时光，回忆又为这份安心加上了温馨的气息。总之，月光下的夜晚，会让这血液时时沸腾的年轻狼族首领，变得平静、温和。

他长啸一声，瞬间变成一只漂亮的白狼，接着他甩了甩尾巴，不安地在石头上转了几圈，继续仰天长啸，声音似乎能够穿透整个世界，引来一阵又一阵回声，带着让人无法抵抗的力量。每一个狼族成员，都能发出这样的声音，但只有狼族首领的声音才特别有力量。

夜峦涛长舒一口气，又变回了人形，刚刚那因为咆哮而兴奋的心也慢慢平静下来。李南寻问道："就这样吗？刚刚那声音代表着什么意义？"

"那是集合号。我们狼族没有自己的国家或地盘，散布在这片大陆的各个地方，但彼此之间有着紧密的联系，谁有困难，只要用这声音在空旷处叫几次，听到这声音的成员们就会聚集过来。这儿是艾林谷，我会一直在这儿等着大家过来，之后再和你会合。”

“真酷！”李南寻说。

“什么很酷？”

“你刚刚的样子啊，真漂亮，我已经见你无数次变成狼的模样，但月光下的你最有魅力。”

“这么说来，你不讨厌我变成狼？”

“为什么会讨厌呢？多有个性，瞧，我也不是什么正常人，我喜欢和奇怪的人交朋友。”李南寻说。

夜峦涛看着李南寻的侧脸，她年纪还小，稚气未脱，又因为长年被关在塔里，比一般的同龄女孩还要幼稚天真，可时不时地，她的眼神里会流露出一些成年人的沧桑落寞。这都是过往带给她的印记吧。夜峦涛很同情这个女孩，作为朋友，他愿意带领自己的族群，给她提供一些帮助。两个人并肩坐在大石头上，偶尔能听到两声狼嚎，那是夜峦涛的同伴们在响应他。

夜峦涛决定留下来等待自己的同伴们，李南寻则要前往观风城方向。第二天吃完早餐，他们挥手道别。青鸟一行人也跟着李南寻一起出发，助她一臂之力。来到下一个岔路口，自由散漫惯了的江暮云提出要带着阿斑离开，因为阿斑还没有完全恢复。江暮云保证，会一直关注着停云，如果真的打起来，他愿意助一臂之力。事实上，他并不是特别关心停云由谁领导，停云人是不是正在受苦，他只是希望司徒诚过得不好。那只叫作夕沉的青蛙，本来正和罗斯贝坦斗嘴，听到江暮云要走，它赶紧跳到江暮云身边，既焦急又一脸期盼地说道：“我跟你一起走！你说过你认识会把我变成人类的女巫，你要带我去。”

“哎呀，我只是随口说说，你怎么就当真了？”江暮云看起来一脸烦恼。夕沉生气了，尽自己最大的力量跳到江暮云的膝盖处，很快又落下来，然后它叫嚷道：“你怎么能说话不算话呢？我真是看错你了！自从你答应我带我去找可靠的女巫之后，每天晚上我都对着星星替你祷告，希望你能够得到世界上最大的幸福。现在我要把我说过的祝福全都收回！”

夕沉不知从哪儿拿出一根花刺，猛地刺进江暮云的膝盖。这片云哇哇大叫起来，原地手舞足蹈，夕沉被颠进土沟里，又跳出来，很满意自己的成功突袭。青鸟赶紧拉开要吵翻天的江暮云和夕沉，并对夕沉说：“我认识很多巫师，我可以介绍他们和你认识。”夕沉马上就变得高兴了，一跃跳到青鸟的脚背上，谄媚地说：“果然还是传信人小姐最明白我们这些小动物的心思。”

江暮云变成云飘走了，李南寻、青鸟、白芜，以及罗斯贝坦和夕沉，则继续前往默辛城—— 一座离观风城不远的小城池，因为反抗冰雪女巫的乐家三兄弟等人会在那儿与李南寻会合，共商大计。

路上，青鸟从自己的口袋里掏出了那封险些被自己遗忘的信。前一次被冰雪女巫抓去停云的地牢时，那个叫康成的男人，委托她一定要把信交给李南寻。

不明所以的李南寻接过信，在马背上默默看着，脸上的神采与兴奋，瞬间便消失得无影无踪。青鸟关切地问：“信里说了什么？”

“哦，没什么。”李南寻心不在焉地说。

青鸟明白，信里讲的肯定是大事，因为李南寻刚才的表情太过吃惊，显然内心受到很大的震撼，甚至都没心思敷衍自己。不过既然李南寻不愿意讲，青鸟也只能不再继续追问下去。

只是一路上，李南寻显然没从信的影响中恢复过来，变得异常沉默，有时候和她闲谈，青鸟叽叽喳喳说了五六句，李南寻只是抬头问：“啊，你说什么？”青鸟觉得扫兴极了。一直到他们进了默辛城，李南寻才显得高兴一点。当他们来到约定的地点时，青鸟一眼就看到了乐家的小胡子三兄弟，他们的神情依然有些倨傲，对着认识的青鸟、白芜等人只是微微点头致意，就像国王在接见自己的骑士。李南寻一脸不高兴地小声对青鸟说：“这几个家伙真的是我的同伴？看起来很讨厌呀。”

大家一起来到乐家三兄弟落脚的地方，因为人多，他们包了一处大院。进了大院的内厅，又有三个人站起来，他们的面色都略显苍白，但眼睛比其他地方的人清亮，透着一种坚毅和乐观的情绪，这让青鸟感受到了停云人之间，那若有若无却也剪不断的联系。以前，青鸟到停云时，也曾在李南寻的父母眼睛里，看到相同的东西。

三人中，胖乎乎的大叔是柳七；长脸的大叔是唐南风，两撇长到胸口的胡子，仙风道骨的样子，他是起义军里的军师之一；那年轻人是长脸大叔的侄子唐思远，天生神力。他们三个人看起来比乐家三兄弟顺眼多了。得知李南寻就是停云前任国王的爱女时，三个人都恭恭敬敬的，乐连城却在一旁跟青鸟嘀咕道：“你确定真的是她？”

乐连城的话都被李南寻听到了，还没等青鸟开口，她气得几乎跳起来，嚷道：“你们现在想怀疑我吗？既然你们一直在反抗那个女魔头，怎么就没半点儿效果？我被她软禁了这么多年，你们一直都没把我救出来。若是早些把我救出来，你们熟识了我，恐怕就不会怀疑我了吧？”

“我们一直以为您已经不在人世了。”乐连城的语气里有了些诚惶诚恐。

李南寻本来还想再发发火，青鸟拉住了她，小声说道：“你现在可是他们的领袖啊，注意形象。”李南寻想了想，最后叹了口气，说道：“你说得没错。一直以来，我一个人与世隔绝，孤零零地生活在塔楼里，若不是被无所不在的噩梦纠缠着，有时候我甚至不太确定自己是不是还活着。现在知道还有人跟我一样，以打倒冰雪女巫为目标，我真的很高兴。这么多年，我很少有过跟人打交道的经验，还请多多包涵。”

说着，她瞥了乐连城一眼，又说道：“但是，如果你们惹我生气，我还是会发火的！”

军师唐南风没忍住，“扑哧”笑了起来，两撇胡子抖来抖去，吸引了所有人的目光。李南寻觉得这个老头子在嘲笑自己，没好气地瞪了他一眼。唐南风道：“对不起，失态了失态了。公主殿下，不要生气，我只是觉得您比我想象中的样子更加有趣，请您记住您所说过的话，当您自己就好，冲我们发火也是应该的。”李南寻没有回答他，只是在青鸟耳边说：“这位大叔好奇怪哦。”

接下来，一行人开始商量接下来的行动方案。李南寻虽然极力想打败冰雪女巫，但老实说她没有任何计划。唐南风向她普及了许多现实情况，比如说现在起义军的力量有限。如今最大的问题是，起义军里没有人能够对抗得了冰雪女巫。为了解决这个问题，唐南风提出，他们最好向停云城中的西舍女王寻求帮助。一来西舍女王与冰雪女巫齐名，魔法高深；二来，西舍女王与冰雪女巫素来不和，敌人的敌人便是朋友。

李南寻同意了这个提议，但她有些犹豫：“西舍女王真的会同意帮我们吗？”

“事在人为，如果不去尝试，又怎么会有希望呢？”唐南风说道。

一行人便决定去观风城。

青鸟想到之前在观风城的惊险遭遇，心有余悸。但现在的她已不是以前那个莫名陷入异世界的彷徨无助的初中小女生，再说身边还有那么多朋友陪伴、支持着她，她用不着畏惧。青鸟忽然想到了霜叶说的话，西舍女王抛弃了自己的宠物——黑猫波子，因为她无法理解波子的想法，她的魔力已经消失。然而，当青鸟将这一点告诉大家时，包括李南寻在内的所有人，都不相信她。

“虽然我没见过西舍女王，但一路上，也听说过不少她的壮举，十几年前她独力赶跑了食骨鸟呢。”李南寻道。

这件事情青鸟也听说过，也因为此事，西舍女王一度成为梦幻大陆所有巫师羡慕尊敬的对象。不少巫师拥入观风城，想拜访她，得到她的指点，哪怕只是一睹她的风采，不过西舍女王把所有人都拒之门外。那时的她确实很厉害，时隔十多年，曾经万人膜拜的西舍女王却失去了魔力，这一切当真是个谜。

“其实你完全不必担心，每一年观风城都会有祈神活动。西舍女王会亲自装扮，跳求神舞，那舞蹈里蕴含着极其强大的力量，很多巫师都感觉得到。只是一只宠物黑猫，不能代表什么，况且，你口中所说的霜叶，其实我们也都知道，她是归鸟婆的弟子，而归鸟婆如今和冰雪女巫联手，控制着停云。”

青鸟大吃一惊，和当时听江暮云说起司徒诚的身份时一样。当她还是陆时雨时，在这个世界里最先遇到的两位朋友，无一例外都来自停云，都站在她的对立面。这么说来，指使霜叶抓她的人，霜叶害怕的那个人，应该就是归鸟婆了。青鸟在自己的记忆里拼命搜索，也不记得自己结识过这样的人，更不知道她们之间有什么仇、什么怨。

最后，青鸟不再反对唐南风的提议，甚至决定跟他们一起去观风城。就算西舍女王再派文商来追杀她，她也不害怕。而且，青鸟想再见见那只叫波子的猫，上次走得太匆忙，也没能与它道别。这个世界上，既有过于自我的猫，也有忠诚地爱着主人的猫，波子无疑属于后者。人类可能很难理解，因为对于人类来说，丢掉一只宠物，和丢掉一件心爱的玩具一样，即使难过、不忍，也只会持续一小段时间，但于宠物来说，被抛弃之后，它们就什么也不是了。

青鸟不由得想到波子眼中的悲伤，这种悲伤，同样也流淌在她偶然瞥见的西舍女王的眼眸深处。或许，西舍女王也有她的苦衷吧。无论如何，她是赤月岛的主人，与猫共生，对于这世界上每只猫内心的痛苦和烦恼，她无法袖手旁观。

第二天下午，青鸟一行来到繁华的观风城。虽然遇到了守城士兵与治安警察的盘问，但总算顺利进城了。太阳西斜，一行人决定先找家客栈落脚。最近恰逢观风城每半年举办一次的商品交易会，各地商人云集，客栈还真是紧俏。大家转悠了半天，才在一条偏僻杂乱的巷子里，找到了一家住宿费贵得惊人、条件却很一般的小客栈。之后唐南风亲自写了一封信并差人送去，请求入宫觐见西舍女王。

青鸟把自己为数不多的行李放在自己的房间里。一路上，她老觉得有人在暗处窥探着她。她想到了文商，那个人似乎对自己的杀人能力非常自信，他觉得青鸟本来应该是死人，所以他不会让她再活着出现在他的眼皮底下。因此，他随时到来，青鸟都不觉得奇怪。罗斯贝坦只想睡觉，但被青鸟扔出客栈，让它和城里的猫打交道，帮忙寻找波子。

天蒙蒙亮的时候，罗斯贝坦回来了，满身的鱼腥气，同时还带回了黑猫波子。波子比之前瘦多了，和罗斯贝坦相比，黑色的皮毛丝毫没有光泽，它悻悻地垂着头，一副无精打采的样子。看到青鸟后，波子第一时间向她道歉，因为上次它的贸然请求差点儿害死了她。

“文商的记忆力很好，全城到处是他的眼线，你不该再来观风城，说不定现在他已经知道你的落脚地了。”波子说。

“没关系，如今我身边有了不得的朋友，说不定文商还得礼让我三分呢。”青鸟说，“而且我必须知道你的消息才行。你依然守在宫殿外面吗？”

波子抖了抖胡须，回答道：“没错，不过这次我不会再让你插手了，我不能总是连累你。况且，你是传信人，帮助猫与主人交流，对吧？当时的我太蠢了，我和主人之间，其实心思都是互相明白的，所以不需要你传达。你如果坚持要待在这儿，请随意。因为我提醒过你，所以如果你被文商杀死，我也不会感觉抱歉或难过。另外，最后一句，虽然有些不好意思，但谢谢你上次的帮忙。”

波子跳上窗台，很快消失在视线之外。罗斯贝坦这才懒洋洋地说：“有个性，没给我们黑猫丢脸啊。对了，青鸟，一路上我听到不少猫儿之间流传的闲言碎语，有关西舍女王的，没有什么事情能够隐瞒我们猫。你说的没错，这位传说中了不得的风之女巫，确实已经失去了大部分魔力，更糟糕的事情是……”

罗斯贝坦瞅了瞅四周，跳到青鸟身边的桌子上，嘴巴凑在她的耳边，低声说着什么。青鸟脸上的惊讶越来越难以掩饰，捂住了嘴巴，最后腾地从椅子上站起来，对罗斯贝坦说：“你再去打听一下，问问那女孩叫什么名字。”她又嘱咐了几句，罗斯贝坦不情愿地离开了。半个小时后它就回来了，带回的消息让青鸟更加坐立难安，她匆匆离开房间。

李南寻也醒来了，正准备与她的属下们用餐，然后去见西舍女王，青鸟请求李南寻带着她一起去。李南寻最初不同意，因为之前在路上已经听青鸟提起过她和西舍女王的恩怨，但青鸟的态度十分坚决，李南寻见实在拗不过她，只好答应了。

再次来到西舍女王的宫殿，这儿的结构依然复杂得像迷宫，让青鸟诸般不适应。西舍女王接待客人的大厅还是挂满了重重帘子，只是因为现在天气变热，帘子变成了清爽的月白色，随风婆娑而动。

刚一进去，青鸟就被抓了起来。李南寻百般想要掩护她，只听得西舍女王那冰冷的声音从帘子后面传来："我们商谈之前，先要除掉她，这是我的条件，没有回旋余地。"

"那我们就不要谈了！"李南寻高声说，语气和眼神都异常坚定。青鸟心里很是为她的仗义感动，反过来倒安慰李南寻要冷静，又对西舍女王说："我知道您对我有许多误解，我也不会告诉您这些误解都是空穴来风。如果您允许的话，请先让我的朋友们到偏厅休息，我想和您单独谈谈。"

帘子后隐约传来西舍女王的冷哼声，但她还是先让无关的人离开，又让青鸟靠近她藏身的帘子，冷冷地说道："说吧。"

青鸟说道："实际上我从全城的猫那儿知道了关于您的更多事情，不仅是您魔力的消失，还有您过早消逝的美丽。"隔着帘子，青鸟仍然感觉到了西舍几乎压抑不住的怒火，她甚至没办法理解这愤怒。

青鸟已经活了很久很久。若不是认识一些普通的人类朋友，从他们身上看到生老病死的变化，她几乎快要忘记时间的流逝了。她与赤月岛共生，只有等赤月岛变老时，她才会老去。无论是岛还是山，春生夏绿秋落，长年把变化表现在自己身上，倒是不容易变老，所以青鸟也会一直年轻下去。老实说，有时候她倒是很羡慕老年人脸上的皱纹，谁说日复一日的一成不变就是好的呢？所以对于西舍女王过激的反应，她着实有些不明白。

“请您不要生气，我不会告诉任何人关于您的秘密。”青鸟赶紧补充道，她隐隐约约嗅到了西舍女王身上散发出的一丝丝药香气，看来她确实病了。

西舍女王这些年来很少接见来访者，与自己的臣民见面时，也会隔着厚帘子，只有在每年中必须出席的祈神节上，才会露出自己那绝代风华的脸。有人说她想保持神秘感，其实，只因为她没办法每天都以年轻的面貌示人。她老了，而且不到四十岁的她，显然过早衰老了。说不定衰老与丧失魔力之间还有什么联系。坊间流传，观风城是大部分人的繁华天堂，但也是美人的地狱。宫殿里那些年轻貌美的侍女，时常有人离奇失踪，据说是遭到了西舍女王的嫉妒——她过分地看重自己的美貌，容不下比自己年轻貌美的人。

“那你想和我谈什么？威胁我吗？你想得到什么？”西舍女王的声音依然平静，“我感觉得到你不是普通人，你想要的也不是普通人渴求的东西吧？”

“我确实在威胁您，我知道您能轻易杀死我，但若我不在了，您想要隐藏的秘密就会公之于众，我猜依您的性格，那时候您比死去的我还要惨。所以我才想找您谈条件，若您答应我，那您的秘密就会永远埋藏。”青鸟顿了顿，见帘子后的西舍女王并没有出声阻拦，于是接着说，“我的条件非常简单，我想您把那个叫夜岱凝的狼族女孩放出来，交给我。”

西舍女王依然沉默着，青鸟有些紧张，等待着她的回答，或者说是她的攻击。时间显得尤其慢，最后她听到西舍女王终于开口说道：“我答应你，反正我也准备和停云来的小公主联手，我们以后也会常常打交道，对吧，小丫头？”

青鸟长舒了一口气。一位面无表情的蓝衣侍女向她走来，带她离开大厅，去了青鸟曾经被关押的地牢里。借着昏暗的油灯光芒，青鸟看见了蜷缩在牢房角落里的一只受伤的白狼，她叹了一口气，轻声唤道：“阿凝，你还好吗？”

这只白狼正是曾在七风村与青鸟、霜叶和聂千行一起被绑在同一棵树上吊了一夜的醉酒女孩——夜岱凝，也就是夜峦涛的妹妹。当从罗斯贝坦那里意外得知，夜岱凝被西舍女王关在地牢的消息后，青鸟决定尽量想办法把她救出来。眼见夜岱凝昏昏沉沉的样子，显然是受了重伤，青鸟有些着急。等蓝衣侍女一打开牢门，青鸟赶忙跑进去。

“阿凝，振作一下，我这就带你出去。”青鸟想带阿凝出来，但此时的她浑身无力，变回原形的身子又太重，青鸟根本抱不动她。没办法，青鸟只好在她耳畔轻声说道：“阿凝，你能变成人形吗，我要带你出去了。”

夜岱凝紧闭的眼皮突然微微动了动，果真变成人形，只是脸色苍白得近乎透明，干涸的嘴唇似乎在微微翕动。青鸟俯下身侧耳倾听，听到她喃喃念着：“诺儿，诺儿……”

青鸟只得安慰道：“你放心，它很好，它没事。”实际上，罗斯贝坦打听到的消息里还包括，一只水母状的奇怪精灵被西舍女王的心腹关进了笼子里，受尽了折磨。

青鸟小心翼翼地搀扶着夜岱凝走出了宫殿，她这才如释重负地一屁股坐在树下。看着来来往往的马车与行人，等待着罗斯贝坦把白芜叫过来。她百无聊赖地望着身边的一切，突然在人群中看到一张熟悉的脸，不由得一惊。

“糟了，她怎么会在这里！”眼下来不及多想，青鸟腾地站起来，扶起夜岱凝跑了起来。身后的独眼女人还是追了过来，一只灰色大鸟突然从半空中俯冲过来，叼住了青鸟的头发，好痛！青鸟伸手护着头发，她怀中的夜岱凝因重心不稳跌倒在地，自顾不暇的青鸟都没办法蹲下来扶起夜岱凝。

这时，那个独眼女人——沼泽女巫踱着步来到青鸟面前，咧嘴露出一口假牙，说道：“没想到啊，真是冤家路窄。最近我正在筹备新的马戏团，准备去大陆西边发展，恭喜你，你将会成为第一位团员。”

第十五章

生命的挽歌

繁华的城市向来人情比较冷漠，大家都很忙，没心思关心别人。比如说此刻，谁都没有注意到，一个十二三岁的小女孩，正被两只古怪的灰色大鸟攻击，头发蓬乱如同鸟窝，模样狼狈极了。

这个女孩就是青鸟。

跟罗斯贝坦一样，青鸟对这种生着尖锐的嘴巴、爱啄人的生物有一种几乎条件反射般的害怕。没错，她确实不老不死，但伤口都会疼啊，而且因为不死，这痛苦也没个终结。沼泽女巫悠然坐在一边嗑瓜子，说道："小丫头，你就认输，规规矩矩地跟着我，说不定哪天我心情一好，就原谅你让我失掉了左眼。到时候我会好好地清洗掉你的记忆，你的心里、眼里就只有你的主子，也就是我一个，不会有任何痛苦。"

"我才不想向你这种老巫婆认输！"青鸟叫道。

其实沼泽女巫不过四十多岁，但因为长年使用魔法不当，过早地衰老了，尽管她并不像西舍女王那般看重青春美貌，可她还是很反感被人称为老巫婆的吧。要说青鸟是怎么知道的，虽然她此时狼狈得根本顾不得看沼泽女巫，但明显感觉到灰色大鸟的攻击变得更加猛烈了。青鸟想方设法抵抗，心里嘀咕着，罗斯贝坦那只懒猫，什么时候才能过来帮她。

这时，恰好有一只圆头圆脑的小黄猫经过。青鸟冲它叫嚷着，希望它帮忙叫罗斯贝坦过来。那只小黄猫早被两只凶悍的灰色大鸟吓得一溜烟跑开了，也不知有没有听进青鸟的话。

青鸟实在被折磨得难受，刚开始还试着抵抗，最后干脆蹲下来，抱着头尽量保护自己。这时她听到夜岱凝虚弱的声音：“快上来。”青鸟睁开眼，看到重新变身白狼的夜岱凝冲到自己面前，赶紧爬到她的背上。夜岱凝伤得很重，跑起来摇摇晃晃，好几次差点儿跌倒，不过还是暂时甩掉了灰色大鸟，躲进了某个破落院子的柴房中。夜岱凝累得气喘吁吁，还不忘对青鸟说：“如果有酒就好了，我就能满血复活了。”

“现在这种状况，我去哪儿给你找酒啊，好好躲着吧，不要死，知道吗？”青鸟故意凶巴巴地说，她感觉到夜岱凝的状态非常不好，看来得赶紧跟白芜、罗斯贝坦他们会合。

虚脱的夜岱凝靠在青鸟的肩头，昏睡了过去。青鸟此时也感到身上被灰色大鸟啄到的地方火辣辣的疼，腿也像灌了铅一样沉甸甸的。不知等了多久，罗斯贝坦和白芜总算是来了，把两个女孩救回客栈里。青鸟向大家说起了沼泽女巫突然现身停云的事情，罗斯贝坦说道："这片土地上最有名的三大女巫其实师出同门，沼泽女巫的摇钱树'怪物马戏团'被我们搅黄了，说不定她是跑来投靠自己的师妹西舍女王的，我再去打听一下情况。"

白芜请来了大夫为夜岱凝诊治，包扎伤口又开了几服药。李南寻也回来了，风风火火直奔青鸟的房间，看到昏迷的夜岱凝那张与好友夜峦涛颇为相似的脸，大感惊讶。从青鸟那儿得知夜岱凝的身份后，李南寻小声说："我们得想办法联系小夜，他可是这女孩的哥哥。"

"还是先等她醒过来吧。"青鸟道。

李南寻点点头，过了一会儿又对青鸟说："你怎么中途就走了，到底发生了什么，这女孩从哪儿来？还有啊，你怎么不问问我，和西舍女王商谈的结果怎样了？"

"结果怎样了？"

"当然是成功拉拢了她呀，你知道吗？后来西舍还召来了她的朋友，竟然就是沼泽女巫。她还说她绝对不会离开观风城，不过那个独眼丑八怪会代表她和我们联手扳倒冰雪女巫，而且我不得不答应她提出的条件，等我成为停云的女王，就得让沼泽女巫当宫廷魔法师。"李南寻苦恼地撇撇嘴，"我不喜欢沼泽女巫，谁让她曾经把我当成玩具一样耍弄啊。不过看起来，她和冰雪女巫之间似乎也有深仇大恨，我们就决定抛弃成见暂时合作，而且沼泽女巫确实很厉害，有一位这样的帮手长留在停云也不错。唐叔叔说，今后我还会遇到各种各样的人，就算我不喜欢他们，也应该接纳他们。不过我还是咽不下这口恶气，等事成之后，我绝对会让那个女人好看！现在我还想不到要怎样做，但我就是不会轻易放过她！老实说，现在我也在怀疑你所说的话，那西舍说不定真的是外强中干，她很害怕冰雪女巫，所以不敢亲自出面。本来是远近闻名的美女，偏偏不肯让我们看到她的脸，这种人一点儿都不可信。青鸟，你看起来好像有心事，今天究竟发生什么了？”

青鸟想了想，将除了西舍女王的秘密之外，自己今天所有的遭遇娓娓道来。当李南寻一再追问西舍女王同意放人的原因是什么时，青鸟只得不停地打哈哈。到了夜里，青鸟躺在床上，这才发现虽然自己的伤口也上药包扎了，但还是疼得要命，心里不由得咒骂了沼泽女巫几句。这家客栈的床太硬，躺在上面怎么都觉得不舒服，她一直睡得很浅，半夜里突然听到房间外的走廊上响起轻轻的脚步声，登时睡意全消。

青鸟警觉地睁开了眼，从床上翻身坐起。等她打开房门时，看到的却是夜岱凝。

“你要去哪儿？”

“我得救诺儿。”夜岱凝用她那虚弱的声音说。青鸟看见她这样，自然不让她离开。最后，青鸟总算把她哄回了房间，让她乖乖躺下，这才问起她和诺儿到底发生了什么。

“我听到了哥哥的集合嚎叫，本来准备与他会合，没想到半途被西舍女王的人抓了起来。他们抢走了诺儿，还把我关了起来。”夜岱凝犹豫了一下，继续说道，“之前我告诉过你，诺儿是用人血培养出来的血精灵，培养它的人就是西舍女王。”

夜岱凝叹了一口气，向青鸟讲起不久前发生的事。夜岱凝当时在寻找自己失踪的兄长，有一天她来到观风城，在街上偶遇一位被群殴的老人。夜岱凝专好打抱不平，赶跑了那群蛮横之徒，发现老人已经鼻青脸肿。那群人实际上是流民盗匪，逃难来到观风城。因为西舍女王说过，只要来到观风城的人不是她的敌人，都能得到她的庇护，未得到西舍女王允许，谁也不能伤害这儿的人，所以观风城向来鱼龙混杂。夜岱凝气不过，替老人咒骂起那群不讲理的流民来。老人倒是笑呵呵地说道：“无妨，无妨，他们只是无路可去，又没有可以撒气的人，见我不顺眼，泄泄心头的火气而已。没关系，反正我也不是一个值得怜悯的人。”

夜岱凝觉得老人很奇怪，说不定是脑子有问题，才被人欺负，便护送老人回家去。他的家并不大，但收拾得十分整洁。为了感谢夜岱凝，老人还给她做了一顿饭。不得不说，老人的厨艺实在棒极了，一向喜好美酒的夜岱凝迷上了美食，在观风城待的那段日子，几乎天天上老人家吃饭。二人相谈甚欢，但夜岱凝总觉得，老人的眼底蕴藏着一种说不清的悲伤。慢慢地，她了解到，老人并不是脑子有问题，他在自己家的地下室里，似乎从事着什么秘密的工作，不过他们萍水相逢，夜岱凝也不便多问。

她准备离开观风城那天，去老人家里向他告别。一老一少坐在一起吃饭喝酒，老人犹豫了半天，最后像是下定了某种决心，带着夜岱凝来到了地下室。就在那儿，夜岱凝看到了一只巨大的玻璃罩子，里面的水母状生物便是血精灵诺儿。后来想想，夜岱凝才明白，老人的语气与神态都异常从容，说不定当他做出决定要放诺儿自由时，就没想过要继续活下去。他告诉夜岱凝血精灵的来历，它吸走了好几百人的血液。老人是西舍女王信任的心腹，西舍女王秘密地将关在牢中的所有死囚的血，都拿来喂养血精灵。这个从血里长出来的小怪物，旁人一定觉得很可怕吧，但孑然一身的老人，把它当成自己的孩子。

“我一直浇灌着它，给了它生命。诺儿于我就像孩子，我无法看着它走向死亡。”老人对夜岱凝说。西舍女王培育出血精灵，是想把它作为配制长生不老药的原料，她多年来一直迫切地想要恢复她逝去的青春和美貌，但老人不忍心，他希望夜岱凝能够将血精灵带走，让它免于死亡。

“我当了几十年坏人，向来心狠，临老心软了，真是可笑。这唯一的一次软弱，我决定任由它发展。至于你，阿凝，希望你能帮忙分担我这次软弱的后果，带着它离开，好吗？”

夜岱凝答应了老人，当天夜里就与血精灵诺儿一起离开了观风城，之后再也没有得到老人的消息。有时候看着诺儿她就会想到，这呆呆傻傻又长相可笑的小生物，可是人血喂养出来的，是嗜血魔鬼，但心里又觉得诺儿是无辜的。只因为它带着罪恶而生，所以就必须死去吗？

青鸟向夜岱凝讲起了夜峦涛，以及之前在怪物马戏团里的遭遇。夜岱凝听得很认真，最后告诉青鸟，等她的身体稍微好些之后，还是会去找哥哥会合。

“如果我不能好起来，拜托你把诺儿带到哥哥身边，让他好好照顾它。”

夜岱凝垂下了头，围绕着她的空气里，似乎都浸满了悲愁。青鸟拍拍她的手，安慰道：“放心吧，你很快会好起来的。”夜岱凝只是苦笑着，微微摇了摇头。

两个女孩虽然都非常清醒，但她们不知道，此刻在城外，两个黑色身影靠近了那紧闭着的城门，拼命地想要打开城门，但城门纹丝未动。他们也就放弃了，突然伸开双臂变成了两只鸟，高高飞上城墙，来到城内。

沼泽女巫的两只停在塔顶的大灰鸟察觉到入侵者，发出两声凄厉的鸣叫，迅速找到了入侵黑影。不过那两道黑影突然变幻成一张大网，将大灰鸟网住，收紧。没过一会儿，那两只大灰鸟就像喝醉了酒一般，跌落到地面上。

网又变成了鸟，飞进一条狭窄偏僻的小巷，落入小巷尽头的一家不起眼的客栈的后院，再次化为人形。没过一会儿，青鸟和夜岱凝就听到隔壁房间里传来李南寻哇哇的叫声。青鸟赶紧跑过来，眼见着一团黑影押裹着李南寻飘出窗外，朝外飞去。等青鸟扑过来，只看到在疏星与胧月的映衬下，那逐渐远去的影子。

其他人也陆陆续续闻声赶来，聚在李南寻的房间里，面面相觑，一时间不知道如何是好。还是罗斯贝坦机敏，它跟青鸟简单交代了几句，便跑出客栈快速跟了过去，一路呼唤着更多的猫，监视着空中的黑影。

罗斯贝坦嗅到了熟悉的气味，抓走李南寻的人，就是当天跑到陆家的那两个黑衣人的同类。

黑影并没能坚持在空中飞多久便落了地，此时他们已经离开了观风城，眼前那高高的城墙，把李南寻和她的朋友们隔开。不远处，停着一辆快融入黑夜的不起眼的马车。黑影落地后，化成两个披着斗篷、看不清五官的男人。车头的油灯亮了起来，一个戴着铁面具遮住半张脸的女人从车里走出来，跟在她身边的，还有几个冰雪小人。

铁面女人名叫云雀，她奉冰雪女巫的命令，满世界捉拿李南寻。甚至还派了得力的手下，前往异世界寻找。这次来观风城捉人，是得到一位神秘人的可靠线索，说李南寻就在观风城内的某家客栈。果不其然，顺利抓到了这个滑不溜丢的小丫头。

因为上次的失误，这次云雀仔细检查了面前的李南寻，说道："变成另外的模样让我看看。"

"我不要！"李南寻执拗地说。

云雀从怀里掏出匕首，刀身闪着光，贴近李南寻的脸颊。云雀又道："现在是你真实的模样吧？年纪还这么小，长得还这么可人，可我几刀下去，再年轻都没用了，快变！"

李南寻着实吓了一跳，不敢想象自己被毁容的样子，再加上自己势单力薄，云雀的两个属下也从马车那边走了过来将她围住。她只得暂时服软，变成了云雀的样子，被面具遮住的半张脸是一片被火烧过的痕迹。云雀一巴掌扇过来，说道："下次不许再让我看到这张脸！"

李南寻只觉得脑袋像裂开一样，“嗡”地响了起来，又变回自己本来的模样。她也不说话，朝云雀翻了个白眼，啐了她一口，气得云雀又扬起了巴掌。

这时，一个黑影突然伸手拦住了她，从黑影的身体里传来嗡嗡的说话声：“不许伤害她。”云雀万般不情愿，但还是放下手来，任由她的两个属下把这个讨厌的小丫头粗鲁地绑起来，扔进马车里。嗒嗒嗒的马蹄声，顺着像线一般延伸到远处的路前行，眼看着观风城越来越远了。

“你们是冰雪女巫的人，对吧？”李南寻问，云雀没有回答，便算是默认了。李南寻的心沉到了万丈深渊里：这半年来，兜兜转转，躲躲藏藏，没想到最后还是得回到那片没有星空的天地，这次冰雪女巫会不会杀了自己呢？一阵风吹来，掀起马车窗户的帘子，李南寻瞟了瞟窗外，希望朋友们能来救她，又明白这对他们来说实在是太难了。这半年来她得到过不少人的帮助，但也深深明白，应该靠自己，所以眼下，她是不是应该想办法逃走呢？脑子里一片迷茫混乱，什么也想不到，她干脆什么也不想，在颠簸的马车里，不知不觉睡着了。

“它的主人是你，南寻，你必须想办法重新控制它，不然就杀死它。”

梦里，一个低低的男人的声音在耳边响起。李南寻找不到声音的主人在哪儿，叫道：“我该怎么做？”

“我不知道，但办法肯定只有你才能想得到。”

声音消失了，马车经过一个大坑猛地颠了一下，李南寻醒了过来，才发现自己出了一身冷汗，心狂跳个不停。她很害怕，甚至是难过，还有深深的内疚。她明白，梦里那个人，就是给她写信的名叫康成的那个男人。康成讲起一些一直以来她心存怀疑，却不敢承认的事。为什么无论她去哪儿，甚至到了另一个世界，过不了多久，黑衣人总能找到她呢？他们因为什么能够对她穷追不舍？为什么当罗斯贝坦攻击其中一个黑衣人时，他会变成烟雾消失。到现在，她也没办法接受真实的自己，所以青鸟问起她信中的内容时，她不敢告诉青鸟。

“我必须自己想办法，我得控制它们……”

李南寻在心里默念着，为自己加油打气。控制它们，指挥它们，如果自己的意志力足够强大，说不定能够做得到。她闭上眼睛，深吸一口气，将全部的思维，甚至全身的力气都集中于大脑，同时还在心里念着：“送我回观风，快，不准违抗，送我回观风……”也不知念了几十遍还是几百遍，脑子都快抽风了，一直安稳地坐在马车后面的黑衣人，突然跳下马车逼停了马儿。云雀探出头，不耐烦地问道：“你们怎么了？”黑衣人并没有回答，径直拉着李南寻下了马车。云雀的两个属下见状，忙掏出匕首和剑攻向黑衣人，那几个冰雪小人也都围到了黑影的脚边。不过在攻击到来之前，黑影再次变成了鸟儿，带着李南寻飞到天空，飞向观风城的方向。

成功了！李南寻心中暗暗惊喜，但她稍一放松神经，两只鸟儿的力量瞬间变弱，朝地面的方向缓缓落下。她赶忙再次集中注意力，鸟儿们的飞行高度提升了，但最后它们还是没能成功到达观风城，便因为痛苦而发出嘶吼声。糟了！李南寻见势不妙，忙指挥它们降落。在她的脚还没能触碰到茂盛的灌木丛时，两只鸟儿像被一双无形的大手攫住了一样，转眼被撕扯成碎片。李南寻摔到了地上。

好在地面是庄稼地，虽然胳膊和手被划破了，但受伤不严重。李南寻顾不得拍掉头上的草屑，就继续往观风城跑去。半途，她遇到了罗斯贝坦，一人一猫一起朝着观风城的方向跑去。其间，罗斯贝坦让它的同类们先回去给青鸟报个信，让青鸟一行赶来接应。

天色渐渐亮了，城里的钟声响起，城门缓缓开了。起得早的赶集、做买卖的人，正三三两两往观风城的方向赶。李南寻和罗斯贝坦来到城外不远处的一片柳树林时，被云雀驱赶着的马车挡住去路。眼看云雀的两个五大三粗的手下步步逼近，李南寻只得转身朝相反的方向跑去，却被其中一个男人一把扯住了头发，拉向马车。李南寻疼得哇哇叫了起来，这时天空中一团灰影逼近，发出凄厉的鸣叫，接着抓着李南寻的人便被狠狠啄了一下，突如其来的疼痛令他猛地松开了手。

“这不是沼泽女巫的大灰鸟吗？”李南寻精神一振。

另外一只大灰鸟朝着云雀几人扑过来，她的两个手下不到几秒钟便被撂倒，接着便去攻击云雀。云雀似乎萌生了退意，赶着马儿想要离开。两只大灰鸟接着便攻击马儿，地下又传来一股腐烂泥土的气味，三只烂泥怪物从地里钻出来，缠住了马车和云雀。

“南寻，你没事吧？”

青鸟的声音传来，李南寻一转头，便看到了自己的同伴们，还有青鸟那焦急的脸。青鸟跑过来攥住了李南寻的胳膊，一眼看到了她脸上的巴掌印，问道：“是不是那个戴着半张铁面具的女人干的？”李南寻点点头，转头瞪了云雀一眼，她已经被烂泥怪物团团包围了。

“不行不行，一定要还回来！”青鸟说着，拉着李南寻来到云雀面前。李南寻也没犹豫，给了云雀一个耳光，打得她手心生疼。

沼泽女巫也来了，命令她手下的大灰鸟和烂泥怪把云雀和她的两个手下制住，先押回观风城。

“糟了，那两个奇怪的黑影跑了！”青鸟抬手指向半空中。原先四分五裂的碎片竟再次聚拢成影，逡巡在不远处的半空中，似乎在缓缓撤退。

沼泽女巫想了想，说道：“我去把那两个怪影子追回来，你们先回城吧。”

青鸟等人点头，于是，沼泽女巫留下烂泥怪和大灰鸟，径直追了过去。

到了城门口，烂泥怪停了下来，因为西舍女王的反感，它们得留守在城外的护城河边，随时等候沼泽女巫的命令。青鸟看了一眼面色淡漠、手被反绑的云雀，心里总觉得隐隐有事要发生。她曾和云雀打过交道，知道她颇有心计又手段多多，这样的一个狠角色，居然这么轻易就缴械投降，神色也平静得不可思议。

云雀，她究竟有什么图谋？

一行人进了城，商量着是先去西舍女王那里说一下关于云雀的事情，还是先回客栈吃个早饭，忙碌了一夜，大家都有些筋疲力尽。

突然，云雀挣脱了绑缚她的绳子，拼命朝前奔跑。众人纷纷追了上去，只见云雀朝着宫殿的方向跑去。

“她这是要自投罗网吗？”李南寻不明所以地问一旁的青鸟。

“不知道。”青鸟微微摇头，神色凝重起来，“我觉得有些不对劲。”

“是啊，居然慌不择路地往宫殿那边跑，真是个傻瓜！”

“不对！”青鸟突然脚步一顿，“她是故意朝着宫殿方向跑的。昨晚，她明明有机会逃跑，可她却束手就擒，跟我们回到观风城。”

云雀是故意的！而且，她对观风城的道路显然十分熟悉。她故意引开沼泽女巫，跟着大家回到观风城，她究竟想做什么？

青鸟正想着，前面不远处的云雀已经被白芜等人围住。大灰鸟虎视眈眈地盘旋在她头顶的上方，只等主人一声令下。观风城的两位巡逻治安官发现骚动，急急忙忙跑了过来。

大家把云雀团团包围，她无路可退，脸上却丝毫不见慌张。云雀的目光从众人脸上扫过，忽然露出一个意味深长的笑。青鸟心道不妙，急忙叫道：“大家小心！”

只见，云雀突然从袖子里掏出一把方才从行人身上抢来的匕首，然后猛地举起匕首，狠狠地刺进了自己的心窝。

疼痛，然后是麻木，云雀笑了起来，说道：“其实我还没准备好回到这个地方啊。”然后，她倒在地上。

“不过我死在这儿，就是我赢了。”

鲜血涌出来，沾染了她的衣服，但她并没有马上死去。她的眼神里没有恐惧，嘴里喃喃念着什么，她的声音很轻，却直直钻进每个人的耳膜。青鸟觉得难受极了，弓下身子捂着心脏，很恶心，又吐不出来。其他人也都有相似的反应，路上的其他行人显然也受到影响，一个个惊慌失色，神情痛苦，却都不明白到底发生了什么。

从云雀嘴里吐出来的不是咒语，而是歌声，难以用语言描述的歌，那是死亡前的绝唱，是自己唱给自己的挽歌。她的声音细弱，歌声却足以震撼整个观风城。不远处，正在执行公务的治安长官霍东来也听到了歌声，向来沉稳又波澜不惊的脸上闪过一丝惊骇。当她循着声音慌忙跑过来，看到了倒在地上、双目圆睁的云雀时，忍不住失声叫道："不可能，不可能……"

第十六章
聚散离别

正慵懒地吃着葡萄的西舍女王，也听到了来自宫殿外的歌声，手中的动作瞬间停住了，很快她就反应过来，戴上兜帽系好面纱，便匆匆朝宫殿外面走去。文商发现了自家主子的异常，跟了出来，询问发生了什么事。西舍女王的手微微颤抖着，一贯冷静优雅的声音里是压抑不住的惶恐：“文商，让所有人戒备，它们要来了。”

“它们？”

“那些曾经差点儿毁灭整个观风城的东西。”

文商遵令退下，西舍女王以最快的速度来到了云雀死去的地方，李南寻一行已经被霍东来劝回了客栈，好奇围观的人群也已被她驱散了。

霍东来摘下了云雀的面具，面具下面的脸上满是灼烧后的伤痕，即使现在看来也有些触目惊心，她不禁轻叹一声：“何必呢？”

听到熟悉的脚步声，霍东来转过头，恰好与西舍女王目光相撞，两个人的表情都有些不自然。西舍女王径自来到云雀身边，嫌恶地看了一眼脚下那已然咽气却瞪着双眼、嘴角似乎噙着一抹戏谑的笑意的面孔，说道：“果然是她，冰雪女巫那个浑蛋，还是决定要用她来摧毁我吗？我也不会让她好过！”

霍东来没有搭话，只是不无惋惜地叹了一口气，也被西舍女王听到了，她转头看了这位长相丑陋的治安官一眼，冷笑道：“我知道你想数落我，有什么你就说啊，反正你所说的每一个字，我都不会放在心上！”

“我陪在你身边这么多年，为了你、为了观风城尽心尽力，你就不能对我说两句好话吗？”霍东来道，声音里有一丝倔强和委屈。西舍女王并没有搭理她，而是转身朝着宫殿的方向走去，那儿有全城最高的塔楼，可以将全城及周边村镇的景象尽收眼底。

太阳照常升起，又是新的一天，然而空气里却弥漫着一股不安。霍东来呆立了一会儿，似乎想起了很多过往的事情，她抬起脚步，也朝着宫殿的方向走去。刚迈出脚步，她突然身形一顿，再次回头看了看倒在地上的云雀，那半张完好的侧脸安静清秀，拥有一种耐看的美。很久以前霍东来便明白，并非每个人都能像西舍女王那般幸运，能获得上天赐予的无与伦比的美。因此，有一段时间她很羡慕云雀，美得温婉大气。

不过云雀并不像外表那样温婉，她有毒。

霍东来明白刚刚的歌声意味着什么，现在她只有一件事情可做，就像十四年前那样。这些年来，她和西舍女王的关系日渐疏远，甚至已经两年没能见到她，但这歌声再次将她推向西舍女王。霍东来的心念飞驰，脚下也毫不停歇，朝着宫殿的方向快速奔跑着，一路上遇到警察与士兵，正劝说大家躲进屋子里，死死关住门窗。幸好此刻还是清晨，人流量小，疏散难度不大，不像当年那样。

它们还有多久会来呢？上一次来得很快，难以想象的是，那些小家伙，竟然以这样的行动力响应同伴的呼声。不对，两次都不是同伴，而是被人模仿的声音罢了。霍东来好久没跑这么快了，但她依然觉得不够快，她心里喃喃喊着“姐姐”，耳畔是呼啸的风。

会有危险吗？这次，姐姐霍南别还能不能全身而退？她预测不了结果，她只希望此刻能陪在她的身边。

姐姐，姐姐！

没错，霍东来和西舍女王是亲姐妹。谁能想到外表天差地别的两个人，实际上是血缘至亲呢？

李南寻和青鸟一行回到客栈后，被老板拉住，再三叮嘱他们要待在屋子里。接着老板再次确认大门有没有被死死关严，又让伙计们检查每一扇窗户有没有严严实实关起来。

见老板一副如临大敌的样子，又想到回来的路上看到的奇怪情形，青鸟忍不住问道：“到底发生什么事啦？我回来的时候，看到路上的人都急匆匆的，还有警察维持秩序。”

“灾难再一次降临！”老板瞪大了眼睛，流露出惊恐的神色，

“死亡又来了！我下辈子也不可能忘记这样的歌声！你们快回房间去，最好待在同一个房间里，我可不敢确定自己的店能不能抵挡住它们，但希望你们不要受伤。”

老板的语气诚恳，哪里是昨天入住时坐地起价的奸商模样。但他这般如临大敌的神色，令青鸟一行更加紧张，他们赶紧上楼。回到房间里，李南寻喝了杯热茶，将自己看到的一切讲出来。青鸟对罗斯贝坦说：“你不觉得这歌声有些熟悉吗？”

“好像以前听到过，但太久啦，而且那时若真是这样的歌声，我们离得也挺远，并没有这样的震撼力。”

“这到底是什么歌？”白芜问。

“我得说，她唱得比我还要难听。”小青蛙夕沉不知什么时候跳到了罗斯贝坦的背上。

“我记得大约十几年前吧，我和罗斯贝坦在大陆上漫游，曾在离观风城不远的地方听到过这歌声。”青鸟努力回忆道，“还有更久之前，我好像也听到过这种声音，发出这声音的是食骨鸟，而不是人类。食骨鸟长着尖牙，以吸血为生，不过个子娇小，一般也没有多大危险，可是如果它们聚集在一起的话，就是一场灾难。据说食骨鸟平常不会鸣叫，只会在死亡前唱一首歌，它们发出的声音会吸引同伴到来。”

“可这歌声是由那个女人发出来的。”李南寻说，“也就是说，现在的情况和十几年前一样，那时候似乎也有食骨鸟攻击观风城，不过被西舍女王赶走了。”

“那我们这次也能安全吧，不知道老板担心什么。”乐家老三苦笑着说。

没有人附和他，因为刚刚那可怕的歌声，实在让人不敢抱太多的信心。

此时，穿越了大半个观风城的霍东来气喘吁吁地赶到全城最高的塔楼下，看到站在最高处的西舍女王，正要上去，却被守在楼下的文商拦住。

“让开！”霍东来道。

“她交代过了，不让任何人靠近这里。”

“你不知道我是谁吗？”霍东来很反感文商，当她和自己的姐姐关系疏远时，这个男人便插了进来。

“任你是谁也不行。”

霍东来握紧拳头，她抬起头来，看着楼顶上那一抹纤弱又倔强的身影，高声叫道：“霍南别——”

她的呼唤声像从天边传来，又像来自遥远的过去。有那么多个夜晚，姐姐跑出家门，爬上观风最高的塔楼，坐在屋顶上。她的父亲和她一样倔强，不会来找她，每次都是霍东来，站在下面一遍遍叫着姐姐的名字。

西舍女王低头看到了妹妹，和她有同一个父亲的女人，不知从哪儿继承了所有的可怕缺点，让自己丑得惊心动魄，但她依然是自己的亲妹妹。西舍女王朝着文商微微点头，示意他不要阻拦霍东来。

文商只得退到一边去，霍东来沿着那盘绕而上的台阶一路前行，很快来到西舍女王身边。

“它们又会来吗？”霍东来问。她尽量不去看姐姐的脸，不去注意她脸上的皱纹，尽量把她当成那个熟悉的嚣张跋扈的姐姐。

西舍女王点了点头，又道：“你应该回家去，不然我还得想办法保护你。”霍东来敲了敲腰间的剑，说道：“笑话，一直以来，不都是我在保护着你吗？”

“嘴硬又如何，笨蛋就是笨蛋。”

“嘲讽又如何，不回去就是不回去。”

两个人互相看了看，西舍女王先笑了，霍东来也跟着笑。天色越来越暗，似乎有什么在酝酿着。她们不约而同地想到了那群模样不起眼的小鸟，循着同伴的声音，潮水般从天边涌来，赶来参加同伴的葬礼——不过它们不会发现死去的同伴。然后，它们会顺便在观风城饱餐一顿。这是它们难得的盛宴——人类是粮食。

看到街道上空无一人，西舍女王稍微放下心来。她明白，霍东来像她一样，坚守着观风城带给她们的一切，无论是痛苦还是欢乐，她们俩都不爱任何具体的个人，但她们爱着整个观风城。

西舍女王又摸摸自己的脸，可以感觉到生命的火焰一点点消逝，她不知道自己还能燃烧多久。十四年前就几乎要熄灭的火焰，这些年来只是苟延残喘罢了。她看着下方那些逐渐被阴影笼罩的房屋，已经预见了自己的末日——她会长眠在永久的黑暗中。不过真好，她现在还能竭尽自己的最后一份力量保住观风城，挡住食骨鸟的攻击。至少，她可以保护自己的妹妹。这个笨蛋，从小到大一直迁就着她呢。

西舍女王依然笑着，不着痕迹地按了一下手上的戒指，有根细针伸出来，她用它扎中了霍东来的胳膊。那里面装着麻醉剂。将唯一至亲的妹妹抱在怀里，西舍女王低下头，在她耳畔轻声说："乖，回家去吧。"

霍东来晕过去之后，西舍女王叫来文商，让他立刻把霍东来扶回屋子里，不要出来。

"你也是，等一切过去之后再出来。"西舍女王说。

听到西舍女王略带沙哑的声音，文商抬起头，看着西舍女王的脸，即使隔着面纱，也能看到她眼角弥漫的皱纹——现在她也无力再掩饰自己的衰老。这些年来，她为自己配制药材制成药丸，让自己每天可以保护几个小时的年轻，而剩下的时间，她不见任何人，即使要见，也会躲在一层层的纱帐后。每年的祈神节，于她而言是最大的考验，她必须跳祈神舞，以真面目示人。为了保持一整天的年轻，她总是心力交瘁。但秘密总是瞒不住，有时候身边的侍女会发现她的秘密，她只得暗中处置了那些人。这也导致民间一直流传，宫里一些年轻貌美的侍女惨遭横祸，是因为遭了女王的妒忌。但这些都不重要，重要的是，没有人能够在知道她的秘密后活过第二天。不过也有意外，那就是两年前突然跑来拜访她的女巫，那丫头好像叫霜叶。还有最近突然冒出来的那个叫陆时雨又叫青鸟的神秘女孩。

文商扶着霍东来下了塔楼。天边的黑云涌近，那并不是云，而是密密麻麻的食骨鸟。西舍女王深吸一口气，将力量集中起来，又闭上眼睛，可以感觉到鸟群靠近，感觉到它们奋力扑向一扇扇窗户，看到它们挤进门里张开嘴巴。它们会寻找歌声的来源，但找不到，很快就会放弃，但它们不会放弃闯进门里，至少会在城里守上几天，因为它们能够嗅到人类的气息。这一次，不知会有多少人遭殃。即使是幸存者，心中也会留下永久的伤痛与阴影吧。

这阴影也留在西舍女王心中。这是云雀留下的挑战，她在折磨西舍女王那残留着的良心。十四年前那个引来食骨鸟的女人，恐怕也是这样想的吧。那个女人问她为什么要害自己，西舍女王当时说了什么呢？

哦，她告诉那女人，自己不过是想能够更加方便地左右观风城的发展罢了。那时，化名西舍的西舍女王以国师的身份辅佐着观风城原先的主人周颂，那个女人是周颂的妻子可薇。

不过周颂早就被西舍迷得神魂颠倒，甚至许下不少诺言。为了让诺言兑现，西舍不惜设计诬陷可薇。终于，西舍顺利成了观风城的新任王后，然后她也让周颂以某种符合他身份的方式——劳累过度——死去，自己顺利成为观风城的女王。

这一切发展得太过顺利了，所以才会有那女人临死前的报复。那女人来自北方深山中一个原始的部族，她是族中的女祭司，并曾在大陆西方一个神秘的海岛上拜师学艺。据说她擅长模仿，甚至学会了传说中才会出现的食骨鸟的叫声，她把自己最后的生命寄托在了歌声里，她不仅想要毁掉西舍，她还想让整个观风城为她陪葬。对于西舍而言，观风城几乎就是她的一切，那次她在食骨鸟涌进观风前，就把它们全部消灭了，这需要强大并持久的力量。西舍为此甚至丧失了大部分魔力，突然老去，再也没能恢复过来。

云雀是可薇的妹妹，那丫头的容貌比当王后的姐姐可薇平凡不少，性格也十分腼腆，没想到这样的一个人，竟然也会模仿食骨鸟的叫声。不是没有想过斩草除根，可薇死后，云雀试图行刺西舍女王替姐姐报仇，却被抓住并关押入牢。在一次大火中，云雀从牢中逃走，但半张脸却被毁掉。后来西舍女王辗转打听到，云雀去了停云，投靠了西舍女王的宿敌——冰雪女巫。西舍女王总感觉，冰雪女巫明白她已经失去了魔力，只是在等待着最好的出手时机而已。现在她明白了，冰雪女巫找到了最好的办法——用整个观风城当诱饵。

然而，明知是陷阱，但西舍女王知道，她避无可避。

既然如此，不妨放手一搏。

终于，有些鸟儿注意到了暴露在外面的西舍女王，它们开始涌向西舍女王。鸟儿们都喜欢一整群一起行动，很快，其他鸟儿也朝着西舍女王涌来。等它们靠得更近，她猛地睁开眼睛，然后伸出双臂，源源不断的浑厚魔力从她的手臂里涌出来，像是一条条隐形的蛇，扑向那些食骨鸟。

时间仿佛静止了，那些食骨鸟被定在半空中。不过很快，时间又开始流淌，食骨鸟们顿时像石头一样，朝着地面坠落。

当然，还有些鸟儿位于她的攻击范围之外，但受到的惊吓也足够让它们的脑子想到目前最好的选择就是逃跑。西舍女王的眼前开始模糊，感觉自己像是融化在了阳光里。

脚步声响起，霍东来和文商匆匆赶来。霍东来已经满脸是泪，握着西舍女王的手，叫着她的名字。西舍女王的面纱早已被风吹下，苍老的面容带了几分灰败之气。霍东来想帮她把面纱重新戴上，只见她微微摇头，说道："不用了，再也不用了，瞧，我还为自己的身后事体面地留了一手。"

说着，只见西舍女王深吸了一口气，她脸上的皱纹慢慢消失，她又变得年轻美丽，只是那双曾经像宝石一般璀璨的眼睛，渐渐失去了神采。

"喵"的一声传来，波子来到了自己昔日的主人身边。西舍女王扭头看向它，说道："我想你应该明白的，我赶走你，解除契约，只是想让你活下去。契约在一天，我们俩都是连在一起的，我虚弱，你也虚弱，我不能让你受到我的牵连。"她顿了顿，大口大口喘气，嘴唇变得苍白，"波子，我想让你明白，我一生都没有什么朋友，但你是。"波子只能喵喵叫个不停，着急于西舍女王听不懂它的话，但西舍女王笑着说："我明白，我都明白。"

人生的大道理，生活的意义，死亡与失去，得到与欣喜，她比谁都清楚，只是放不下。如今依然不情愿放下，但无能为力，认识到自己的弱小与无奈，倒也轻松了，她渐渐阖上了眼睛。最后的最后，她仿佛看到了一个中年男人含笑从光辉中缓缓走来，向她伸出手来。

"爸爸——"

霍山总是不苟言笑，严肃死板，普普通通，没人知道他来自哪里，但他到达观风城没多久，就有了两个情人：一个是花街的头牌，杨柳细腰，妖娆动人；一个是城中洗衣妇，腰肥身粗，形容粗鄙。她们俩都为了他神魂颠倒，即使知道对方的存在，也不介意。霍山看起来，也同时喜欢着这两个迥然不同的女人。

几年之后，霍山有了一对女儿，来自不同的母亲，生日却只相差几个月。然而此时，他无论如何也高兴不起来——那两位母亲不知为何，都抛下孩子离开了观风城。霍山便照顾起女儿们来，分别为她们起名为霍南别与霍东来。人世间来来往往，相聚分别，谁能说得准呢？

南别漂亮聪明，刁钻古怪，但所有人都喜欢她；东来面目丑陋，善良内敛，她没有朋友。这对女儿彼此之间相处倒是非常融洽，她们各自将生活中小小的一部分带给霍山，一人一半，就组成了他全部的快乐。他会带着一对女儿出街，无论提起哪一个都同样自豪。人们会说，南别漂亮得世所罕见，东来的丑也是举世无双，她们俩都是那种会让人记忆一辈子的女孩，但都不像是霍山的女儿。霍山每次听了，也只是一笑而过。

南别与东来不了解父亲，也不想了解，她们还是孩子罢了。十岁时，家中突然来了些奇怪的人，将父亲带走。她们这时才明白，父亲是别的地方的逃犯。尽管那时父亲已经是这观风城中的重要人物，也是国王周颂的好朋友，但周颂并不愿为他提供庇护，甚至设局让霍山被带走。两个女孩一路上跟在那群押送父亲的人身后，回到了父亲的家乡，看着父亲被活活绞死，她们却无能为力。痛苦之后，她们俩认识到自己的弱小，同样迫切渴望着力量。

两个女孩有了不同的选择，南别想要学习魔法，而东来更愿意锤炼身手。一个星期后，两个人在河岸边告别，相约十年后在观风城相见。

再见之时，南别如愿成为一名厉害的女巫，并且隐姓埋名，成为观风城主的得力帮手，由于她住在宫中偏僻的西边的屋舍中，因此被大家叫作“西舍”。而东来也学成归来，凭借着出色的身手和稳重踏实的工作态度，成为这里的治安官。两姐妹再次团聚，随着时光流逝，姐姐南别，也就是如今的西舍，出落得越发美丽，见过她的人无不为之倾倒；而东来却没有姐姐的幸运，依然丑得惊心动魄。反正她是警察，凶一点才好压制那些恶霸。

有时东来觉得，自己的职业生涯之所以这般顺风顺水，也拜她的外表所赐，只不过有时候她依然会觉得，要是长相能够稍微俊俏一点儿，周围的男人也能把她稍微当成一个女性对待吧。她能应付一切，但有时候也想要找一个人依靠。

姐妹俩有时会聚在一起，但东来始终想不明白姐姐舍弃自己姓名的原因，也对她与周颂过于密切的接触颇为不解。姐妹俩在很多问题上的看法不同，后来竟渐渐疏远。接着便是西舍篡夺国王之位、前王后可薇在狱中自尽，以及食骨鸟的进攻。为了打退可怕的食骨鸟，西舍几乎损耗了所有的生命。从那时起，西舍就只能算是名存实亡的女巫。她靠自己研发的药物支撑着，后来想到一个更加一劳永逸的方法——以血精灵入药，却在即将大功告成时被于心不忍的手下放走血精灵。东来明白姐姐暗地里所做的一切，知道她的双手沾满鲜血，为此她和姐姐完全断了联系，但她还是暗中维护着唯一的亲人。

纵观西舍的一生，短暂却又传奇，她的故事终将铭刻在梦幻大陆的史书中。东来望着安静地闭上眼睛的姐姐，有太多话想对这唯一的亲人述说，可是千头万绪，又该从何说起？最后只是一声叹息。

青鸟、李南寻以及沼泽女巫一行人在参加完西舍女王的葬礼后，离开了观风城。过不了多久，西舍女王牺牲性命拯救观风城百姓的消息就会传遍整个梦幻大陆吧。会有无数诗人与她的爱慕者传颂她的美貌、智慧与牺牲，千百年后，西舍女王将成为一个传奇。

到了前方的路口处，一行人暂时分别：李南寻准备和她的同伴们赶往停云，而青鸟和白芜则被沼泽女巫派了一个新任务，他们会往西南方向前进，去请另外的帮手。

观风城已经被远远甩在后面，所有人都得重新开始。而就在远处重重的树林那边，有一个小小的白点朝着大家靠近。伤势恢复大半的夜岱凝心里涌起一阵欣喜，这欣喜随着白点越来越近，也越来越强烈。

那是一只白狼，它径直跑到了阿凝面前。阿凝欢快地叫道：“哥哥！”

第十七章

小女孩的梦

鸣珂听妈妈柳霖说起过，她小时候最盼望夜晚降临。到了晚上，结束一天的劳作，家人可以围坐在一起吃饭。若是夏天，还可以在院子里纳凉，在星空下聊天。柳霖的父亲知道很多故事：勇士们的冒险、少男少女的相思、国王的阴谋、女巫的嫉妒……每晚的故事都不一样，因此每个白天都有盼望，每晚都会收获惊喜。日子平淡如水，但不乏细节上的感动。

妈妈一家人，以前住在城西山坡下的村子里。现在，村子不见了，那儿种植着许多密连，柳霖就在那片地里劳作。工作时，她总会抬头望着天空，想象着当时的月色如何。

同一轮月亮下，母亲长大，与父亲结婚，鸣珂出生。之后父亲过世，连停云的夜晚只剩下黑云和噩梦，已经十多年了。鸣珂才十一岁，从来没见过真实的月亮，一直憧憬着母亲讲述的月光下的故事会，向往着母亲记忆里的那片宁静。

因此，她总会梦到自己和爸爸妈妈或熟悉的人，一起坐在广袤的星空下，没有黑云，没有噩梦，大家可以一起唱歌、聊天，或跳舞，累了便倒在青草地上睡觉。密连的香气不远不近，闻着很舒服。

有时候，梦里的她也睡着了，会再做一个梦。梦里的梦里，只有温馨与团聚，还有迟迟难以实现的梦想终于实现的喜悦。她甚至能结识来自停云之外的人，她离开这儿探望他们。

没得到女王承认的人，夜里都会被噩梦缠绕，但鸣珂是个例外，恐惧从不曾出现在她的梦里。

不过，她看起来和同龄孩子没多大区别。白天，她也不得不早早起床去地里干活。每片土地都有士兵监督，若稍微做得不好，眼尖的监工便会拿鞭子抽人。鸣珂的朋友迎萱说过，监工的父母暗地里从事反抗女王的活动，和城外的反抗者有联系，监工举报了他们，亲自将他们送进牢里。监工的心狠手辣得到女王的赞赏，也得到更大的权力继续压榨其他人。

“最讨厌她这种人，诅咒她不得好死。”迎萱一次次恨恨地说。

鸣珂也讨厌监工，却不到诅咒的程度。她曾把迎萱的话告诉母亲，妈妈对她说：“对于大家来说，要在这儿生活下去都不容易，无论我们做出什么样的决定，都不过是被环境逼迫。阿珂，你不能这样恨着那个监工的女孩，说不定她每夜都为举报父母哭泣。每个人都有自己难以言说的痛苦，我们要学会包容。你明白吗？”

鸣珂点点头，又问：“城外真的有反抗者吗？”

“不过是我们的期望，有谁敢反抗她呢？他国之人，不会轻易干涉的。”

“听说女王占领停云时，有不少人逃了出去，后来陆陆续续也有人逃走，还有不少以前归属停云的村镇，一直在反抗。”

“就算有，也是过去的事了，十几年了，反抗者的信心也被消磨得所剩无几了吧。”

第二天，鸣珂把母亲所讲的告诉迎萱。没想到迎萱冷笑一声，说道：“你妈妈会有这样的想法，那是因为她妹妹也是监工那伙人中的一员。她当然要维护她！”

鸣珂的两个姨妈，其中一个在女王控制停云之前便去世了，红颜薄命，却也免受了噩梦与暴政；另一个姨妈柳夜，十年前投靠了女王。因此，听了好友的话，鸣珂觉得，对方说得似乎很有道理。那天回到家中，她对妈妈说：“您不过是想维护姨妈吧，她们的做法是错的。”

“我没有说她们是对的，但是，若不是你的姨妈，你觉得我们母女俩能够生活得下去吗？”妈妈反问道。

鸣珂不知如何回答，对与错的问题搅得她头晕，就算分出谁对谁错，又能怎样呢？每个人依然会被噩梦控制啊。

也只有母亲知道，鸣珂从未被噩梦困扰，每晚安稳地滑入美梦之中。白天，停云和其他地方相同，所以谁也不知道，夜晚准时到来的黑雾，至此来自何处。

柳霖没把这件事情告诉任何人，她受了太多苦，不自觉地把女儿幸存下来的美梦，和那若有若无的希望相连。有时候，柳霖会因为劳动来到城墙下，看着那高达二十米的城墙，想象着有一天墙壁倒塌，她会拉着鸣珂的手走出停云，跨过护城河，走进没有噩梦的世界里。有时候，她甚至会祈祷着，有一位举世无双的大英雄打败女王，赶走黑雾，把自由还给大家。这时她便会笑起来，嘲笑自己，已经被黑雾折磨十几年，竟然还会有这样的妄想。

“都是因为听父亲讲了那一大堆故事，我才变得这么不现实吧。”柳霖想。

当然，其实也有办法得到解脱，一是死亡，二是归顺女王，成为她的士兵。人本能害怕死去，大家都选择尝试第二种方式，但被选中的人少之又少。噩梦控制了所有人，没有士兵的监督，大家也不敢反抗吧。

若是认识在女王手下掌权的人，总能找到机会。

不久前，妹妹柳夜到家中来看望自己和鸣珂，像往常一样，把母女俩住的破屋子贬得一文不值，她再一次向姐姐肯定，她的选择才是正确的。

“姐姐，你就听我的话，到女王手下做事吧。”柳夜又说。

原来，女王的某个厨师生病过世，空出位置来。柳霖的厨艺很好，只要在柳夜的安排下，她准能填补那个空缺。不过柳霖拒绝了。

“你怎么不想想你的女儿呢？你忍心让她一直跟你干重活吗？”

但柳霖就是不答应，被问得急了，她愤然道：“她不过是个篡夺王位的坏女巫！”

“她也是我们的主人！”

鸣珂不明白，为什么可以根据一个人从事的职业，断定那人是善良还是邪恶？难道能够因为一个人是厨师还是工匠，就知道他是好人还是坏人？

迎萱也经常暗暗诅咒女王，顺便诅咒所有女巫。鸣珂也讨厌女王，她夺走了鸣珂的夜晚，让她不能和母亲一起看星星月亮，但她并不想把这种讨厌扩大到所有女巫身上。女巫也是人，有好有坏。记得小时候，她听邻居家的爷爷讲过一个故事，故事里的女巫漂亮迷人又善良。

“你还是那样死板，那样冥顽不化！”临走之前，柳夜抛下那句话。

柳霖只得苦笑，依然认为自己的选择是正确的。繁重的体力活固然辛苦，但不会束缚人心，可屈服于噩梦与女王，不就是认输吗？

不过，噩梦确实可怕。在梦里，柳霖一次次看着父亲死去，看着污血从他的眼窝里涌出来。很多时候，与父亲一同死去的，还有她的丈夫。她花了不少时间才走出失去丈夫的痛苦，但噩梦一次次地把她重新拽入痛苦和无助中。不过，只要有鸣珂，即使做一辈子噩梦，一次次在梦里痛不欲生，她也能坚持下去。

每天早晨起床后，柳霖都会把鸣珂叫到床前，轻声说："给妈妈讲一下你昨天晚上的梦。"

懂事的鸣珂便会乖乖开始描述她的梦境，她从来没去学校念过书，但她总能找到合适又美丽的词形容梦中的事物。那些梦境总是那么远，因而那么动人，它们支撑着这对母女。

最近，鸣珂的故事里，一只蓝色兔子出现得越来越频繁。梦中的她在花田里，那只兔子会帮她举着花篮；她在屋子里看书时，兔子会帮她倒茶；在花园里和朋友们捉迷藏时，兔子会把大家藏在哪儿告诉她。那只兔子成为她的朋友，它讲着只有鸣珂能听懂的语言。一天早晨，鸣珂讲完自己的梦，梦里她和小兔子一起采蘑菇，之后她叹了口气，说道："妈妈，我能养一只兔子吗？"

"恐怕不行，停云没有兔子。"

鸣珂沮丧地垂下头，妈妈也不忍心再告诉她，不仅没有兔子，猫啊，狗啊，鸟儿啊，虫子啊，青蛙啊，这城里都没有。这儿只有人类在苟延残喘。

"女王到底想怎么样呢？"鸣珂问，表情罕见地严肃起来，"让我们每个人被噩梦折磨，她觉得很快乐吗？除了女王之外，为什么还有那么多人都以折磨人为乐？"

"恐怕女王只是想让我们害怕她，然后我们才能受她控制。至于乐趣在哪里，我也说不清楚，因为我永远也体会不到。”

“那您说，有一天我们会自由吗？”鸣珂抬起头来望着母亲，“昨天的梦里，我还和那只兔子一直走啊走，走了好些日子，来到海边。外面的世界有海，对吗？海水亮闪闪的，是咸的，我尝过。大海雄壮辽阔，当海浪朝我涌来时，我感觉自己似乎也变成了海浪，一直随着海上的风飘来飘去，自由自在。”

“会的。”鸣珂的妈妈是在安慰女儿，也是安慰自己。

“还有啊，那只兔子告诉我，它的名字叫阿戾。真想养一只兔子啊。”

鸣珂不再说什么，她叹了一口气。

夜晚再次来临，于鸣珂而言，梦里的一切似乎更加真实。昨天晚上阿戾告诉她，下次它会带着她去一个好地方。

今天在重重叠叠的山中，小溪曲曲折折流过。停云城中也有山，不过都是低矮的小丘。站在山坡上，可以望见内城的城墙，女王住在城墙那边，她从来没有出现在外城过。传说每天夜里，她都会赶着马车离开停云。马儿和车都是冰雪凝成的，女王的心也像冰一样冷。她会让马儿一直跑，跑到最北边的冰天雪地中。据说，女王是雪妖的孩子，只有把自己埋在雪里，才能沉沉睡去。

鸣珂四处寻找阿戾，也不知过了多久，看到阿戾在河对岸朝她挥手。面前的小溪变成汹涌的大河，水流湍急，河上也没有桥。

“没关系，这是你的梦。只要你相信自己能跨过来，水流也不能阻拦你。”阿戾说。

自己是这儿的女王。鸣珂闭上眼睛，试探着迈出脚步，果然没有掉进水里。她睁开眼睛，看到自己的脚稳稳地停在水面上，于是她欢欢喜喜地顺利过河。

阿戾已经不在河边，而是钻进了树林里，继续朝着鸣珂招手。鸣珂一路追赶，始终无法靠近它。

“你是想逗我玩吗？我生气了！”

“你只要跟着我就行啦，我说过吧，我会带你去一个地方。”

山路难走，荆棘重重，鸣珂一路上少不了摔跤，还擦破了手臂，可没过一会儿，伤痕就消失了。

来到丛林深处，茂盛的树枝挡住了阳光，天空突然变暗，眼前是一个黑乎乎的山洞，阿戾就站在洞口。

“就是这个地方啦。”

阿戾钻进山洞里，回过头看着她，希望她跟上来。

不过，鸣珂没有动。前方未知的黑暗让她心生恐惧，耳朵里回响着可怕的声音，这山洞里准是噩梦。在阿戾殷切的目光中，鸣珂还是摇了摇头，说道：“不去了，我想回家。”

不过，家在哪儿呢？一时记不起来了。

阿戾仿佛没听到一样，继续往里走了几步，再次回过头，说道：“没关系，你跟着我就行，我会一直待在你身边。”

鸣珂依然呆立在原地，阿戾很是失望，单独走进洞里。鸣珂决定在洞口等着它，可山洞里突然伸出一只长长的黑色爪子，扑向鸣珂。她转身逃跑，身后的树枝发出咔嚓咔嚓的声音。

她一直跑，不知过了多久，树林突然消失，她来到一片草坪上。草坪没有边际，天空没有云朵，她身边没有阿戾。她决定回家，却想不起有哪些家人，甚至不确定自己的名字。这儿是哪儿呢？

她只能拼命奔跑，跑了很久很久，总算看到远处有一男一女手拉着手迎面走来。女人穿着漂亮的连衣裙，看起来容光焕发，是妈妈！她身旁的男人高大挺拔，笑容和煦。看清他们面容的一瞬间，鸣珂落下泪来，轻轻唤了一声："爸爸、妈妈。"

一家人紧紧拥抱在一起，相信此生都不会分开。过了一会儿，爸妈牵着她的手要带她回家，满满的幸福在她的心中流淌，眼中的天地也格外美好，就连地上的草叶都散发着生气勃勃的光芒。

像是觉察到什么，鸣珂转过头，隐约看到草坪那边有一抹蓝色，熟悉的色彩，看起来像是一只兔子，不过一时想不起来那只兔子的名字了。

兔子向她靠近，慢慢变大，最后甚至快要碰到天了。鸣珂抬头望着它，因为害怕而紧紧抓住父母的手，突然，父母消失了。隐隐约约中，她听到空中传来兔子的声音：

"我想永远留在你的美梦里。"

美梦里？这是梦吗？

果然是梦吧。

这样想着，呜珂一脚踩进大坑里，惊醒过来。四周一片黑暗，窗外没有月亮，没有星星，没有犬吠，没有虫鸣，身边倒是有妈妈，额头上都是汗珠，双手绞在一起，正痛苦地呻吟。妈妈正在做噩梦，呜珂像往常一样把她摇醒。

无论你在哪里，夜幕降临，黑雾便会把人带进梦里，折磨人一整夜。有些幸运的人会在中途醒来，之后便不再做梦，但这只是极少数。

“刚刚我梦到爸爸还有您，我们三个人一起回家。”呜珂说，每次从噩梦中醒来的妈妈，都能被呜珂的美好梦境抚慰。

“会有这样一天的。”妈妈笑着说，然后闭上眼睛。受梦的影响，此刻她异常沮丧，差点儿对女儿说，相聚的一天是在死亡里。她会再次睡去，也可能会再次做噩梦，也可能逃过一劫，但这一晚上已经够辛苦了。

呜珂也阖上眼睛，想到阿戾的话。它想留在呜珂的美梦里，它本来不就是梦中的角色吗？又有一个她想不明白的问题，不过她并不着急问。因为在她记忆的小角落里，已经收藏了好多问题，她期盼着有一天，黑雾从夜晚消失，把星星和月亮还给她。她相信那时，所有困扰她的谜题都会有答案。

半睡半醒中，呜珂听到外面似乎有嘈杂的吵闹声，像是很多人在叫嚷着，也好像很多双脚在走动。她再次醒过来，发现妈妈也睁着眼睛。竖起耳朵走到窗前，果然有整齐的脚步声，应该是行进中的士兵。

“妈妈，这是怎么回事？”鸣珂问。

“不知道，睡吧，明天早晨就明白啦。”

一整晚，城中都闹哄哄的，脚步声靠近又远去，士兵们正在集结。

第二天早晨，城门并没有按时打开，城墙上下是密密麻麻的士兵，有人说是城外的反抗者来了。之前也有过好几次小规模的战争，反抗者们怀着巨大的信心围城、攻城，几个月下来，粮草耗尽，也没能突破城门。

还有人想混进城里，与城外的人里应外合，但这着实困难。停云外城共有十六道门，只有北门与东门每天按时打开。外地人想到这城中来，得经过严格的身份登记，才会发放通行证。据说通行证上有女王的魔法，无法伪造，若没有通行证，就没办法离开停云。此外，出入城门还设立口令，每天都会改变。除了士兵，还有女王用魔法制作的冰雪小人，一直监视着内城与外城。曾经有人尝试过伪造通行证，但被识破了，那人想要仓皇逃走，守城的士兵放箭将他射中。之后那人的脑袋被割下来，挂在城门上示众。因此，里应外合不过是空想。

他们又来了吗？

柳霖不由苦笑，不过又是一次脑子发热的行动，又会和上次一样，以失败告终。

鸣珂却不这样想，她相信十次失败之后，第十一次依然有可能成功。若真有人想要拯救停云，她多么希望能贡献一份力量，不过现在她能做的，就是吃早餐，然后出门干活。

女王似乎并没有将这次攻城当回事，大家照例干活。密连到了收获季节，得抓紧收割这种香草，将它们运出城。虽然进出停云有严格的规定，但并不意味着停云是个封闭的城市。停云拥有整个梦幻大陆上最出色的密连种植地，当女王用黑雾掩盖夜晚后，香草的质量提高不少。每年这个时候，虽然有人害怕女王，但大家还是会来停云城中收购密连，只是没人敢在这儿过夜。

鸣珂离开家，来到通往北门的那条街，这道门把大家与外面的世界隔开。大家都说，没有人能够逃跑。

不过几个月前，鸣珂亲眼看到一个人逃走，那是个女人，但也可能不是，因为那个人很快又变成一个中年男人的模样。

那天休假，鸣珂去迎萱家里玩。迎萱和奶奶一起住在停云最贫穷的地区，那儿都是纵横交错的杂乱小巷子，稍不注意就会迷路。

鸣珂向来懵懵懂懂，那次也像往常一样迷了路，穿梭在一条条巷子里时，她看到一个漂亮的女人和一个秃顶男人说话，那个男人穿着外面世界的衣服。她本来也没在意那两个人，突然听到“咚”的一声重物倒地声。她按捺不住心中的好奇，躲在巷子口的杂物堆旁张望，只见那个女人蹲下身使劲推了推倒在地上、昏迷不醒的秃顶男人，见他没什么反应，她便从他的口袋里翻出通行证，一脸得意之色，又想了想，索性剥下了他的衣服套在自己身上。鸣珂这时有点儿明白过来，这个女人是想要从停云逃走吧。城里经常有人以这种方式离开，所以商人们都不敢深入停云，尽量待在士兵眼皮子底下。

这个男人显然被眼前的漂亮女人迷住了，说不定也把口令讲了出来。不过，穿成这样逃跑，会不会太奇怪。

不过很快，鸣珂心头的疑惑得到了解答。只见那个女人的身体迅速膨胀起来，眨眼竟变成了倒在地上的男人的模样。她把那个男人拖到巷子尽头一个不起眼的角落里，用柴草盖住他，然后转身离开。真是奇怪，那么优雅秀美的脸上，却带着孩子一般的笑意，看起来古怪极了。鸣珂害怕她发现自己，赶紧跑开。

那个男人很可怜，但鸣珂的心里，更希望女人能够顺利逃走。当时，她被自己这种可怕的想法吓了一跳，那几天她一直心神不宁。

那个人逃走了吗？

鸣珂看了看城门，很快又拐进巷子里。密连那浓郁的香气钻进鼻子，蛮横地盖过其他所有的气味。

鸣珂喜欢密连，但整日泡在它的香气里也会厌烦，真想离开这儿透透气。停云很大，但终究只是牢笼。鸣珂想去海边，吹着真正带着咸腥气的海风，而不是在梦里。

一整天，城墙上都有士兵守卫着，下午收工回到家里，鸣珂听说反抗者的军队已经在城外扎营。三天后，城内的士兵依然没有出击。眼下唯一需要犯愁的是密连，虽然香草可以晒干保存，但若迟迟运不出去，错过最佳时期，价钱就会被压得很低。

外面的人准备怎样进来呢？会不会像以往那样再次放弃？

鸣珂不由得沮丧起来。她希望外面那些人干脆不来，不给城内的人希望，这样也就不会失望了吧。

第四天早晨醒来时，鸣珂感觉到地底下传来震动，不过坐起来就感觉不到了。她离开家门穿过巷子，来到了那连接内城与外城的大道上，听到身边传来隆隆的响声。地面震动得非常厉害，士兵们拿着武器却不知所措。

鸣珂赶紧扶着墙壁，“轰”的一声，有什么东西从地底钻出来。她吓得“哇”的一声叫起来，张皇失措地朝着相反的方向跑去，一股浓烈得令人作呕的臭味直钻进她的鼻子里。很快，臭气越来越浓，夹杂着一股奇异的酒气，和密连香气混在一起，令人喘不过气来。

她想知道地底蹦出来的是什么，又不敢跑回去，只好以最快的速度朝前奔跑，远离这种可怕的气味。天空中传来嘻嘻哈哈的笑声，鸣珂抬起头来，看到一片低低飘过的云，那应该是云精灵。

第十八章

攻城之战

从地底蹦出来的自然是烂泥怪，也是青鸟请来的帮手，它们生活在南方的一片沼泽地，名叫酒沼。有一段时间沼泽女巫住在这儿练习魔法，把酒沼弄得乌烟瘴气，还让自己有了现在这个“雅号”。

一百多年前，青鸟和烂泥怪有过短暂的交集，她和白芜载着满满一马车的美酒——烂泥怪大部分都是酒鬼，都喜欢喝酒，正好用酒收买它们。此时，青鸟忍着臭气，把酒扔给怪物朋友们，说道：“只要你们愿意帮忙，南寻公主会把整个停云的美酒都送给你们哦。”

怪物们爽快地答应帮忙，奔着美酒来到停云城里，让士兵们措手不及。有人拿剑刺中烂泥怪物们的胸口，但它们并不会死去，它们的要害是脑袋，可它们将脑袋保护得很好。

它们轻易就突破了城门，臭气、密连香气和酒气，也从城内扑向城外。先锋部队骑着战马冲进城里，很快，两军便在城门附近展开混战。接着，烂泥怪们又陆续打开其他方向的城门，大家兵分几路拥进城里，一点点将战线拉近内城。普通老百姓都躲起来，鸣珂和妈妈蜷缩在家中的角落里，恐惧与希望交替占据她们的心。

慢慢地，城内的人见到反抗者的气势，拿着勉强能称得上武器的工具，纷纷加入反抗的队伍中。也有女王士兵趁机反戈，拼死一战。每个人都非常拼命，因为大家必须抓紧时间，在黑夜到来之前，分出胜负，若到了晚上，噩梦袭来，所有一切便会功亏一篑。

一个大快人心的消息很快传遍全城：反抗者们知道怎样对付黑雾怪。大家也都明白，领导这次行动的人，是已过世的老国王的女儿南寻公主，也是停云名正言顺的继承人。

在士兵和烂泥怪们的保护下，李南寻一路直奔内城，一心只想消灭女王，紧紧跟在她身后的是青鸟、白芜、夜峦涛、乐家三兄弟、起义军的军师唐南风以及龙女洛离等人。去酒沼之前，青鸟使用了洛离交给她的珠子，召来了这位大有来头的帮手。不过也因此，攻城之前，起义军的阵营里发生了一次严重的骚乱，沼泽女巫和洛离打起来了。

高傲的天之骄女洛离，怎么能容忍曾经害得自己失忆、让自己傻乎乎地在马戏团里表演控水节目的罪魁祸首？不过因为蒙少野并没有一起来，洛离没能占到上风。最后，两个人都累得气喘吁吁瘫坐在地上，青鸟才出面劝说她们以大局为重，暂时停战，她们勉强答应了。不过从那天起，她们互相看对方的眼神都带着火花，这相对地和平似乎不能维持多久。只要这场战事结束，青鸟就不关心她们俩要怎样斗来斗去。

停云城中大大小小的河流共有六条，洛离控制了所有的河水，河水化成一条条半透明的巨龙，气势汹汹地攻击着士兵们。江暮云也在开战之前飘到了停云城，在天空中替大家观察敌情。至于沼泽女巫，她手下的烂泥怪潜伏在地底攻击，大灰鸟则盘旋在半空中，凄厉地鸣叫着。奇怪的是，没人能找到沼泽女巫的踪影。

虽然李南寻在短时间内寻到这么多厉害的朋友帮忙，但冰雪女巫的势力也不简单，起义军花了不少时间才攻进内城里。青鸟一行来到宫殿外时，已经到了下午。烂泥怪们很快打倒反抗的城内士兵，但这儿还有女王的雪精灵守护。此刻，全城的冰雪小人聚集在一起，组合成一个巨大的雪人挡在宫殿的大门外，它手臂细长，双腿短粗，还生着一双蓝色的眼睛。宫门周围也都结了冰，将大门死死封住。

这时，青鸟敏锐地觉察到脚下的地面突然变得湿软起来，见状，她赶紧驱马跑开，远远地退到一边。很快，原先她站的位置附近，从地里钻出两只烂泥怪，对李南寻和乐家三兄弟的马匹发动了进攻。

“敢在我的地盘撒野，要你们好看！”其中一只烂泥怪吼道，这是皮鲁的声音。另一只烂泥怪正要叫嚣，突然愣住了，它看向青鸟、白芜等人，诧异地说：“怎么是你们？”青鸟心头也百感交集，她认出这只烂泥怪是古鲁。想到当初在停云的地牢里，正是古鲁救了她。眼下，他们却成了敌对双方。

正想着，这时地里又冒出几只烂泥怪，将皮鲁和它的朋友古鲁都拖进了地底。时雨认出那几只烂泥怪是沼泽女巫的手下，不由得松了一口气。其余的烂泥怪则聚在一起对抗冰雪巨人，显然它们遇到了麻烦。烂泥怪身体里有不少水分，被冰雪巨人变成冻泥，僵在宫门四周，倒变成另一层守护宫门的墙壁。这时，青鸟身边突然传来沼泽女巫愤愤不平的声音："可恶！这么多年了还是要败给她！"不知道沼泽女巫从哪儿钻了出来，她一直把烂泥怪当成自己的亲信与属下，当然大部分烂泥怪其实都不这么认为。

在攻城之前，大家就先想好了应对策略。雪精灵害怕高温与火焰，所以他们将一桶桶油倒在宫门周围，放了一把火，宫殿前变成一片火海。雪精灵不停地灭火，身体开始融化，最后变得如同七岁小孩般大小。这时，更多的烂泥怪奔过来，将雪精灵团团围住，最后拉进地底。地面不断震动，应该是雪精灵在抗争。那些堵住宫殿大门的冰慢慢融化了，大家奋力推开门，李南寻领头来到宫殿里。

宫中的女官与侍卫都慌了神，侍卫们见势不对，都乖乖投降了。在女官的带领下，李南寻和青鸟一起来到宫中位于花园旁边的一栋三层小楼里。上楼时，那些埋藏在心底最深处的记忆，突然在李南寻的脑海中复苏。她想起婴儿时期的自己待在某个人的怀里，那人正抱着她上楼。这记忆让她觉得亲切，也让她明白，她确实曾在这个家里快乐地生活过。

李南寻的心不由得揪紧，决心也开始动摇，她扭头看了看自己的朋友们，相识不久，相交却深，万般舍不得。突然有人拉住她的胳膊，她回过头，是青鸟。

"你到底怎么了？还有，那封信上写了什么，你准备怎样对付那些黑雾怪？”青鸟小声问。其实昨天晚上，青鸟看到李南寻和起义军乐连城、唐南风秘密商量着什么，三人分开之后，脸色都不怎么好看，青鸟的直觉告诉她，他们谈论的是黑雾怪。

李南寻依然没有回答，她们到达了三楼，女官胆战地来到女王的房门前，却无法鼓起勇气推开门。李南寻拔出佩剑走上前，一脚踢开门大步走进去。房间非常大，仿佛迷宫一般，一道道屏风与一层层纱帐，还有那些雕花的窗户与精致的瓷器、画作，这儿与城外的混战似乎丝毫不相干。突然一道寒光如流星般飞过来，要不是白芜眼疾手快，拉开了李南寻，那柄刀已然扎在了她的脖子上。

“什么人鬼鬼祟祟的，暗地里伤人算什么本事？”乐家三兄弟叫嚷着，他们的话音还未落，一个人从高大的屏风后走了出来，竟然是司徒诚。乐家三兄弟迅速将他拿下，唐思远一脚踢向司徒诚的膝盖，迫使他跪倒在了地上，青鸟没忍住差点儿叫了出来，脑子里闪过过去的一幕幕，又强迫自己不要想这些往事。沼泽女巫一把掐住了司徒诚的脖子，恨恨地问道：“亏得我那么信任你，你竟然用药夺走了我的记忆，把我的记忆喂给皮皮怪，我的手杖呢？你交给冰雪女巫了，对不对？”

司徒诚面色淡淡的，一声不吭。沼泽女巫被他气得直咬牙，似乎准备念什么可怕的咒语。乐家三兄弟被她气急败坏的模样吓了一跳，连忙后退了几步。青鸟正准备上前阻止时，江暮云率先上前去，挡在司徒诚面前，对沼泽女巫说：“不要生气不要生气，你杀了他也没什么用呀，我向来慈悲为怀，不忍心见我认识的人死去。况且我答应过一个朋友，要保证让这位瞎子大叔活下去。我不能食言，这个臭男人就交给我处理吧。”

“你不会偷偷放他走吧，江先生？”洛离幽幽说道，“不如先让我折磨他一番？”

说着，她就要上前伸手去抓司徒诚，江暮云再次掩护了他，两个人开始争执起来。而沼泽女巫则抛下了司徒诚，掀开帘子直奔房间内部。青鸟绕过江暮云来到司徒诚面前，想问他为什么要帮冰雪女巫，为什么要为虎作伥，又感觉自己没权力干涉别人的选择。最后，只说了一句：“司徒叔叔，我相信当时您对我的关心都是真的，非常感谢您。”司徒诚没说话，只是笑了笑，让人看不透。

青鸟转身离去，楼下已经能听到起义军们的欢呼声，看来大家基本上已经控制了停云，只等抓住冰雪女巫。不，不对，还有笼罩停云夜晚的黑雾怪物。

沼泽女巫率先冲进了最里面的房间里，一眼便看到了站在窗前、背对来人的冰雪女巫。她身上穿着素雅的白裙，再无修饰，一头黑亮的秀发披散于双肩。听到声音，她缓缓转过身，苍白而精致的鹅蛋脸上长着一双美丽的眸子，淡淡地扫向来人。她虽然不及西舍那般美得惊艳，却也楚楚动人，压根儿不像一个坏人。当青鸟还是陆时雨时，眼前这个女人曾抓走她，并到地牢里威胁她，让她将李南寻的消息告诉她。没来由地，青鸟突然想起冰雪女巫那时说的一句话：“你不知道那个女孩很可怕吗？”

“我在梦里见到过这个情景。”冰雪女巫抬眼看着李南寻，声音出奇地平静。

“那你应该做好被我杀死的准备了。”

“南寻，你啊，像你父亲一样呢。我没有杀死你，你却不肯放过我。”

“那是你自己的失误，把我的命留下来。”

冰雪女巫并没有回答，扭头看着窗外，苍白的脸似乎快要融化在黄昏来临前的阳光中。

“天快黑了，它快要出来活动了，你不害怕吗？”

冰雪女巫的眉毛颜色慢慢变淡，她的头发也由黑色转为灰色，她似乎正在变成一块冰。

“你知道我没有理由害怕。”李南寻举起了剑，“因为它就是我。”

冰雪女巫的头发完全变成白色，当李南寻的剑砍下去时，女王伸出手捏住了剑刃，朝后用力一推，李南寻摔在地上，剑落在她身边。屋子里已经聚集了李南寻的不少拥护者，所有人都拔出剑来，怒目望着冰雪女巫。

这时，沼泽女巫冲到最前面，嚷嚷道：“我的手杖呢？”冰雪女巫轻笑着，不疾不徐地从袍袖中拿出一柄手杖来。沼泽女巫抢过它，打量了半天，声音更大了：“杖顶的珠子呢？珠子里的咒语呢？你使用了它？”

“没错。”冰雪女巫那血红的嘴唇微微勾起，带着一丝冷笑，她挥了挥袖子，大理石地板上出现了一片闪光的古怪纹路。青鸟仔细打量着地面，发现这些纹路是魔法阵的符号，转头问沼泽女巫："这是什么魔法？"

"吞噬一切的龙卷风，我经过几十年的魔法收集才完成的咒语，藏在手杖里，不过手杖被那个叫司徒诚的臭小子偷走了。不仅如此，那小子还把我的这段记忆喂给了皮皮怪。"沼泽女巫提到司徒诚时，仍然难掩愤懑之情，像是想到了什么，她看了一眼地上的魔法阵，突然压低声音，"快走吧，这儿不安全。"

李南寻执拗地拔出剑，想进攻窗前的冰雪女巫。冰雪女巫又伸手一挥，冰柱便裹住了李南寻的胳膊。沼泽女巫的慌乱尖叫，让大家明白眼前的魔法阵不简单，虽然有些不甘，他们还是都赶紧朝楼下走去。这时，只听身后的冰雪女巫幽幽说了一句："晚了。"

魔法阵亮了，风从四面八方涌来，打着旋儿，将所有人都卷了进去，一瞬间，整栋小楼都化成了碎片，卷入风中。小楼附近的人都不明白发生了什么事情，但看到暴风袭来，并且风势不断蔓延，朝着周围的其他建筑逼近。所有人全都转身往宫殿外跑，但还是有不少人受到牵连，被卷进风里。

白芜抓住了青鸟的胳膊，青鸟在混乱中寻找着李南寻，但风势太猛，周围一片混乱，哪里看得到李南寻的身影。青鸟突然想，要是血精灵诺儿在这儿就好了，大家便能安全地躲进它的身体里，不过夜岱凝的伤还没好，诺儿痴心地守候在自己的朋友身边，并没有跟来。

不知过了多久，周围的风势似乎突然消散了，青鸟这才睁开眼睛，看到自己前方有一堵透明的墙。原来是洛离用她的水精灵变成了一个巨大的泡泡，将大家都包裹了起来。在泡泡里，青鸟找到了李南寻、沼泽女巫、乐家三兄弟，还有起义军里其他重要人物。江暮云又变回了云的形态，但此刻是一朵乌云。龙卷风太厉害，以洛离的实力，眼下也有些心有余而力不足。沼泽女巫连忙从旁协助她，又扩大了水泡泡的大小，大家心惊胆战地望着外面的混乱场景。有时候会有一两个痛苦的人影飘过，泡泡会尽力把他们拉进来。

好不容易风暴平息，洛离和沼泽女巫都累得瘫倒在地，两个人相视一笑，往日的仇怨似乎也跟着烟消云散。大家也都快虚脱了，或坐或躺，平复自己的心情。原先巍峨耸立的宫殿不见了，大半个内城被夷为平地，眼前甚至没有任何废墟，泡泡之外的人都不知被卷去了哪个时空里。李南寻突然低声啜泣起来，青鸟转身看着她，拉着她的手，听她说道："我不知道自己是救了停云，还是毁了停云。"青鸟没说什么，而这时，最后一缕阳光从天边消失了。

"糟糕！"

李南寻大叫一声，腾地从地上站起来，抬头四下张望。青鸟也顺着她的视线望过去，但什么也看不见。唐南风来到李南寻身边，说道："公主，噩梦要来了。你真的准备那样做吗？其实我们可以先试着和它谈谈，既然冰雪女巫能做到，我们一定也能——"

"那我和冰雪女巫有什么区别呢？它仍然会继续盘踞在停云的夜空里。我对当女王才没什么兴趣，我只是想让停云的夜空重新出现而已。我必须消灭它。"

身上的佩剑在方才的混乱中遗失了，李南寻毅然拔出别在靴子里的匕首，闭上眼睛，感受着噩梦的气息，然后朝着左边走去，其他人也都默默跟着她。一直走出了废墟，来到一间半塌的屋子前，李南寻才停下来，在她眼前的石头缝里，涌出一大团黑雾来，向天空升腾，它的速度非常快，不一会儿，就会覆盖整个停云的天空。乐连城的脸色不太好，他对李南寻说："这儿太不安全了，我们还是赶快出城去吧。"

"通知大家赶快离开，我要留下来。"李南寻用不容置疑的口气说。

唐南风欲言又止，但看到李南寻意愿坚决，只得又交代了几句，便带着其他起义军离开，先行安置城中其他的人，再与失散的同伴们会合。沼泽女巫道："这儿没我什么事了，冰雪女巫那个浑蛋逃走了，我得去找她。"说完，便带着她手下的烂泥怪和大灰鸟离开。江暮云很讨厌黑雾，也嚷嚷着飘走了。青鸟、白芜和夜峦涛留了下来。

李南寻转头看了看青鸟，说道："你不是想知道那封信里写了什么吗？现在就告诉你。写信的那位康成先生以前是一位术士，他告诉我一件我一直怀疑的事情。这团黑雾名叫戾，于它而言，所有的噩梦都是相通的，它可以穿梭其中，看到每一个人心中的恐惧。于我而言也是如此，我本来以为，我只是走进普通的噩梦里，但只有我的噩梦和大家的梦是不一样的。我的噩梦里，可以通往城中所有人的梦境，我可以看到每一个人正被什么可怕的事情折磨着。你知道我的意思是什么，对吧？"

青鸟没有回答，她想起前天晚上，自己曾问过起义军的士兵，他们的梦里能不能见到停云城里的其他人。

这时，黑雾里一缕黑色的、如同爪子一般的东西从里面伸出来，接着有更多更大的黑色东西在爪子旁边凝聚，变成一个黑色的身影，它就站在李南寻面前。它没有五官，李南寻却感觉它正盯着自己，看透自己的心、自己的梦。

不对，它根本不需要看透她的梦。

“你就是我的噩梦。”李南寻道。

那团黑雾本来正慢慢扩散，听到李南寻的话，又慢慢聚拢。接着，李南寻感觉到一个熟悉的声音从心底传来：

“你知道了？”

“没错，你本身就是个噩梦，不过你从我的梦境里逃了出来，需要吸收噩梦的力量，才能维持自己的生存，所以你得把大家带入噩梦里。你几乎和我同时出生，和我一起成长。我天生就是个怪物，我从来只有噩梦，我的梦里只有你。康成先生通过巫术、咒语和焚香控制你的力量，他希望我能够拥有美好的梦。你是我所有的梦境，自从你逃走之后，我再也不会做梦，我不过是在睡眠时感觉到了你。你把所有人带入噩梦中，吸取恐惧作为自己的养分，我也因此能看见所有人的梦，包括那个唯一美好的梦，那个叫鸣珂的小女孩的梦。同时，睡觉时我也能通过你的眼睛，看到停云的每一个角落。半年前我从塔楼里逃出来时，就觉得有些奇怪，明明我从来没走出过塔楼，但我熟悉停云的每一个角落，是你看到了一切，而不是我。知道我为什么一定要让停云人看到美好的夜晚吗？因为我在你的带领下，感受到了大家太多的恐惧与渴望，还感觉到了愧疚。在康成先生把实情告诉我之前，其实我就差不多明白了这一切，只是不敢相信。不管我逃去哪里，哪怕是另一个世界，你也能找到我，因为我们是相通的。你变出来的那些黑衣人并不是想杀我，只是想抓住我、控制我，因为梦必须依靠主人啊。”

青鸟听着李南寻的话，心不由得揪了起来。昨天晚上，李南寻曾问她：“做一个美好的梦，是怎样的感受呢？”

那时的青鸟不知她话里的意思，只含含糊糊描述了一下。她只觉得李南寻很可怜，因为长期受噩梦的控制，甚至失去了体验美好梦境的机会。没想到，噩梦竟是来自李南寻自己。

“那你准备怎么做？”李南寻心里的声音说。

“回到我的梦里来吧，戾。”

“你想把所有的噩梦都留给自己？”戾在冷笑，“但你从来都控制不了我，不然这些年我怎么能变得如此强大，你不过是个乳臭未干的小丫头。”

“是吗？但我刚刚也说过，梦必须依靠它的主人。”李南寻拔出匕首抵着自己的脖子，“只要我死了，你也会没命，这就是一劳永逸的办法。我为大家带来了十几年的痛苦，死也是应该的。”

大家慌乱起来，夜峦涛跑过来想夺走匕首，争抢中，匕首划破了她雪白的皮肤，鲜血沾染了刀刃。李南寻无奈地对夜峦涛摇了摇头，说道：“求求你不要这样，我好不容易才鼓起勇气做出这个决定，好不容易才说服自己潇洒地死去，不要让我动摇。谢谢你们所有的人，虽然获得自由的时间很短暂，但很充实。既然如此充实过，现在死去也没什么好怕的。”

戾也害怕起来，李南寻感觉得到。在它伸出自己黑暗的爪子想要夺走自己手中的匕首时，她躲开了，说道：“我不能控制你，但我至少还能控制我自己。”

她把匕首举起来，闭上眼睛朝着自己的喉咙扎去。然而这次青鸟打落了匕首，她抱住李南寻说道：“我不会让你死。”

没有人说话，此刻大家都有些手足无措。青鸟感觉到了戾散发出的不安气息，听到它的身体里传来古怪的声响。白芜打了个激灵，说道：“它不会是在笑吧？我的汗毛都竖起来了。”

戾的身体突然炸开，不到一分钟的时间，它就覆盖了全城。城中所有人还来不及惊讶，就被拖入沉沉的梦里。

李南寻也沉沉睡去，在梦中，她和戾似乎融为一体，进入别人的噩梦里。青鸟彷徨在无边的枯草地上，面前那个眼窝里流出血的人，可能是她的父亲；白芜身边围绕着无数个男人，嘴里都喃喃念着“我才是白芜”，他怎么杀也杀不完；在夜峦涛的梦里，一个看起来像是他父亲的男人，当着他的面，将他的妹妹夜岱凝砍成碎片。就这样，她穿过一个又一个噩梦，找到那个叫鸣珂的小女孩。她拥有城里唯一的美梦，在这里，她正和父母一起荡秋千，他们脚下是密连花丛，散发着怡人的清香。

小女孩注意到李南寻，从秋千上欢快地跳下来，一路小跑来到李南寻面前。她的个子真高，李南寻只能看到她的膝盖，不对，自己现在应该变成兔子了吧。在这个梦境里，戾总喜欢变成兔子。小女孩将戾抱起，说道：“我还以为你再也不会来了。”

“我以为你讨厌我了，在我提出那么奇怪的要求之后。”戾说。李南寻还在戾的身体里，但似乎又和戾分成两个无关的个体。

“有什么奇怪的。”小女孩举起戾，眼睛像盈盈秋水，“我很喜欢你，也想让你永远留在我的梦里。”

小女孩像抱着心爱的珍宝一样紧紧将戾抱在怀里，并带着它和她的爸爸妈妈一起荡秋千。李南寻能够感觉到戾的快乐，她问道：“你很喜欢这个小女孩？”

“她从来不会受我的影响，她的梦里永远只有欢乐与宁静。我喜欢她的梦，想要成为她梦境的一部分。南寻，这样可以吗？”

“当然可以。”李南寻兴奋地说，“之前你怎么没告诉过我你的想法呢？我差点儿杀了我自己！也杀死了你！”

戾笑了起来，受到鸣珂梦境的影响，它似乎也变得温和了。

“我和你一直相依，那一瞬间，我也受到你的情感的影响，心想，我们一起去死也不错。我得送你回去，回到现实里，我就留在她的梦中，再也不走了。”

“谢谢。”李南寻满怀感激地说，之前她可没想过自己会感激噩梦，“那我以后还会有梦吗？”

“恐怕不行，因为我就是你的梦，现在你的梦在别人的梦境里。不过若我们的联系一直存在，有时候你也会感觉到我。”

“没有梦也罢，无论好梦还是坏梦，我伤害了大家，都不配再拥有了。戾，希望你过得不错。”

李南寻又听到了戾的笑声，远在天边，又近在耳畔，像父亲，像母亲，像青鸟，像夜峦涛，也像是鸣珂的声音。接着，她感觉有一股说不清楚来由的力量将她朝后拉。鸣珂、她的父母、身边的青草以及头顶的蓝天，都变得越来越远，大家的欢声笑语也消失了。

突如其来的眩晕感令李南寻不由得闭上眼睛，等她再次睁开眼时，只看到头顶上一方黑沉沉的天，自己躺在废墟旁边冰冷的地面上。

天空中的黑雾慢慢褪散，露出了皎洁清凉的月光。李南寻睁大眼睛，看着停云久违的月色，如水的月光温柔地倾洒在身上，仿佛能带走一切伤痛和阴霾。更多的人从噩梦里清醒过来，欣喜地望着天空；依然沉睡的人，皱着的眉头也舒展开来，嘴角甚至还泛起带着些傻气的笑。世界安静得能听到蟋蟀的叫声，明天又是一个新的开始。今后，无论欢笑、痛苦，希望停云永远都有月光和星空相伴。

青鸟也醒过来了，依然沉浸在刚刚的噩梦里，她又一次杀死了自己的养父陆方，而且在她杀死陆方之前，陆方还幽幽地对她道“晚安”，像往常一样说了三次。

白芜道“晚安”时，也总喜欢重复三次，这几百年来，从来都没有改变过。青鸟忽然扭头看着身边的白芜，定定地凝视着他的眼睛，潜藏在心底的猜想似乎已经有了答案。青鸟异样的神情自然落在白芜眼中，他笑了笑，问道：“还没从噩梦里完全醒过来吗？”

青鸟没有回答，白芜觉得她可能有其他的心事，正准备再问时，听到李南寻招呼所有人安静下来。

“一切圆满解决，现在我将要以停云女王的身份下第一个命令。命令的内容就是，你们不准把黑雾怪就是我的噩梦的事实讲出去，明白吗？若你们随意走漏了消息，我可是会砍你们脑袋的！”李南寻面色郑重地说道。

“瞧，还没正式成为女王，就已经对我们作威作福了。”夜峦涛笑着说，“但我不是停云的子民，没必要听你的话吧。”

“如果你宣扬出去，我会带领整个停云对付你，小夜。”李南寻无奈地朝他摊了摊手。

“虽然成了女王，但还是小孩子脾气嘛。”白芜说。

第十九章

赤月岛风波

龙卷风来临时，宫殿一片混乱，大家都没有注意到，一抹白色的影子飞过头顶的蓝天，落入不远处的树林里。接着那白色的影子收起了翅膀，变成了刚刚的冰雪女巫，她还抱着盲眼的司徒诚。

“很久以前，它还害怕白天出门活动，现在白天对它也没半点儿威胁了，它甚至还一路追踪着李南寻。不过，在最后这关键时刻，它没有出现，它没有帮我，我猜，它要么已经放弃了我，要么察觉到我想杀了它。”冰雪女巫像在对司徒诚说，也像在自言自语。这时，草丛里传来窸窸窣窣的响声，冰雪女巫转头，看到了一只小小的雪精灵。雪精灵身上还带着烂泥怪的气息。冰雪女巫把它捧在手心里，柔声说：“乖孩子，看来我们得换个地方生活啦。”她转头看了看停云城的方向，硝烟尘雾弥漫，内城恐怕被吞噬了一大半。沼泽女巫虽然蠢笨，但死心眼几十年研究出来的咒语，力量还算强大，所以，就算冰雪女巫眼下失去了一切，但她的敌人也不好过。

冰雪女巫也很累很累，要发动那个咒语，需要的力量太多，她几乎快虚脱了。她坐下来靠在树干上，抬头望着天空，不知是太困还是头晕，她分不太清楚现实与幻觉，天空中慢慢出现了两个追逐打闹的孩子的身影，他们脸上都带着天真无邪的笑。他们俩一直追啊追，后来小女孩赶不上小男孩了，她停下来，赌气地嘟着嘴，嘴里默默念了什么，在前面奔跑的小男孩便“哇”的一声倒在地上，小女孩拍手叫好，小男孩大哭起来。这是幼时的冰雪女巫和司徒诚，那时候她的魔法天赋就显露无遗，而司徒诚是她唯一的朋友。她太与众不同，她的古怪力量，她的可怕眼神，人人都不敢靠她太近，她孤独地生活在停云的一大群人里。终于，十六岁时她离开了家乡，前往北方，成为一位大魔法师的学生。

小时候，她还试过掩饰自己的魔法天赋，不想承认自己天生就是魔女，想与停云城芸芸众生一样普通，后来她承认自己做不到，她认识了真实的自己，并且变成了不得的女巫。后来她回到停云，想做的第一件事便是报复这个曾经侮辱和损害过自己的城市。拥有超凡魔力的她，有能力得到更多的东西，她亲手杀掉了停云的国王和王后，至今也没有后悔。如果你不想与众人一样平凡，那总会受到些非议。

冰雪女巫唯一后悔的事情是，自己当时怎么没把李南寻杀死。当年她占领了宫殿，国王夫妇死在她的脚边。那个名叫青鸟的多管闲事的丫头也晕了过去，她身边还有一个哇哇大哭的小婴儿李南寻。冰雪女巫本来准备结束这个小生命，却被一个叫康成的家伙劝阻，最后她决定让她活着，好利用那个名叫戾的梦魇怪物。

刚开始，冰雪女巫还能控制戾，甚至还想利用戾的力量，给观风城的西舍一个大大的惊喜，让她尝尝失败的滋味。慢慢地，她发现戾的力量太强大，最后她甚至反被戾控制了。要不是因为戾，自己怎么可能轻易被打败，最后只得仰仗从沼泽女巫那个蠢货那里得来的咒语呢？可笑可笑，说起来，最初她让司徒诚偷来那个咒语，是为了对付戾。

冰雪女巫骄傲极了，不愿意任何人看穿她的力不从心。有一天，一位脸上沟壑纵横的可怕老太婆来到了停云，她那双浑浊的眼睛，仿佛能够看透自己的一切，并且提出要帮助她控制戾。那个人自称归鸟婆，她是女巫，却又和普通女巫有些不一样。没过多久，冰雪女巫便意识到，自己接纳的并不是帮手，而是另外一个控制自己的人。归鸟婆在起义军攻城之前也不知所踪，她和戾一样抛弃了自己，不是吗？

冰雪女巫看了看司徒诚，用尽全身力气保持声音的平静，也维持自己最后的尊严，说道："我救你出来，仅此而已，今后的路请你自己努力走下去，还有，谢谢你一直以来为我做的一切。"她伸出手握成拳头，又示意司徒诚握拳，两只拳头在空中碰了三次又各自放下，这是小时候的他们经常采用的问候与挥别方式，然后冰雪女巫起身。

"你要去哪儿？"

"离开，沼泽女巫不会就此罢休，我甚至可以嗅到她的气息了。我想去最北边，有冰有雪的地方，在那里慢慢恢复魔力，以后的事情再做打算。"她道，又在心里补充了一句："我也不会就此罢休。"

司徒诚张开嘴，欲言又止，最后只说道“那你保重”，听着童年旧友的脚步声渐渐远去。他还在原地待了很久，思考着四十多年生命里经历过的一切，想着今后应该去哪里，可什么都没有头绪，活着或死了，似乎也没多大区别。不知过了多久，司徒诚听到身后响起脚步声，接着一个熟悉的声音说：“哎呀哎呀，她还是把你抛弃了呀，这些年的付出都算得了什么呢？你会在停云遗臭万年呢，和你那个漂亮的朋友一起。”

“都是值得的，我觉得值得。”司徒诚说。

之前说话的那个人，也就是江暮云，他无奈地叹了一口气：司徒诚就和阿斑一样傻，为了一段友谊付出了太多东西。能有生死与共的朋友，到底是好还是不好？这只云精灵可不想过多纠结于这种问题。他转头看了看，远远地瞧见两只大灰鸟朝这边飞来，又想到对阿斑的诺言，说了一句：“接下来是天空便车，记得付钱哦。”话音未落，快速变回云朵状态的江暮云便将司徒诚卷进了自己的身体里，迅速飘走。两只大灰鸟在司徒诚停留过的地方盘旋了几圈，又飞了回去，向自己的主子，也就是沼泽女巫报告。

“她逃了吗？继续追。”沼泽女巫有些气急败坏，忍不住一脚踢在树干上。从一起学习魔法开始，无论是西舍还是冰雪女巫，都喜欢捉弄她、嘲笑她，因为沼泽女巫并没有多高的天分，她只得付出百倍的汗水。然而自己辛辛苦苦花了几十年工夫研究出来的咒语，被人轻易抢了去，她怎么可能善罢甘休？

停云城的重建工作看起来没有结束之日，但因为戾与冰雪女巫都不见了，大家欣喜而又平静。对于未来的路，青鸟想，李南寻与她的智囊团，还有停云的百姓，恐怕都没什么把握，但希望催促着他们继续前行。青鸟对于政事毫无兴趣，当李南寻被唐南风等人缠住，共商复兴大计时，她乐得悠闲，索性在城里逛了一圈。

青鸟大概在二十三年前结识了李南寻的母亲，之后每次她从赤月岛来到陆上，都会拜访自己的这位朋友，看着她慢慢长大、恋爱、结婚、生子。青鸟有一丝羡慕：无论是成长的过程还是长大能够经历的一切，她都不清楚，她也不知道老死的感受如何。永远年轻，或许曾经令她感到欣喜，但时间久了，她有些羡慕普通人。她还记得李南寻刚出生时，自己小心翼翼抱着那皮肤皱皱巴巴的婴儿，风和日暖，她站在城墙上，与小婴儿一起看着天边的云朵和鸟儿。展现在小婴儿面前的世界如此广阔，希望那么多，连青鸟也觉得高兴。当年的婴儿如今看起来也和青鸟一般大小了，一步一步，她也会跌跌撞撞但坚强地走下去。

这天晚上，偷空跑出来的李南寻，再次和青鸟一起来到城墙上，月色不错，风也不错，吹得人很舒服。停云城里的猫也有了雅兴，都聚焦在停云的新主人与它们的传信人身边。李南寻这时才向青鸟谈起自己当初逃跑之事，她看出那位给她送饭的女人心怀着善意，故意打晕了她，逃出塔楼，然后变换着各种各样的外表，一路逃出城去，中途得到过猫的帮助，趁着这个机会，她向猫道了谢。

“青鸟，不如你帮我翻译一下猫们现在的想法吧，今后我可就是停云的女王啦。我知道这份工作很难，但我想拼尽全力做好，猫也是停云的一部分，我想知道它们的意见。”

“初上任就这么拼命啊。”青鸟感叹道。

“没办法啊，唐叔叔说我就像个小婴儿，要学的东西还有很多，我也想快点儿为停云做一些事情。毕竟，一切其实都因我而起。”

“你想代替戾赎罪？”青鸟问，“没必要这么做。”

李南寻笑了起来，说道：“赎罪？怎么可能，我天生拥有力量强大的噩梦，这明显是老天爷对我的特殊照顾嘛，而且一切都是戾做的，我为什么要替它赎罪，它一直控制着我呀，我恨它还来不及。只不过——”

顿了顿，李南寻继续说道：“我很喜欢这儿，因为这儿有好多好多人关心着我，过去的那些年我总是一个人活着，没人和我说话，没人问我感受如何。有人关心我感觉很好，我也想关心他们。青鸟，你不也关心着全世界的猫吗？替猫操了不少心吧，有想要关心的人或者猫，这本身就非常幸福了，不是吗？”

青鸟点头同意，但停云的猫意见太多，翻译完了之后，夜深了，风停了，青鸟的嗓子也哑了。李南寻感慨地说道：“传信人真好啊，果然，我还是想和你交换能力。”

“其实你才是传信人。”青鸟说，见李南寻一脸疑惑地望着自己，她又解释道，“因为你带着我的面具来到我在那个世界的家，传递给我信息，才能让我回到梦幻大陆。谢谢你，南寻。”

“那我也谢谢你，青鸟。”李南寻笑着说，“可惜你的面具找不着了。”

在攻打停云宫殿、与冰雪女巫交手的混战中，青鸟带在身边的猫脸面具遗失了。对此，青鸟却很释然：

“没关系，今后我也不准备继续当猫脸女孩了呀。罗斯贝坦其实更喜欢那副面具，以前一直嚷嚷着要拿去玩，现在面具就这么丢了，想想真有些对不起它。”

说到这儿，青鸟突然愣住了，环视四周，目光扫过一张张猫脸，这才发现，这些天忙着操心停云的事情，已经好久没见过罗斯贝坦了！连那只吵吵闹闹想变成人类的青蛙夕沉也不知去向，之前它明明天天拿着一根刺当宝剑使，说要助李南寻一臂之力！

这时，一只乌鸦从天空中飞来，落在青岛身边的城墙上。青鸟抓住乌鸦，取下了它腿上缠着的绢布条，那是一封信：

若想罗斯贝坦安全，赤月岛上相见。

信上没有署名，乌鸦也飞走了，又是一阵风吹来，带来远处什么东西发出的呜咽声。

“怎么了，上面有什么要紧的事情吗？”见青鸟的脸色凝重，李南寻关切地问道。

“没什么，只是我要先回赤月岛一趟，有些事情要处理。”青鸟竭力让自己平静下来，忽然，她抬起头，望着乌鸦消失的方向，喃喃道，“以前我怎么没有发现……”

“怎么了？”

“你觉不觉得那只乌鸦有些奇怪？不会叫的乌鸦……”青鸟若有所思，她想起那只沉默的“乌鸦”，还有它那双泛着淡淡的猩红暗光的眼睛，一瞬间，似乎想通了什么。

第二天一早，青鸟就与李南寻等人告别，和白芜一起返回赤月岛。小船荡在平静的海面上时，青鸟歪在船头的椅子上，看着白芜的背影，想了想，还是说出了自己这段时间以来的怀疑："你就是我在另一个世界的养父陆方，对不对？"

"没错。我早该向你承认。"白芜总算转过头来，露出不太自然的笑。青鸟从椅子上站起来，气愤地说道："你觉得自己早些承认，我就不会生气？是你杀死了我的养父，占据了他的身体，对吗？为什么？"

"当初停云被攻占，罗斯贝坦召集了全城的猫，大家只说你像失了魂魄一样离开了。罗斯贝坦很着急，便通知了我。我和它一起找到你之后，发现你有了爸爸妈妈。青鸟，你总是很羡慕普通人类的孩子，生活在完整幸福的家庭里，所以我们决定不打扰你。不过很快我们就发现，你的家庭并不太幸福，你的爸爸陆方非常窝囊，一事无成，对待妻子和女儿也很粗暴。想想你还是小陆时雨时候的记忆，能想起来吧？你爸爸经常冲着你妈妈发火，甚至会动手打她。后来，我的前一个附身者恰好生病了，我便占据了他的身体，我不过是让他成为一个更好的丈夫和父亲。"

青鸟想到与自己相处十多年的养父，没错，印象中的他，确实时时刻刻都很温柔，无论是对待自己，还是对待其他人。青鸟也听母亲说起过，父亲年轻时脾气很不好，还总是酗酒，有一次他喝醉后生了一场重病，醒来就像变了个人一样。本来就换了一个人。青鸟没有搭理白芜，只一个人生闷气。这些年，她见过白芜换了好多个寄宿者，他要生存下去，就必须这样做。不过青鸟一直以来都和他有一个约定，白芜永远也不会占据她认识的人的身体。陆方不仅是她认识的人，还是她在那个世界的养父，这让她觉得，她和白芜之间的关系变得有几分奇怪。

赤月岛近在眼前，白芜说道："等你眼前这件麻烦事解决之后，我就会离开赤月岛。青鸟，无论需要花多少年，我都希望你原谅我，我不想失去我们的这份友谊。"青鸟点了点头。

第二天早晨，随着红彤彤的朝阳一起映入青鸟眼中的，还有那个红彤彤的岛。这是外人很少能够找到的地方，在好几个国家与城池的传说里，这儿是世外的仙境、猫的乐园，说不定青鸟也作为仙女，出现在故事里。

终于回家了，青鸟瞬间感觉精神百倍，欢快地在林子里穿梭跳跃。她能感觉到这个岛的脉搏与呼吸，感觉到它的喜悦。要不是白芜提醒，都忘了这岛上还有一个威胁自己的人。那个人准是归鸟婆，也就是霜叶的师父，当初停云一战没见到她，青鸟就隐隐感觉有些不对劲。那个归鸟婆对停云没什么兴趣，她的目标是青鸟，可她到底想怎样呢？青鸟想不明白对方的企图。

青鸟和白芜一起朝岸边的小屋走去，那儿是青鸟以前住的地方，岛上的猫们最喜欢的地方之一。可是现在，没有猫出来欢迎她，它们在哪儿？青鸟更紧张了，好不容易看到一只花猫，青鸟招呼它过来，低声问道：“岛上情况怎样？归鸟婆在哪儿？”

花猫还没回答，青鸟就听到有沉重而缓慢的脚步声朝着她靠近，这是人类的脚步声。她循着声音望过去，看到灰色和黄色的两个身影靠近。黄衣人是霜叶，灰衣人则是一位满脸皱纹的老人，她的左肩上停着一只模样熟悉的乌鸦。

“听说冰雪女巫曾经抓住过你，可惜那时候我不在，她才会笨手笨脚把你弄丢了。后来你去了停云吧，你身边的人太多，而我喜好安静，只想和你单独谈谈，就先来这个岛上等你了。你很久没回家了吧，很抱歉，我没时间留给你跟家里的猫和花花草草打招呼。”

“罗斯贝坦呢？”青鸟直截了当地问。

归鸟婆笑了，说道：“你放心，那只胖猫很安全。我们到屋子里慢慢谈，我上了年纪，禁不住一直站在外面吹冷风。”

小屋里的摆设和十二年前相比，没有什么变化，看来罗斯贝坦特意将这里保持了原样。想到落入归鸟婆手中的罗斯贝坦，青鸟怒火中烧，喝了一口花茶想定定神，也没什么作用。她盯着归鸟婆，语气生硬地问：“你怎么会找到赤月岛？一般人找不到这属于我的地盘。”

“因为我不一般啊。”归鸟婆大言不惭地说，“因为我和你一样，曾经拥有一个岛，随岛而生。”

同类吗？怪不得看到她时，总有一种莫名的熟悉感。青鸟以前热衷于寻找同类，但没找到，这也让她惆怅了很久。面对眼前这个“同类”，青鸟丝毫没有觉得欢喜，她问道：“你说你曾经拥有一个岛，言下之意，现在已经没有了吗？”

“那个岛消失了。”

“可是你并没有消失。”

“没错，我好不容易才活下来，这也是我找到你的原因。我想和你签订交换生命的契约，我想得到你的岛。”

“那我呢？会和这个岛再不相干，像你一样慢慢老去？”

归鸟婆点点头。

“我可不会这么傻。”

“是吗？趁着这个岛没有主人的这段时间，我完全控制了这儿，你应该感觉到这些猫对我的恐惧了吧，也应该能想到我会做什么。”

“你觉得我会害怕你吗？”青鸟道。

归鸟婆轻笑着，说道：“要不再等等，这些猫会变得非常有趣哦。”

青鸟瞪着归鸟婆，归鸟婆却优哉游哉地喝着茶。白芜坐在青鸟身边，明白她的紧张和恐惧，却没办法帮她做些什么。霜叶独自站在窗帘旁边，沉默地看着摆在茶几上的那束花。这是她今天早晨在山里采摘回来的，岛上到处都是花花草草，几乎与世隔绝，就像世外桃源。她非常喜欢这个地方，也喜欢青鸟，她不希望归鸟婆得逞，但她不敢违抗师父的命令。当初放走青鸟时，霜叶再三确定身边没有师父的眼线，也就是讨厌的黑鸟们，可归鸟婆还是知道了一切。

“那个女孩最初来到你家时，你把她当朋友了吧？我了解你的心思，霜叶，你不用瞒着我。”归鸟婆那时的语气倒是很平静，可是依然让霜叶战栗。

归鸟婆照例惩罚了霜叶，让霜叶试验她新研制出来的魔药，然后把古鲁和皮鲁留在停云城对付起义军，自己则带着霜叶来赤月岛，等青鸟回家。临行前，古鲁一遍遍向霜叶强调，归鸟婆不是坏人。

“她对你严格，是因为你有天赋，能够继承她的衣钵。你再想想，除了对待你严格之外，她有没有做什么坏事呢？她不过是性格不好。我一直没有告诉你我和皮鲁为什么会跟着她吧？不像你想象的那样，她并没有使用魔法逼迫我们签订契约。那时我和皮鲁，还有我们的其他同类，都还是沼泽女巫的奴隶。那个女人在那片沼泽地胡作非为，随意使唤我们。归鸟大人拜访沼泽女巫时，那个女人嫉妒归鸟大人所拥有的厉害巫术，让我们把她抓起来。归鸟大人用巫术打败了沼泽女巫，把沼泽女巫赶出了沼泽地，我的同伴们才能重新自由地生活在那个地方。我和皮鲁非常感激她，离开沼泽地，心甘情愿地跟着她。请你不要把她想成坏人。”

霜叶觉得古鲁的话也有道理，趁着归鸟婆正在吃蛋糕，她又小声问：“你知道师父为什么一定要抓住青鸟吗？”古鲁摇摇头，霜叶依然一脸不信任地望着它。

“我真的不知道，这是归鸟大人的秘密。”

吃下归鸟婆新研制的魔药后，霜叶身上很快便长出密密麻麻的红疹，奇痒无比。她难受得哇哇大叫起来，一旁冷漠观察她的反应的归鸟婆，这才不紧不慢地拿出解药来。但是，解药只能暂缓她身上的痛苦，并不能根除毒素。

“我得让你完全听我的话，霜叶，你现在越来越有自己的想法，偏偏那些想法还相当愚蠢。”归鸟婆如是说。霜叶可不觉得这样的归鸟婆会是古鲁口中心地善良、只是性格不好的模样。她明明是恶魔！

来到岛上后，归鸟婆凭借自己高强的魔法，轻易将所有猫催眠了，给它们吃下同样的药。现在，面对青鸟，归鸟婆正等待着这些猫身上的药性发作，她根本不看挂在墙壁上的时钟，她心里的钟走得更准。青鸟、归鸟，同样随岛而生，俩人的差别实在太大了。

“时间到了。”归鸟婆喃喃道。

猫儿们像接到命令一样，骚动起来：一只只猫不停在地上打滚，表情十分痛苦，一只胖猫碰到桌腿，桌上茶杯里的水也晃荡起来，眼看杯中滚烫的茶水就要溅到它的身上。

“停下来！”青鸟握紧拳头，皱眉大喊道，她当然想帮它们，更想狠狠揍归鸟婆一顿解气。

“做决定不是一件轻松的事，我明白。”归鸟婆将茶杯扶稳，放缓语气耐心地说服青鸟，“但若你一直犹豫不决，这些猫可能会难受死哦。”

青鸟最后无奈地垂下头，说道：“我答应，但我必须见罗斯贝坦一面。”

“我明白，因为那只会说话的猫比较特殊。”归鸟婆心情愉悦地看着青鸟，“它和你同生的，对吧？像是你的生命，或者说，你灵魂的一部分，我曾经也有一只同样会说话的乌鸦。不过它们俩和那个岛一起死了，直到现在，我还是能理解所有乌鸦的心声，就像你能理解猫一样……”

“乌鸦？”青鸟冷冷地打乱她，说道，“我看应该叫它们食骨鸟吧？你根本不是与乌鸦共生，而是与食骨鸟共生。”

在此之前，青鸟就感觉到这次回到梦幻大陆，一路上似乎总有一双眼睛在暗中监视她。那双猩红色的眼睛，便是归鸟婆的乌鸦——准确来说，是食骨鸟。在观风城，食骨鸟来袭时，她和李南寻等人留在客栈里，并没能亲眼看到这种传说中恐怖的鸟的模样。但结合事后听到的描述以及以往看过的一些典籍，那天跟李南寻一起，在停云的城楼上再次看到这种鸟时，青鸟一眼便认出，这正是食骨鸟。

“观风城的前王后可薇，跟你是什么关系？”青鸟问道。她记得，这位观风城的前王后年轻时曾经到西方海域跟随一名神秘的高人学习魔法。“她是你的徒弟？”

“呵呵，算是吧。不过那个臭丫头早就被我赶走了。”归鸟婆似乎不耐烦继续这个话题，自顾自地说道，“你看到我脸上的皱纹了吧？我没有多少时间和你较劲，也没力气和你动武，但我的脑子还好使。我想过，万一你恰好会配制这恶作剧一般的药物的解药，或者万一你不屑考虑这些猫的生死，那我就用那只猫威胁你。你不会眼睁睁地看着那只猫受折磨，我知道。”

归鸟婆满意地看到青鸟眼中的怒火，淡笑着，继续说道：“我比所有人知道得更清楚。”

“霜叶，她说的是真的吗？”青鸟转头看向站在窗边，一直垂头不语的霜叶。

霜叶点点头，轻声道：“那只猫吃下的是毒药，很快就会生效。”

归鸟婆示意霜叶，让她到另外一个房间里，将昏睡过去的罗斯贝坦抱出来。小青蛙夕沉也举着“宝剑”跳出来，毫无意义地在归鸟婆脚边刺了几下，“宝剑”断成了两截。夕沉跳到青鸟身边，哇哇叫道：“青鸟青鸟，不要听这个老太婆的蠢话，她会害死你的！”

青鸟从霜叶怀中接过罗斯贝坦，叫了它半天，甚至挠了挠它最敏感的左前爪，它也没有醒过来。青鸟叹了一口气，无力地坐回椅子上，说道：“我真是完全任你宰割啊。”

“青鸟，你说什么傻话？！什么任人宰割，起来反抗啊。”白芜叫嚷道。

“你信她说的话吗？她这么老，我们还是先把她打倒，再想办法。”夕沉也在一旁跃跃欲试。

青鸟没有理他们，只是沉默而坚决地朝归鸟婆走近。归鸟婆向她伸出一只枯瘦的手臂，青鸟也慢慢伸出手臂，被归鸟婆一把握住。一瞬间，青鸟想要退缩，可是她明白，如果罗斯贝坦就这样永远昏迷，那她也无法安心。罗斯贝坦不是普通的猫，更何况，对于青鸟来说，所有的猫都是重要的存在。

“真的有交换生命的契约存在？”

归鸟婆点点头，说道：“我们这种身份的怪物，都能够通过这种方式和某个特定的对象交换生命。我已经和别人换过一次命，现在我只是一个普通人，所以，是你需要利用你的能量，和我交换生命。现在，把所有心思集中起来，你只要命令自己这样做，你就能办到，随岛而生还真是方便，当这个岛灭亡之时，它会给你一次重生的机会。”

“好吧，如你所愿。但希望你能信守承诺。”

拼力上前试图阻止青鸟的白芜被归鸟婆施法禁锢住，但白芜仍朝着她大喊：“青鸟，不要相信她。”

青鸟深吸一口气，紧紧握住归鸟婆的手。归鸟婆感觉到一股蓬勃的力量在她和青鸟之间流淌，像水一样，似乎随时都会沸腾。

她叫归鸟，面前的同类叫青鸟，当然，她们的名字也都不是她们自己起的，当她们从各自的岛上苏醒过来时，就已经知道自己的名字。说不定所有以这种方式出生的人，名字里都带着一个“鸟”字。归鸟婆和自己的岛一起生活了九百多年，真是短命，然后她的岛便把意识传递给她，告诉归鸟婆它快要消失了，也告诉归鸟婆怎样获得另外一次生命。但机会只有一次，因为交换生命之后，归鸟婆和岛不相干，就是个普通人了。

归鸟婆离开自己的岛来到大陆上，用了整整一个月的时间寻找着自己的目标，最后连哄带骗，和其中一个女孩交换了生命，让那女孩成为岛的主人，看着她迅速变得苍老。她把那个女孩带回岛上，将她和岛一起抛给死亡，独自离开。因为那个女孩是女巫，归鸟婆也继承了她的能力，作为女巫走过了几十年，却再次老去。她已经无法用契约与人交换生命了，好不容易知道青鸟和她的岛的存在，必须说服青鸟放弃她的生命。

不知过了多久，力量的流淌终于消失了，这打断了归鸟婆的思绪。青鸟放开了她的手，她依然还是年轻的模样，但眼里已经没有了生命的活力。归鸟婆看了看自己的手，依然如同枯树枝，但她确实觉得整个人都精神多了，看来她的身体需要一些时间和这个岛协同步调。

“快把解药给它们。”青鸟冷冷地说。

“不要着急，等我变得年轻之后，自然会履行我的承诺。而且，若我成了这岛上新的主人，你觉得我还会伤害那些猫吗？”

青鸟没有说话，起身准备离开屋子，被归鸟婆解除禁锢的白芜赶紧跟上她。当来到门口时，她又停下脚步，回头说道：“或许你会想奉献些爱心。”

“怎么？”

“我想再在这个岛上待几天，我已经十几年没有回……回家了。就几天，之后我就会离开，可以吗？”

“没问题。”归鸟婆慢条斯理地喝了一口茶，觉得浑身越来越舒畅。

“在我待在这儿的这几天，希望你不要出现在我面前。”青鸟又道，“我在山中还有一栋小别墅，你和霜叶可以住在那儿。”

“也行，我不介意。”

“一刻钟！在我回来以后，希望你们已经消失。”青鸟淡淡地扔下一句话，转身离开了这间屋子。霜叶一直叫着她的名字，但青鸟并没有回头。霜叶一直追到门口，看着青鸟一行从屋子北面的那条小路朝着山上走去。霜叶又回到屋子里，问归鸟婆：“你的目的已经达成，也会给我解药吧？我全身都快被挠破了。”

“当然。”

“另外，我不想继续当您的徒弟了。”霜叶说。

“是吗？真可惜，我本来准备把自己最厉害的魔法教给你，你不是一直想学吗？”

“不用了，因为我不想再通过您学到任何东西。”

“你还年轻，你不懂衰老和死亡的可怕，每个人都会逃避。”

“我确实不懂，但就算我变得像您一样衰老，也不会变得像您。”

第二十章

后来，后来

因为和归鸟婆交换了生命，青鸟接下来的时间，就跟当年的归鸟婆一样。也就是说，她会以比常人更快的速度衰老。第二天上午，在屋子里等待服用了解药的罗斯贝坦醒来时，青鸟照了照镜子，发现脸上出现了皱纹。她心里一惊：若是按照现在的速度衰老下去，恐怕都没机会回另外一个世界，向养母和以前的同学与好友道别。一股无力感和对未知的恐惧袭上心头，即使活了几千年又怎样，根本没办法从容面对死亡啊。

“你怎么啦？脸色也太糟糕了。”罗斯贝坦醒来后，惊讶地发现青鸟的状态奇差无比，“那个臭老太婆呢？”

青鸟把眼下的情况告诉罗斯贝坦，故作轻松地说：“那个归鸟婆比昨天年轻了不少，我倒是老了，所以我们的交换成功啦。之后她就是这个岛的新主人，你好好和她相处吧。”

然后，自己会找个地方，慢慢等待老去、死亡，甚至腐烂。

青鸟虽然竭力维持平静，但她的声音却抑制不住地颤抖，她无法控制心中的恐惧，这恐惧化成泪水，在罗斯贝坦面前，没有什么好掩饰的，她扑在床上哇哇大哭起来。罗斯贝坦没有说话，和其他猫一起蹲在她身边。它们的眼神坚定而又关切，似乎想通过眼神，将力量——生命的力量，传给这个世界上最了解它们的女孩。青鸟还可以听到它们的心声，听到它们用不同的语言表达着相同的安慰，还好，自己这种能听懂猫的心声的力量还没有消失。

白芜也来了，将青鸟揽进怀里，听青鸟喃喃道："太难以舍弃，一切都是……"

此时，归鸟婆和霜叶也站在离这小屋不远的地方。霜叶看着那些如同卫士一般守护在青鸟的屋子周围的大大小小的猫，说道："您要完全统治这个岛，看来还很困难。"

归鸟婆不以为然地说道："痛苦来得越强烈，也就消逝得越快。霜叶，世事向来如此。对了，你不是走了吗？"

"我会和青鸟一起离开，不管她愿不愿意，我都会和她一起。"

与赤月岛的诀别就在两天后，罗斯贝坦自然要跟着青鸟，其他猫也纷纷跟上。对此，归鸟婆乐见其成，她本就不喜欢猫，虽然能听懂食骨鸟的心声，却听不懂猫的。因此，她也觉得猫都消失比较好。

青鸟没有拒绝霜叶同行的提议，并不是不怪她，而是她清楚，自己已经没有多少时间用来怄气了。天气晴朗时，心情也不错，看着身边的景物、猫，还有故人，依然觉得生活很美好，能这样活着真是幸运。青鸟一行人就这么漫无目的地走着，她不打算回停云去找李南寻，也不打算去其他地方跟老朋友见面，她只希望安安静静地找一处地方，安安静静地等待死亡的降临。

和归鸟婆交换生命九天后，青鸟看起来大概有四十岁，心态也跟着老了，入眼的景物美则美矣，却添了几分苍凉。船即将靠岸，青鸟遇到江暮云，他正准备去赤月岛看望她。知道一切后，他更要去岛上好好修理归鸟婆一番。罗斯贝坦也说："既然你想教训那个老太婆，那带我一起去。总觉得这样一走了之心里很不爽。"

"不好意思，你的体重在我的承受范围之外。再见。"

看着被气得直跳脚的罗斯贝坦，江暮云大笑着飘走了。

又过了三天，看起来五十岁的青鸟再次遇到江暮云。此时，他的脸上收起一贯的嬉皮笑脸，神色郑重地对青鸟说："那个老太婆让我找你回去，青鸟，你得回去拯救你的岛。"

"发生什么事了？"一旁的霜叶问道。

"那个岛正慢慢变小，岛上的树都在枯萎，归鸟婆也在变老。情况很不妙，再这样下去，我想你的岛很快就要消失了。"

青鸟急得像热锅上的蚂蚁，事不宜迟，江暮云赶紧将她裹起来，以最快的速度飞向赤月岛。

再次看到赤月岛时，青鸟震撼地发现，岛上的面积竟然只有以前的四分之一，红树上那原本像红宝石一样璀璨的叶子都枯黄干瘪了下去，落了一地。她花了好几年工夫建造的小屋，因为整个岛面积缩小的缘故，孤零零地悬在岸边，看起来一阵大风就会将它吹到海里。

归鸟婆比上次分别时还要老，她颤巍巍地来到了屋子外，就像一段有生命的老树根。见到青鸟，她无奈地说：“真是让人沮丧啊，这个岛宁愿死去，也不愿接纳我。”

本来是嘲笑归鸟婆的大好机会，但两个皱纹一大把的老人互相说着刻薄的话着实没意思。青鸟想了想，问：“那该怎么办？我们俩，还有这个岛，都得一起死吗？”

“现在我是这个岛的主人，可以使用生命交换契约吧。我试试，说不定能救下我们两个。”

归鸟婆抓住青鸟的手，像上次一样，一股力量在她俩的手臂之间流淌，不过这次是由归鸟婆的手臂流向青鸟。半晌，力量的流淌消失，她放开青鸟的手。

“我们再等等，或许很快就会有关于生命交换的更多发现。”

第二天，青鸟变得年轻一些，那本来快掉进海里的小屋又回到了陆地上，先前屋外被淹没的竹篱笆围墙和围墙下的一把竹躺椅，又重见天日。江暮云在岛的上空巡视一圈，证实岛确实变大了。归鸟婆住在山间别墅，当青鸟气喘吁吁地来到别墅见她时，发现归鸟婆也不像昨天那样衰老。等到白芜一行乘船回来时，青鸟变成了十七八岁的模样，而归鸟婆也恢复成她初来到岛上的样子，很老很老了，但以她的生命力与魔力来看，应该还能活上好几十年。霜叶也来了，看到归鸟婆的样子，她突然有些可怜自己的师父，不过她没说什么，只是默默地走上前搀起归鸟婆的胳膊。归鸟婆朝她微微一笑，然后扭过头，对青鸟说道：“我至少证明了一件事，这岛太过忠贞，没办法接受第二个主人。”

归鸟婆想到自己原先占据的那个已经消失了五十多年的岛，这才明白，那个岛在自己和那个无辜的女孩交换生命之后，快速走向死亡，其实是在用它的方式拒绝新的主人。这些日子，归鸟婆想了很多，她觉得自己对青鸟做的事有些过分，但想到要向青鸟道歉，她内心的那份骄傲也令她开不了口。而且青鸟平安无事，过几天没准儿就会完全恢复。就这样，第二天，归鸟婆带着霜叶离开了。

青鸟重新回到了岛上，没过两天，又变成了十二岁左右的模样。太久没回来，有太多事情需要整理安排，等一切又恢复平静，已经是两个月之后，白茺也离开了。青鸟带着罗斯贝坦一起回到另一个世界，看望她的养母。

养母一见到青鸟便哭了起来，抱着她说：“我就说，你肯定会回来的。”一段时间不见，养母憔悴了很多，青鸟也红了眼眶，眼泪止不住地流下来。

“你不会再离开我这么长的时间了吧？”养母担忧地问。青鸟摇摇头，说道：“不会，但您得接受我时不时要回另外一个家看看，说不定您也会想去那儿度假。”

“那下一次黄金周我们就去，怎么样？”

“好啊。”

青鸟躺在自己舒服的小床上，一觉睡到日上三竿。醒来之后，她看到一只灰猫趴在窗台上，懒洋洋地看着她。同时，她也听到了它的心声。

“今天天气不错：有风，不大，有阳光，不太热，空气里有灰尘，不太多，天空中有云，软软的像棉花糖，我超级喜欢吃棉花糖！其实我最喜欢的还是下雪天，可是下雪天很冷，没关系，反正我毛厚肉多。说到毛厚，现在我感觉有些热了，好想吃冰淇淋啊……人类可以给我们温暖的怀抱、香喷喷的鱼和闻起来怪呛人的猫粮，但有时候我们需要的只是一个冰淇淋。不要给我巧克力味的冰淇淋，我在一本人类的书上看到，猫吃了巧克力好像会一命呜呼……我不记得是猫还是狗了，不过无所谓……牛奶也行，最好是热的，谢谢！”

“之前你喜欢喝奶茶。”青鸟说。

这只猫是多多梅。

“哈，我向来朝三暮四，现在我喜欢冰淇淋，或者说，我想学着喜欢冰淇淋。”多多梅顿了顿，“阿芒那小子喜欢这种甜得腻人的玩意儿。”

“阿芒还好吗？你依然没有接受它？”青鸟又问。

“我本来准备活一天就和它抗争一天。但是那个家伙没耐性，不小心被汽车撞死了，已经两个月了。我找过你好多次，你一直不在家。有几次我看到你妈妈，一个人坐在沙发上望着你和她的合影唉声叹气，所以我猜想，你可能再也不会回来啦。我知道，在你失踪之前，阿芒那个家伙曾经来找过你，所以我觉得，你应该能够作为传信人，不，像牧师那样的角色，我想向你忏悔。当它千方百计想要讨好我时，我每次都对它态度冷淡，若我早知道它的生命那么短暂的话……”多多梅叹了口气，“我该好好对它才是。到现在我还是不太喜欢它，但它是我的朋友。”

“别这么想，多多梅，你不过是为别离痛苦而已，不需要忏悔。你会好起来的，我们所有人都会这样，还有所有的猫。”

罗斯贝坦从门缝里费力地挤进来，说道：“青鸟，你妈妈让你赶快吃早餐滚去学校。”青鸟这才想起来，自己的学业课程很繁重啊，不由得叹了一口气：过往的生活又回来了。